江湖满地独风神

姜夔诗词创作的特性与成就

张宏生◎著

北方联合出版传媒（集团）股份有限公司
辽 海 出 版 社

图书在版编目（CIP）数据

江湖满地独风神：姜夔诗词创作的特性与成就 / 张宏生著 . —沈阳：辽海出版社，2024.1
ISBN 978-7-5451-6287-5

Ⅰ . ①江… Ⅱ . ①张… Ⅲ . ①姜夔（约 1155—约 1221）—宋词—诗词研究 Ⅳ . ① I207.23

中国版本图书馆 CIP 数据核字（2021）第 281240 号

出 版 者：北方联合出版传媒（集团）股份有限公司
　　　　　辽 海 出 版 社
　　　　　（地址：沈阳市和平区十一纬路 25 号　邮编：110003）
印 刷 者：辽宁鼎籍数码科技有限公司
发 行 者：北方联合出版传媒（集团）股份有限公司
　　　　　辽 海 出 版 社
幅面尺寸：170mm × 240mm
印　　张：16
字　　数：204 千字
出版时间：2024 年 1 月第 1 版
印刷时间：2024 年 1 月第 1 次印刷
责任编辑：何　静　贾晶雯
责任校对：林明慧
封面设计：隋　治
版式设计：韩　军

书　　号：ISBN 978-7-5451-6287-5
定　　价：98.00 元

购书电话：024-23285299
网　　址：http://www.lhph.com.cn

法律顾问：辽宁普凯律师事务所　王　伟
如有质量问题，请与印刷厂联系调换
印刷厂电话：024-85908302
盗版举报电话：024-23284481
盗版举报信箱：liaohaichubanshe@163.com

前言

姜夔，字尧章，号白石道人，鄱阳（今属江西）人。其生年，据夏承焘《姜白石词编年笺校》附录《行实考》推算，大约在绍兴二十五年（1155年），卒年则有开禧三年（1207年）前后、嘉定元年（1208年）、嘉定二年（1209年）、嘉定二年至三年间（1209—1210）、嘉定十四年（1221年）前后、绍定二年（1229年）后等等不同的说法。文献记载不够详备，和他的身份地位也有一定的关系。

姜夔一生以布衣终老。从周密《齐东野语》记述的《姜尧章自叙》中的“平甫念其困踬场屋”一语看，姜夔可能不止一次参加过科举考试。查为仁和厉鹗共笺周密《绝妙好词》，其姜夔小传中说“（姜夔）庆元中曾上书乞正太常雅乐，得免解，讫不第”，则是比较清楚的一次记载。可见，他也颇有效法杜甫当年进献《三大礼赋》的意图，希望得到朝廷的特殊重视，说明他并不排斥出仕，只是不愿意以买官的方式去得到一个虚衔（《姜尧章自叙》中说自己曾经一度依靠张鉴为生，张“欲输资以拜爵，某辞谢不愿”），他的清高也不允许自己这样做。在这种情况下，他只能终生不仕，不管情愿还是不情愿，一生都是官场之外的人。

虽然是官场之外的人，但他仍然关心国事，体恤民瘼，尤其南渡之痛，成为心中浓厚的情结，对宋金关系，也时有思考。他是一个漂泊江湖的边缘性人物，但正如范仲淹在著名的《岳阳楼记》中所推崇的："处江湖之远，则忧其君。"这些，在那个时代，也成为他身上的一抹亮色，以后也常被人们称道。

姜夔多才多艺，不仅能诗、善词，而且精通音乐和书法等。他的这些成就，在当时就深得称赞。以诗而言，罗大经《鹤林玉露》丙编卷二："（姜夔）尝以诗《送江东集归诚斋》……诚斋大称赏，谓其冢嗣伯子曰：'吾与汝弗如姜尧章也。'报之以诗云：'尤萧范陆四诗翁，此后谁当第一功？新拜南湖为上将，更差白石作先锋。'"以词而言，张炎《词源》："词要清空，不要质实。清空则古雅峭拔，质实则凝涩晦昧。姜白石如野云孤飞，去留无迹。"以书法理论而言，谢元若《续书谱序》："（姜夔）所著《续书谱》一卷，议论精到，三读三叹，真击书学之蒙者也。"以音乐而言，朱熹、京镗和谢深甫等都给以很高评价（见《姜尧章自叙》）。《姜尧章自叙》中还提到京镗等人很喜欢他的骈体文，但从目前所见姜夔传世诸文看，未能发现他在这方面的过人之处，应是相关作品已经散佚了。即使这样，他的成就也已经够全面了。在文艺方面，用体育比赛来打个比方，他不仅像一个全能型的选手，综合实力很强，而且在若干单项上，也都表现出色，有的项目，即使参加单项比赛，也能够名列前茅。

姜夔不仅在文艺上有很高的才能，而且具有清雅的风度、洁身自好的情怀，因此在他一生漫游江湖的历程中，声名高隆，很受欢迎。他的《姜尧章自叙》中开列了一份他所交往的名单，是这样说的："少日奔走，凡世之所谓名公巨儒，皆尝受其知矣。内翰梁公于某为乡曲，爱其诗似唐人，谓长短句妙天下。枢使郑公爱其文，使坐上为之，因击节称赏。

参政范公以为翰墨人品，皆似晋、宋之雅士。待制杨公以为于文无所不工，甚似陆天随，于是为忘年友。复州萧公，世所谓千岩先生者也，以为四十年作诗，始得此友。待制朱公既爱其文，又爱其深于礼乐。丞相京公不特称其礼乐之书，又爱其骈俪之文。丞相谢公爱其乐书，使次子来谒焉。稼轩辛公，深服其长短句如二卿。孙公从之、胡氏应期、江陵杨公、南州张公、金陵吴公，及吴德夫、项平甫、徐子渊、曾幼度、商翚仲、王晦叔、易彦章之徒，皆当世俊士，不可悉数。或爱其人，或爱其诗，或爱其文，或爱其字，或折节交之。若东州之士则楼公大防、叶公正则，则尤所赏激者。”这份名单中非常著名的就有郑侨、范成大、杨万里、萧德藻、朱熹、京镗、谢深甫、辛弃疾、楼钥、叶适等，几乎涵盖了当时最重要的人物，诗坛上的所谓“中兴四大诗人”就有其三。作为一介布衣，能够这样名满天下，受到社会上几乎众口一词的推崇，这样的情况在那个时代还并不多见。

姜夔不仅在当时有着一大批知音，在后世同样如此。无论是诗词，还是音乐、书法，总的来说，后世对他的评价都很高，即以清代对他的词的评价而言，如朱彝尊《黑蝶斋诗余序》：“词莫善于姜夔，宗之者张辑、卢祖皋、史达祖、吴文英、蒋捷、王沂孙、张炎、周密、陈允平、张翥、杨基，皆具夔之一体，基之后，得其门者寡矣。”汪森《词综序》：“西蜀、南唐而后，作者日盛。宣和君臣，转相矜尚。曲调愈多，流派因之亦别。短长互见，言情者或失之俚，使事者或失之伉。鄱阳姜夔出，句琢字炼，归于醇雅。于是史达祖、高观国羽翼之，张辑、吴文英师之于前，赵以夫、蒋捷、周密、陈允衡、王沂孙、张炎、张翥效之于后，譬之于乐，舞《箾》至于九变，而词之能事毕矣。”《四库全书总目》：“夔诗格高秀，为杨万里等所推，词亦精深华妙，尤善自度新腔，故音节文采，并冠绝一时。”刘熙载《艺概·词曲概》：“姜白石词幽韵冷香，令人挹之无尽。拟诸形容，在乐则琴，在花则梅也。”陈廷焯《白雨斋词话》卷二：“姜尧章词，清虚骚雅，每于伊郁中饶蕴藉，清真之劲敌，南宋一大家也。梦窗、玉田诸人，未易接武。”基本上，他是被作为宋词的经典看待的。

宋代之后，随着科举制的进一步发展，文官系统的进一步完善，社会结构发生了很大的变化，这也催生了一种现象，即大批的文化人或者考不上科举，或者考上科举却难以放官，只能在社会中浮游。对于这一批人来说，文名很重要，是其赖以生存或生活的重要支撑，不过如何为自己定位，却并不容易把握。

姜夔无疑是这个群体的重要标志之一。夏承焘在《论姜白石的词风》中曾经这样指出：“白石词所以会有这么大的影响，它的主要原因，是由于各个时期里和他同类型的封建文人特别多（从宋末的张炎到清初的朱彝尊、厉鹗等等都是）。”这是一个非常敏锐的观察。

即如入幕，往往是文人的重要出路之一，由宋到清，其间虽有上级任命和自辟的不同，但数量不断庞大。士人入幕，主要职责虽然是协助府主襄理事务，但由于宋以后文化发达，文化素养普遍提高，则彼此之间也不免有文学上的关系。如范成大任职四川制置使，陆游为参议官，彼此以文字交，不拘礼法。而晚清诸名臣差不多都有庞大的幕僚团队，像张之洞，其幕僚团队即达数百人。

特定的文人阶层往往有着丰富复杂的心态。一方面，怀有强烈的入世之心，另一方面，又对世道的污浊看不入眼；一方面，需要依附在高位者，另一方面，又坚持自己的品格，不愿意卑躬屈膝。这些，有时显得矛盾却又顺理成章。

在这个意义上，姜夔这个形象对许许多多的知识分子来说，首先就有一种亲近感，他们或多或少地都能在姜夔身上找到自己的影子，这就是姜夔得到后世尊崇的最重要的原因之一，因而也就使得姜夔的创作具有了超越性的意义。后世文人从姜夔身上找到了情感上的自足，也能够感到自己过着的是一种有意味的生活，调动起独特的价值感。

因此，从姜夔身上，不仅可以探讨文学和艺术，而且可以思考文人的思想价值、社会角色、立身之道等问题，可以有着多元的取向。本书所论，在基本倾向上，也和这些有关。

目　次

第一章　江湖诗擘：姜夔诗歌概说

一、姜夔的生平及其时代

宋代是中国诗歌发展的重要时期，其重要的标志之一是流派的作用更为明显。北宋兴起的江西诗派代表着宋诗重要的创作特色，而出现在南宋的江湖诗派则在江西诗派之外，打出自己的旗号，也影响诗坛甚巨。

江湖诗派大约兴起于13世纪初叶，一直活动到宋末，至元代初年，仍然余风未歇。这个流派的人员构成较为复杂，延续的时间也较长，而且相当一部分人奔走江湖，生活状态相似。在这个意义上，学术界公认姜夔（还有刘过）是这个流派的前辈。

在文学史上，姜夔往往是作为一个诗艺精湛、不问世事的隐士或清客的面目出现的，事实上，这不尽符合他的具体情况。尽管他“早岁孤贫，奔走川陆”（《昔游诗序》），很早就开始了游士生涯，但他的用世之心却也一直伴随着他的生命旅程。和杜甫献《三大礼赋》一样，庆元三年（1197年），四十三岁的姜夔向朝廷上书论雅乐，进《大乐议》和《琴瑟考古图》各一卷，希望通过显露自己在音乐方面的才能，获得知遇。但却因受到朝廷乐官的嫉妒，未予采纳。两年后，他不甘失败，又向朝廷进献《圣宋铙歌鼓吹曲》十二章，终于受到重视，被特许直接参加礼部的进士考试，但又没有考中。因此，人们往往只看见姜夔依附范成大时吹箫度曲、风流自赏的浪漫生活，而忽略了这其实是他在功名蹭蹬之后不得已而作出的选择。

正因为姜夔心中始终潜伏着用世之心，他对当时的政治社会也就不能不有所注意。如他在二十二岁时，漫游江淮间，曾赋《扬州慢》一词，对“过春风十里，尽荠麦青青。自胡马窥江去后，废池乔木，犹厌言兵”[①]的荒凉景象，触目伤怀，感到无限悲凉。而“徘徊望神州”之余，不由得“沉叹英雄寡”[②]。他感慨没有能够北定中原、收复失地的英雄，虽只是一声深沉的叹息，但也足以看出他对民族危亡的关心，以及对当时和战问题的情感指向。这种思想，一直持续到他的晚年。嘉泰三年（1203年），辛弃疾知镇江府，忙于筹划北伐事宜，姜夔写了《永遇乐·次稼轩北固楼词韵》一词，其下片云：

> 前身诸葛，来游此地，数语便酬三顾。楼外冥冥，江皋隐隐，认得征西路。中原生聚，神京耆老，南望长淮金鼓。问当时依依种柳，至今在否？[③]

对北伐事业寄予深切的期望。而由于仰慕辛氏“金戈铁马，气吞万里如虎”[④]的气魄，与词的内涵相适应，作品风格也一变既往，显得清刚疏宕。要而言之，在当时特定的政治局势中，姜夔是站在主战派一边的。

同样的思想，姜夔有时也用其他方式来写。如《李陵台》云：

> 李陵归不得，高筑望乡台。长安一万里，鸿雁隔年回。望望虽不见，时时一上来。[⑤]

---

① 夏承焘笺校：《姜白石词编年笺校》卷一，上海：上海古籍出版社，1981年，第1页。

② 姜夔《昔游诗》十五首之十二。姜夔著，夏承焘校辑：《白石诗词集》，北京：人民文学出版社，1959年，第18页。

③ 夏承焘笺校：《姜白石词编年笺校》卷五，上海：上海古籍出版社，1981年，第91页。

④ 辛弃疾撰，邓广铭笺注：《稼轩词编年笺注（增订本）》卷五，上海：上海古籍出版社，1993年，第553页。

⑤ 姜夔著，夏承焘校辑：《白石诗词集》，北京：人民文学出版社，1959年，第12页。

又如《同潘德久作明妃诗》其三云：

身同汉使来，不同汉使归。虽为胡中妇，只着汉家衣。①

对于前一首，孙玄常先生评曰："靖康后，淮北之地又陷于金。故宋人多咏昭君出塞、文姬归汉事，或为图画，如欧阳修、王安石皆有《明妃曲》，陈居中有《文姬归汉图》并传于世。此皆托古寓意，非泛泛之作。白石此诗，亦为陷虏诸臣而作，非泛为咏古也。"②对于后一首，孙先生评曰："白石所作，惟以明妃远嫁匈奴为恨，深寓故国之思，殆为陷虏臣妾而作，故拳拳君国乃尔"③是很有道理的。如果和词中的《疏影》相比，后者"伤心二帝蒙尘，诸后妃相从北辕，沦落胡地，故以昭君托喻"④的意旨，也与此二诗相似。前人常说姜夔诗词相通，实则不仅是风格，即使是思想意蕴和表现手法上，也多如此。

此外，对于人民的悲惨生活，姜夔也给予了一定的关注。《宋史》记载："（绍熙）五年（1194年）冬，亡麦苗。行都、淮、浙西东、江东郡国皆饥，常、明州、宁国、镇江府、庐、滁、和州为甚，人食草木。庆元元年（1195年）春，常州饥，民之死徙者众。楚州饥，人食糟粕。淮、浙民流行都。"⑤这种情形，长年流寓在外的姜夔不仅看得很真切，而且，更由于自己的身世，不止一次地在诗中流露出深深的同情。如其《丁巳七月望湖上书事》云："天边有饼不可食，闻说饥民满淮北。"⑥又《送王德和提举淮东》云："煮

① 姜夔著，夏承焘校辑：《白石诗词集》，北京：人民文学出版社，1959年，第39页。

② 姜夔撰，孙玄常笺注，李安纲参校：《姜白石诗集笺注》，太原：山西人民出版社，1986年，第37页。

③ 姜夔撰，孙玄常笺注，李安纲参校：《姜白石诗集笺注》，太原：山西人民出版社，1986年，第161页。按：此为对三首的总评。

④ 郑文焯校订《白石道人歌曲》批语。陈柱编：《白石道人词笺平》，上海：商务印书馆，1934年，第108页。

⑤ 脱脱等撰：《宋史》卷六十七《五行志·土》，北京：中华书局，1977年，第5册，第1466页。

⑥ 姜夔著，夏承焘校辑：《白石诗词集》，北京：人民文学出版社，1959年，第22页。

干碧海知谁用，割尽黄云尚告饥。可得不为根本计，秋风还见雁南飞。”[1]在乐府诗《箜篌引》中，他更进一步跳出了对人民苦难生活的一般描述，而上升为对阶级对立的揭露：

箜篌且勿弹，老夫不可听。河边风浪起，亦作箜篌声。古人抱恨死，今人抱恨生。南邻卖妻者，秋夜难为情。长安买歌舞，半是良家妇。主人虽爱怜，贱妾那久住。缘贫来卖身，不缘触夫怒。日日登高楼，怅望宫南树。[2]

一个良家妇女，为生计所窘，被迫卖身，对这种逼良为娼的悲惨遭遇，难道社会不该负责任吗？这一点，诗中没有直说，但我们分明感到了作家的愤怒。

当然，这些政治内容在姜夔所有的作品中并不占主流，但对一个远离政治中心，连衣食都要靠人接济的下层知识分子来说，不应要求过高。如果说，在诗歌创作中，姜夔更多考虑的是艺术的追求，仅从他需要以不同凡俗的创作风貌来获得达官贵人的知遇这一点来考虑，也是值得理解的了。

二、姜夔追求独创的诗歌精神

姜夔诗歌创作的艺术成就，从当代到后代，评价一直很高。较著者有以下数家之说：

尤萧范陆四诗翁，此后谁当第一功？新拜南湖为上将，更差白石作先锋。

——杨万里《进退格寄张功父、姜尧章》[3]

内翰梁公……爱其（姜夔）诗似唐人……待制杨公以为于

① 姜夔著，夏承焘校辑：《白石诗词集》，北京：人民文学出版社，1959 年，第 36 页。
② 姜夔著，夏承焘校辑：《白石诗词集》，北京：人民文学出版社，1959 年，第 9 页。
③ 杨万里：《诚斋集》卷四十一，商务印书馆《四部丛刊》本，第 17 页。

文无所不工，甚似陆天随。

——周密《齐东野语》[①]

白石姜尧章，奇声逸响，卒多天然，自成一家，不随近体。

——陈郁《藏一话腴》[②]

古体黄陈家格律，短章温李氏才情。

——项安世《谢姜夔秀才示诗卷从千岩萧东甫学诗》[③]

余于宋南渡后诗，自陆放翁之外，最喜姜夔尧章。

——王士禛《香祖笔记》[④]

南宋人诗……姜白石在宋末元初，独为翘楚，其诗甚有格韵，雅洁可传。

——朱庭珍《筱园诗话》[⑤]

夜寒甚，坐床头拥衾爇烛看《白石道人诗》，清绝如啖冰雪也。……然其诗颇可诵，《江湖小集》中之最佳者。

——李慈铭《越缦堂读书记》[⑥]

这些，大略可以代表历代评论家的共识。

但宋末元初的方回却有不同看法。其《诗人玉屑考》云：

严沧浪、姜白石评诗虽辨，所自为诗不甚佳。凡为诗不甚佳而好评诗者，率是非相半，晚学不可不知也。[⑦]

---

① 周密撰，张茂鹏点校：《齐东野语》卷十二《姜尧章自叙》条，北京：中华书局，1983年，第211页。

② 陈郁：《藏一话腴》外编卷下，《景印文渊阁四库全书》第865册，台北：台湾商务印书馆，1986年，第568页。按：《适园丛书》本作“率多天然”。

③ 项安世：《平庵悔稿》卷七，《续修四库全书》第1318册，上海：上海古籍出版社，2002年，第594页。

④ 王士禛撰，湛之点校：《香祖笔记》卷九，上海：上海古籍出版社，1985年，第167页。

⑤ 朱庭珍：《筱园诗话》卷四。郭绍虞编选，富寿荪校点：《清诗话续编》，上海：上海古籍出版社，1983年，第2407-2408页。

⑥ 李慈铭撰，由云龙辑：《越缦堂读书记》，北京：中华书局，2006年，第911页。

⑦ 方回：《桐江集》卷七，《续修四库全书》第1322册，上海：上海古籍出版社，2002年，第469页。

这段评论明显带有宗派声吻，未为公允（说详下）。但把姜夔的诗和诗论结合起来探讨，的确有助于得出较为全面的认识。

姜夔的诗歌见解，集中体现在其《白石道人诗说》及《白石道人诗集》的两篇《自叙》中。尤其是前者，作为一部论诗专著，曾被论者誉为在江西诗论之后，《沧浪诗话》之前，表现出诗论转变之关键的一部著作①。

姜夔在《白石道人诗集自叙》中说：

> 近过梁溪，见尤延之先生，问余诗自谁氏。余对以异时泛阅众作，已而病其驳如也，三熏三沐，师黄太史氏。居数年，一语噤不敢吐。始大悟学即病，顾不若无所学之为得，虽黄诗亦偃然高阁矣。②

南宋前期的诗坛，有所谓"四大家"之说，指的是尤袤、杨万里、范成大、陆游。③这四位诗人大致上有一个共同的特点，即早年浸染江西，后识其弊，随之脱离江西阵营，建立了自己的风格，也体现了南宋诗坛上穷则思变的客观要求。杨万里在《江湖集序》中的自述，代表了他们所走

---

① 郭绍虞著：《宋诗话考·白石道人诗说》，北京：中华书局，1979 年，第 92 页。

② 姜夔著，夏承焘校辑：《白石诗词集》，北京：人民文学出版社，1959 年，第 1 页。

③ 关于南宋"中兴四大诗人"诗史上有不同说法。方回《跋遂初尤先生尚书诗》："宋中兴以来，言治必曰乾、淳，言诗必曰尤、杨、范、陆，其先或曰尤、萧，然千岩早世不显，诗刻留湘中，传者少，尤、杨、范、陆特擅名天下。"（《桐江集》卷三，《续修四库全书》第 1322 册，第 414 页）这个"其先"，或指姜夔《白石道人诗集自叙》引尤袤语："近世人士喜宗江西，温润有如范致能者乎，痛快有如杨廷秀者乎，高古如萧东夫，俊逸如陆务观，是皆自出机轴，亶有可观者。"（姜夔著，夏承焘校辑：《白石诗词集》，北京：人民文学出版社，1959 年，《自叙》第 1 页）姜夔本人看来也是同意萧、杨、范、陆的，这个看法也被后来的一些批评家所采用，如王士禛《香祖笔记》卷九："南渡四大家为萧、杨、范、陆。"（王士禛撰，湛之点校：《香祖笔记》，上海：上海古籍出版社，1985 年，第 167 页）乾隆帝《御选唐宋诗醇》卷四十二："当时称大家者曰萧、杨、范、陆。"（《景印文渊阁四库全书》第 1448 册，台北：台湾商务印书馆，1986 年，第 828 页）而沈德潜则显然同意尤、杨、范、陆之说，如其《说诗晬语》卷下云："南渡后诗……称尤、杨、范、陆。"（王夫之等撰：《清诗话》，北京：中华书局，1963 年，第 545 页）

过的共同历程："予少作有诗千余篇，至绍兴壬午七月皆焚之，大概江西体也。"[①]《白石道人诗集自叙》中表述的这一与尤、杨、范、陆相似的学诗历程，除了他本人的自立气度以及在创作实践中所受到的启发外，也与他的诗歌理论有着密切的关系。

姜夔的诗论，常说诗法诗病，正如许多学者所指出的，明显带有江西诗派的影响。但在根本的一点，即重视独创性上，他却和江西末流区别了开来，他说："文以文而工，不以文而妙；然舍文无妙，胜处要自悟。"[②]"自悟"，才能达到妙境。那么，什么是妙境？《白石道人诗集自叙》说：

> 作诗求与古人合，不若求与古人异。求与古人异，不若不求与古人合而不能不合，不求与古人异而不能不异。彼惟有见乎诗也，故向也求与古人合，今也求与古人异。及其无见乎诗已，故不求与古人合而不能不合，不求与古人异而不能不异。其来如风，其止如雨，如印印泥，如水在器。其苏子所谓不能不为者乎？[③]

有了这种境界，就可以脱略形迹，直指心源。其实，这一点，也正是江西诗派最富有生命力的精神实质。杨万里《江西宗派诗序》云："江西宗派诗者，诗江西也，人非皆江西也。人非皆江西而诗曰江西者何？系之也。系之者何？以味不以形也。……高子勉不似二谢，二谢不似三洪，三洪不似徐师川，师川不似陈后山，而况似山谷乎？味焉而已矣！"[④]这种重味而不泥形、尚风致而不尚体貌的追求，正是早期江西诗派充满生机的重要因素之一。由此生发开来，只要保持自己的创作个性，心中"无见乎诗"即跳出有意模拟的窠臼，就能"不求与古人合而不能不合，不求与古人异而不能不异"。正是在这根本的一点上，

① 杨万里：《江湖集序》，《诚斋集》卷八十，商务印书馆《四部丛刊》本，第7页。
② 姜夔著，夏承焘校辑：《白石诗词集》，北京：人民文学出版社，1959年，第68页。
③ 姜夔著，夏承焘校辑：《白石诗词集》，北京：人民文学出版社，1959年，第2页。
④ 杨万里：《诚斋集》卷七十九，商务印书馆《四部丛刊》本，第11页。

姜夔与当时的江西末流专事模拟而不觉陷于枯涩者大异其趣，因此，他才敢以自立的气魄，把晚唐诗风融入“江西”从而改造江西诗风，表现出一定的独创性。尽管正如他所实事求是地承认的那样：“余之诗盖未能进乎此也”①，但他的确是有意识地把这种精神贯注在其诗歌创作中的，也就是说，他的诗歌创作，是有意识地受其诗歌理论的指导的。他以自己的创作实践，实现了他在《白石道人诗集自叙》中所提出的主张：“余之诗，余之诗耳。穷居而野处，用是陶写寂寞则可，必欲其步武作者，以钓能诗声，不惟不可，亦不敢。”②

三、姜夔诗歌创作的独创性

了解了姜夔追求独创的诗歌精神，便可以进一步看其诗歌本身在当时诗坛上的独创性。

首先，姜夔的诗歌创作特别注意追求风神远韵。缪钺在《姜白石之文学批评及其作品》一文中说：“白石之诗，气格清奇，得力江西；意境隽澹，本于襟袍；韵致深美，发乎才情。受江西诗派影响者，其末流之弊，为枯涩生硬，而白石之诗独饶风韵。”③这指出了姜夔之诗与南宋以来江西末流的区别之所在，所论非常准确。

所谓风韵，指的是作者独特的艺术构思通过特定的语言形式所传达出的一种蕴藉空灵之美。姜夔本身对此具有自觉的意识。其《诗说》云：“韵度欲其飘逸。”④可见其追求所在。如其《姑苏怀古》云：

夜暗归云绕柁牙，江涵星影鹭眠沙。行人怅望苏台柳，曾与吴王扫落花。⑤

① 姜夔著，夏承焘校辑：《白石诗词集》，北京：人民文学出版社，1959年，第2页。
② 姜夔著，夏承焘校辑：《白石诗词集》，北京：人民文学出版社，1959年，第1页。
③ 缪钺著：《诗词散论》，上海：上海古籍出版社，1982年，第84页。
④ 姜夔著，夏承焘校辑：《白石诗词集》，北京：人民文学出版社，1959年，第66页。
⑤ 姜夔著，夏承焘校辑：《白石诗词集》，北京：人民文学出版社，1959年，第42页。

这首诗颇得杨万里的称赞，也正由于此类诗，他推姜夔为“尤萧范陆”之后的诗坛“先锋”[①]。杨万里的眼光是敏锐的，此作确是姜诗中佳作之一。一般的怀古诗，每多起句破题，或点时，或点地，或点物，以抒发今昔之感。如李白之《越中览古》（“越王勾践破吴归”）、刘禹锡之《金陵五题》（“朱雀桥边野草花”）、杜牧之《赤壁》（“折戟沉沙铁未销”）等名作，类多如此。此却以景语出之，似与题旨无关，然人事代谢，山川依然，景物描写中即寄托了无穷的感慨，而感慨又借着景物的渲染，富有悠远的情韵。此种写法，使善以灵动活泼之笔写七绝的杨万里大为欣赏，叹为不及。与此可以媲美的，像《雁图》：“万里晴沙夕照西，此心唯有断云知。年年数尽秋风字，想见江南摇落时。”[②]《平甫见招不欲往》：“老去无心听管弦，病来杯酒不相便。人生难得秋前雨，乞我虚堂自在眠。”[③]或借景言情，或直抒襟袍，均兴味深厚而笔致飘逸。

不少学者都曾注意到，姜夔的某些作品特别是七言绝句与词相近[④]。事实上，这正是姜诗富有韵致的重要原因之一。

词这一兴起于晚唐五代、大盛于两宋的抒情文学样式，在艺术手法、创作风格上，都有一些不同于诗的特点。比如设色纤丽，音调谐婉，语言柔媚，格调轻灵等，往往为诗家所回避。姜夔有意识地将词法引入诗中，使他的某些作品显得风姿秀逸，颇为别致。如下引诸作：

渺渺临风思美人，荻花枫叶带离声。夜深吹笛移船去，三十六湾秋月明。

——《过湘阴寄千岩》[⑤]

---

①《鹤林玉露》丙编卷二《姜白石》条。罗大经撰：《鹤林玉露》，北京：中华书局，1983年，第267页。

② 姜夔著，夏承焘校辑：《白石诗词集》，北京：人民文学出版社，1959年，第41页，

③ 姜夔著，夏承焘校辑：《白石诗词集》，北京：人民文学出版社，1959年，第45页。

④ 如陈衍《宋诗精华录》评姜夔《过垂虹》云：“晚宋人多专攻绝句，白石其尤者，与词近也。”（陈衍评选，曹旭校点：《宋诗精华录》，南昌：江西人民出版社，1984年，第216页）

⑤ 姜夔著，夏承焘校辑：《白石诗词集》，北京：人民文学出版社，1959年，第40页。

细草穿沙雪半销，吴宫烟冷水迢迢。梅花竹里无人见，一夜吹香过石桥。

——《除夜自石湖归苕溪》之一[①]

秋风低结乱山愁，千顷银波凝不流。堤畔画船堤上马，绿杨风里两悠悠。

——《湖上寓居杂咏》之三[②]

自作新词韵最娇，小红低唱我吹箫。曲终过尽松陵路，回首烟波十四桥。

——《过垂虹》[③]

皆具词体。其相似处贯通于神貌之中，稍比较即知。对于姜夔诗之具词体、饶韵致，很多学者都注意到了。但不少人认为，这一特色的形成，乃由于姜夔是词人的缘故，是则似可商酌。正如我们所熟知的，宋代许多作家都兼通诗词，却未见类似的情况。这促使我们从另外一些方面去思考。

其实，最关键的一点，还是作者本人对独创性的追求。我们知道，在词的创作上，姜夔是南宋最有成就的作家之一。他的词风虽出于周邦彦，但他善于用他曾经师承过的江西诗风对之进行大胆的改造，从而创造了一种清峭瘦劲的风格。如《踏莎行》中的“淮南皓月冷千山，冥冥归去无人管”、《点绛唇》中的“数峰清苦，商略黄昏雨”[④]等句子，都是这方面的代表。另一方面，他在诗艺的探索上走了一条相反的路，即把晚唐诗中与词体接近的情致丰赡、清新圆活一路引入诗中，以疗救江西末流的枯涩之弊。因此，姜夔的诗特别以韵致见长，乃是他自觉地将江西

① 姜夔著，夏承焘校辑：《白石诗词集》，北京：人民文学出版社，1959年，第41页。
② 姜夔著，夏承焘校辑：《白石诗词集》，北京：人民文学出版社，1959年，第44页。
③ 姜夔著，夏承焘校辑：《白石诗词集》，北京：人民文学出版社，1959年，第46页。
④ 夏承焘笺校：《姜白石词编年笺校》卷二，上海：上海古籍出版社，1981年，第20页、第26页。

诗风与晚唐诗风相结合的结果，是他在当时特定的创作背景中所作的主观选择。这种诗，与江西诗派相比，固然相去很远；即以晚唐例之，亦不能完全规范其内涵。因为，它是作家创作个性之体现。

其次，姜夔在当时诗坛上的独创性，也从他重视作品的谋篇布局上表现出来。总的说来，姜夔虽然也属于江湖诗派，但他的成就却远非这一流派所能限制。江湖诗派的艺术渊源主要来自两个系统，一个是姚（合）贾（岛），一个是杜（荀鹤）罗（隐）。不过，从艺术实践来看，学姚贾者，往往专精五律，有句无篇；学杜罗者，往往过于直致，缺少蕴藉。相对说来，他们在谋篇布局方面都有欠缺，即使有些佳作，也并不是出于全面的追求。姜夔则不然。其《诗说》有云："大凡诗自有气象、体面、血脉、韵度。""作大篇尤当布置，首尾匀停，腰腹肥满。""小诗精深，短章酝藉，大篇有开阖，乃妙。""篇终出人意表，或反终篇之意，皆妙。""波澜开阖，如在江湖中，一波未平，一波已作。如兵家之阵，方以为正，又复是奇；方以为奇，忽复是正。出入变化，不可纪极，而法度不可乱。"[①] 虽然姜诗并不一定都能符合这些标准，但他确是有意识地照此实践，并取得了一定的成就。如《古乐府》三首之三云："令我歌一曲，曲终郎见留。万一不当意，翻作平生羞。"[②] 这首小诗从现在推测到将来，而将来之事又分宾主言之，真所谓千回百折。女主人公的心事固然写得非常细腻，章法亦复曲折多致。又如《京口留别张思顺》云："伯劳飞燕若为忙，还忆东斋夜共床。别后无书非弃我，春前会面却他乡。连宵为说经忧患，异日相逢皆老苍。更欲少留天不许，晓风吹艇入垂杨。"[③] 诗写与张思顺相见旋别的一段情事，这在江湖诗人的诗作中是一个常见的题材。但诗人忽写此聚之欢乐，忽写前别之追忆；忽就此聚写出共同为客的感慨，忽就今别写出异日重逢的悬想。句意跳荡，时空交错，恰切地传达了作者"伯劳飞燕"

① 姜夔著，夏承焘校辑：《白石诗词集》，北京：人民文学出版社，1959 年，第 66-68 页。
② 姜夔著，夏承焘校辑：《白石诗词集》，北京：人民文学出版社，1959 年，第 10 页。
③ 姜夔著，夏承焘校辑：《白石诗词集》，北京：人民文学出版社，1959 年，第 34 页。

的凄婉心绪。

姜夔有一些大篇，尤其是联章诗，也能见出这方面的特色。如其以六首七言绝句组成的《雪中六解》：

塞草汀云护玉鞍，连天花落路漫漫。如今却忆当时健，下马题诗不怕寒。

黄鹤矶边晚渡时，柳花风急片帆飞。一声长笛鱼龙舞，白浪如山不肯归。

万马行空转屋檐，高寒屡索酒杯添。故人家住吴山上，借得西湖自卷帘。

曾泛扁舟访石湖，恍然坐我范宽图。天寒远挂一行雁，三十六峰生玉壶。

万壑千岩一样寒，城中别有玉龙蟠。旧人乘兴扁舟处，今日诗仙戴笠看。

沉香火里笙箫合，暖玉鞍边雉兔空。办得煎茶有骄色，先生只合作诗穷。①

这一组诗，“首述淳熙丙申北游濠梁之雪，终以嘉泰癸亥入越，与稼轩秋风亭观雪。其中间则沔鄂黄鹤之雪、行都吴山之雪、除夕垂虹之雪，雪虽五地，而三十年之游踪，皆以雪显”②。这种结构上的匠心，显然是诗人的刻意追求。更值得一提的是姜夔的《昔游诗》。这篇长诗选择了若干“可喜可愕”的游历之处，将二十年的生命旅程连缀成一轴长幅画卷，与《雪中六解》正是同一机杼。可见，姜夔在组诗的整体布局上是有着明确的意识的。

① 姜夔著，夏承焘校辑：《白石诗词集》，北京：人民文学出版社，1959 年，第 48-49 页。
② 孙玄常语。姜夔撰，孙玄常笺注，李安纲参校：《姜白石诗集笺注》，太原：山西人民出版社，1986 年，第 217 页。

《昔游诗》十五首是姜夔集中的一组规模最大的诗，其艺术成就，在整个南宋亦不多见。在这组诗的谋篇布局上，姜夔倾注了大量心血，它既以描写二十年间的“可喜可愕”者为主，其所选择的事物和场面也就多为凶险奇瑰者。与这一主题相适应，全组诗的主体风格也显得奔放雄奇。但是，作者本人既然对“体面”“气脉”“布置”“开阖”等创作手法都有着主观体认，也就不能不体现在特定的作品中。因此，他特别注意全篇的波澜起伏，使这组诗在相对统一的风格中又呈现出变化。如其四云：

萧萧湘阴县，寂寂黄陵祠。乔木荫楼殿，画壁半倾攲。芦洲雨中淡，渔网烟外归。重华不可见，但见江鸥飞。假令无恨事，过此亦依依。①

此诗前面两首是“放舟龙阳县”和“九山如马首”，分别写舟过龙阳县、九马嘴山时“大浪山嵯峨”“我舟如叶轻”“自谓喂鼋鼍”“万死得一生”的凶险场面；后面三首是“我乘五板船”“天寒白马渡”和“扬舲下大江”，或写在沌河口夜航遇风浪之险，或写经白马渡时遭逢“势若江湖吞”的野烧，或写渡扬子江时，为风雪所阻，“欲上不得梯，欲留岸频裂”的恐怖，都写得惊心动魄，气氛紧张，而中间忽夹以此首，景色淡雅，节奏和缓，与前后恰成鲜明对比，不仅使得作者的情绪得以调节，全诗也显得张弛有度，富有变化。众所周知，杜甫的《北征》是一篇思想、艺术成就都很高的大诗。它写国家局势的动荡不安，写自己家庭的艰难生活，并在其中蕴涵着诗人的忠愤、忧郁、伤感和希望，通篇气氛是严肃而沉重的。但诗中却有一小段描写了旅途中的景色和自己观赏这些景色的愉悦心情：

① 姜夔著，夏承焘校辑：《白石诗词集》，北京：人民文学出版社，1959年，第14页。

菊垂今秋花，石戴古车辙。青云动高兴，幽事亦可悦；山果多琐细，罗生杂橡栗；或红如丹砂，或黑如点漆；雨露之所濡，甘苦齐结实。①

对此，杨伦《杜诗镜铨》引张溍《读书堂杜工部诗集注解》评云："凡作极要紧、极忙文字，偏向极不要紧、极闲处传神，乃夕阳反照之法，惟老杜能之。如篇中青云幽事一段，他人于正事实事尚铺写不了，何暇及此？此仙凡之别也。"②而程千帆师更进一步从中国古典美学上一张一弛的原则，体会到这一段在全篇中的作用。他说："杜甫正是由于生活上、精神上所承受的压迫，使他透不过气来，才在旅途中强自排遣，从而感到幽事之可悦的。在紧张的神经松弛了一阵之后，诗人不可避免地仍然要回到严酷的现实中来，而'缅思桃源内，益叹身世拙'二句则是弛而复张的过脉。中间这一轻松愉快的场面和前后许多严肃痛苦的场面对比，不但显示了诗篇在艺术上的节奏，更重要的还在于表现了诗人感情上的起伏及其自我调节作用。"③这一段论述对我们理解《昔游诗》十五首的整体结构很有启发。当然，《昔游诗》尚不足以与《北征》相提并论，但其在谋篇布局上的张弛之法，则可视为对杜诗的一个直接继承，而且，所达到的效果亦不容忽视。

第三，姜夔诗歌的独创性还表现在他对语言艺术的努力追求上。罗大经《鹤林玉露》丙编卷二《姜白石》条曾说姜夔学诗于萧德藻，而且，后来更因文才受到赏识，做了萧氏的侄女婿。因此，萧氏奇峭工致的诗歌艺术，显然不能对姜夔没有影响。

① 杜甫著，杨伦笺注：《杜诗镜铨》卷四，上海：上海古籍出版社，1980 年，第 160 页。
② 杜甫著，杨伦笺注：《杜诗镜铨》卷四，上海：上海古籍出版社，1980 年，第 160-161 页。
③ 程千帆师《古典诗歌描写与结构中的一与多》。程千帆师著：《古诗考索》，上海：上海古籍出版社，1984 年，第 15 页。

前人评姜夔诗的语言，或谓“琢句精工”[①]，或谓“造语奇特”[②]，这些体认，都是很准确的。如其得到普遍赞誉的《望岳》诗中“小山不能云，大山半为天”[③]二句，把一种平常的自然景象写得奇峭脱俗，千锤百炼而又脱略痕迹，就是一例。

注重对字句的锤炼，本是一切有成就的作家对艺术所具备的态度。不过，南宋的江湖诗人，由于自身的才气比较小，不足以在诗歌的风格、气韵、内涵、章法等方面取得突破，所以往往更加追求一字一句的技巧。这样做，从整体上看，一方面，使人感到这一时代的创作态度比较严肃，某种程度上体现了语言的艺术形式的魅力；另一方面，又由于过分注意推敲字句，从而有意无意地忽略了全篇的意旨的完整，以至于有时不免造成有句无篇的缺陷。正如刘克庄批评方元英时所说：“虽退之高才，不过欲去陈言以夸末俗。后人因之，虽守诗家之句律严，然去风人之情性远矣。君诗之病，在于炼字而不炼意。予窃以为未然。若意义高古，虽用俗字亦雅，陈字亦新，闲字亦警。”[④]这种情况，是当时不少江湖诗人的通病。

姜夔在语言的运用上，却与这种情形有着根本的不同。首先，他的作品不像许多江湖诗人那样，具有明显的字眼，亦即锤炼之迹，而是通

①《鹤林玉露》丙编卷二《姜白石》条。罗大经撰：《鹤林玉露》，北京：中华书局，1983年，第267页。

② 瞿佑《归田诗话》卷中云：“姜尧章诗云：‘小山不能云，大山半为天。’造语奇特。王从周亦云：‘未知真是岳，只见半为云。’似颇近之。”（丁福保辑：《历代诗话续编》，北京：中华书局，1983年，第1264页）按：此段评姜略本姜夔《白石道人诗说自序》，谓：“淳熙丙午立夏，余游南岳……顾见茅屋蔽亏林木间，若士坐大石上……从容问从何来，适吟何语。余以实告，且举似昨日《望岳》‘小山不能云，大山半为天’之句。若士喜，谓余可人。”（陈思《白石道人年谱》，《北京图书馆藏珍本年谱丛刊》第33册，第142页）及夏承焘《白石道人行实考》（《燕京学报》，1938年第24期，第69-70页）都认为，所谓“若士”，乃虚拟之人，指黄庭坚。可见这二句诗的渊源。

③ 姜夔著，夏承焘校辑：《白石诗词集》，北京：人民文学出版社，1959年，第59页。

④ 刘克庄《方俊甫小稿》。刘克庄著，辛更儒笺校：《刘克庄集笺校》卷一百十一，北京：中华书局，2011年，第4624页。

过精思，显示出整体的气韵。另外，与此相关，他的作品更注重炼意，而非炼句。如其《待千岩》二首之一云："褰裳望洞庭，眼过天一角。初别未甚愁，别久今始觉。作笺非无笔，寒雁不肯落。芦花待挈音，怪底北风恶。"[①]通篇多用暗示和对比之法，其语言的奇峭工致，颇有所从学诗的萧德藻之风。又如《除夜自石湖归苕溪》十首之三云："黄帽传呼睡不成，投篙细细激流冰。分明旧泊江南岸，舟尾春风飐客灯。"[②]构思精密而出语婉秀，精心锤炼而不留痕迹。杨万里评《除夜自石湖归苕溪》十首为"有裁云缝雾之妙思，敲金戛玉之奇声"[③]，确是内行之言。姜夔《诗说》有云："诗之不工，只是不精思耳。不思而作，虽多亦奚为？"又云："雕刻伤气，敷衍露骨。若鄙而不精巧，是不雕刻之过；拙而无委曲，是不敷演之过。"又云："人所易言，我寡言之；人所难言，我易言之，自不俗。"[④]可以说，他的创作在一定程度上实现了他的诗歌主张。

四、姜夔诗歌创作的艺术渊源

论及姜夔诗歌的艺术渊源，长期以来，有人根据杨万里评其"于文无所不工，甚似陆天随"[⑤]的话，认为他是学晚唐陆龟蒙诗的[⑥]。尽管姜

---

① 姜夔著，夏承焘校辑：《白石诗词集》，北京：人民文学出版社，1959年，第10页。

② 姜夔著，夏承焘校辑：《白石诗词集》，北京：人民文学出版社，1959年，第41页。

③ 见该诗自注。姜夔著，夏承焘校辑：《白石诗词集》，北京：人民文学出版社，1959年，第41页。

④ 姜夔著，夏承焘校辑：《白石诗词集》，北京：人民文学出版社，1959年，第66页。

⑤ 周密撰，张茂鹏点校：《齐东野语》卷十二《姜尧章自叙》条，北京：中华书局，1983年，第211页。

⑥ 游国恩等主编之《中国文学史》即持是说。游国恩、王起、萧涤班、季镇淮、费振刚主编：《中国文学史》，北京：人民文学出版社，1964年，第696页。

夔本人也常对陆龟蒙表示称赞和向慕[①]，但是说他学陆却是缺少根据的。从整体上看，不仅是姜夔，众多的江湖诗人也经常提到陆龟蒙，可那不过是在身世际遇上和陆氏产生了共鸣，至于陆氏的诗歌风格，与许多江湖诗人都并不相同。这一点，姜夔也不例外。其实，细味杨万里的话，他只是称赞姜夔和陆龟蒙一样，在生活态度上很接近，在文艺方面也都取得了成就，而并不是说二人诗歌一定有什么渊源。当然，也许由于陆龟蒙是晚唐的一位富有独创性的诗人，而姜夔则由于将晚唐诗风引来改造江西诗派，在当时诗坛上表现了其独创性，因而杨万里才将二人并称的吧。

其实，与其说姜夔学陆龟蒙，不如说他学习杜牧。尤其在姜夔的绝句中，其秀逸的风神，显然能看出杜牧的影响。如前引《姑苏怀古》一诗，其伤今吊古之深情，与杜牧的《金谷园》诗，风味极似。再比较下面二诗：

溪上佳人看客舟，舟中行客思悠悠。烟波渐远桥东去，犹见阑干一点愁。

——姜夔《过德清》二首之二[②]

南陵水面漫悠悠，风紧云轻欲变秋。正是客心孤迥处，谁家红袖凭江楼。

——杜牧《南陵道中》[③]

二诗场景同，设色同，以楼上佳人之无情反衬舟中客子之有情同，其间传承关系，非常明显。但姜诗末句出以虚笔，则尤显得蕴藉空灵。前引

① 如姜夔《除夜自石湖归苕溪》十首之五："三生定是陆天随，又向吴松作客归。"《三高祠》："沉思只羡天随子，蓑笠寒江过一生。"又《三高祠》："甫里闲居耕钓乐，范张高处陆尤高。"（姜夔著，夏承焘校辑：《白石诗词集》，北京：人民文学出版社，1959 年，第 41、45、62 页）

② 姜夔著，夏承焘校辑：《白石诗词集》，北京：人民文学出版社，1959 年，第 47 页。

③ 杜牧著，冯集梧注：《樊川诗集注》，上海：上海古籍出版社，1978 年，第 363 页。

姜夔《白石道人诗集自叙》总结自己的学诗经历时说："异时泛阅众作，已而病其驳如也，三熏三沐，师黄太史氏。居数年，一语噤不敢吐。始大悟学即病，顾不若无所学之为得，虽黄诗亦偃然高阁矣。"这个"泛阅众作"，接受面不当以一家限，但从姜夔后来的主要成就看，则杜牧的影响显然较大。

不过，正如姜夔自己所说，他在"泛阅众作"的阶段之后，进入了专攻黄（庭坚）诗的时期。尽管他后来认识到"学即病"，因而从江西诗派的樊篱中跳了出来，但这一段时间所下的功夫，显然并不能完全与他后来的创作活动没有关系。如其《以"长歌意无极，好为老夫听"为韵奉别沔鄂亲友》，用典活泛，句法跳脱，意思曲折，生新瘦硬，深得黄诗之神髓，风格与黄氏《谢公定和二范秋怀五首邀予同作》[①]诸诗相近。试举其中一段：

> 宦达羞故妻，贫贱厌邱嫂。上书云雨迥，还舍笋蕨老。江皋锄带经，决计恨不早。士无五羖皮，没世抱枯槁。[②]

写自己用世之心难遂，缺少知音，生活窘迫。其句法的老健瘦劲，用典的虚实得宜，都与黄诗相近。再如《送〈朝天续集〉归诚斋，时在金陵》：

> 翰墨场中老斫轮，真能一笔扫千军。年年花月无闲日，处处山川怕见君。箭在的中非尔力，风行水上自成文。先生只可三千首，回施江东日暮云。[③]

① 黄庭坚：《豫章黄先生文集》卷三，商务印书馆《四部丛刊》本，第 11 页。

②《以"长歌意无极，好为老夫听"为韵奉别沔鄂亲友》十首之八。姜夔著，夏承焘校辑：《白石诗词集》，北京：人民文学出版社，1959 年，第 6 页。

③ 姜夔著，夏承焘校辑：《白石诗词集》，北京：人民文学出版社，1959 年，第 33 页。

对这首诗，方回非常赞赏，其《瀛奎律髓》评云："尧章自能按曲，为词甚佳，诗不逮词远甚。予选其诗一。此一首合予意，容更详之。"①方回本不喜欢姜诗，洋洋大观的《瀛奎律髓》只选了这一首，显然是因为它"合予意"。但到底是为什么，他虽然说"容更详之"，却终于没作解释。在我们看来，这首诗用典多而广，善用虚字斡旋，出语爽利，明显带有江西风调。方回也许正是由于在江湖诗派中发现了江西风调，才感到高兴的吧。不过，南宋学江西者，往往流于粗，因此，纪昀评其"四句粗豪之气太重，五、六意是而句不工"②，也是事实。但总的说来，姜夔取法江西诗派的作品所达到的境界，是远远胜过同时一些江西末流的。

姜夔的诗当时是否为陈起刊入《江湖集》中，今已不可确知。但今存各种版本的江湖诗集，皆收入其诗，可见后人一致认为他是江湖诗人的先驱之一。事实也是如此。总的说来，姜夔对后来江湖诗人的影响是多方面的，如炼字琢句、师法晚唐等，但最根本的一点在于，他一定程度上开创了江湖诗派的自立精神。后期江湖诗人毛珝有一首题为《中年》的诗，云：

> 中年已悟昔皆非，正学无师更可悲。诗道纵能通阃域，圣经曾未涉藩篱。拟从周子参无极，更为东莱续近思。适意舞雩时一咏，区区何用苦吟为？③

此诗要求学习江西诗派的独创精神，追求"适意"，应看作是对姜夔创

① 方回选评，李庆甲集评校点：《瀛奎律髓汇评》卷三十六，上海：上海古籍出版社，2005年，第1437页。

② 方回选评，李庆甲集评校点：《瀛奎律髓汇评》卷三十六，上海：上海古籍出版社，2005年，第1437页。

③ 毛珝：《吾竹小稿》，汲古阁景宋钞《南宋群贤六十家小集》本，第5页。

作精神的继承，也是后期江湖诗派能够富有活力的原因之一。另外，姜夔以游士身份，长期漫游，与江湖诗人多有接触，较之前此诸大家，其为人既更易接近，则诗风也不难引起共鸣。至于其弟子如张辑者，本身也是江湖诗派成员，推行其师说，就更是题中应有之义了。

第二章　晋宋风致：姜夔的生活模式与文化品格

一、问题的提出

在南宋中后期，以国都临安为中心，聚集着一大批江湖诗人。这些诗人被繁华的都市生活所吸引，以诗歌作为行谒的工具，长期游走于达官贵人之门，形成南宋社会的一道非常奇特的景观。由于在历史上，诗的地位一直非常高，从注重气节的角度看，谒客的行为，并不被文化传统所认可，所以，对于这些江湖诗人，历来总体上的评价并不高。这大致上是一个从为人到为诗的评估取向，其中最重要的是对江湖诗人生活模式及生活精神的否定。

然而，作为江湖诗人中最有成就者之一，姜夔的生活精神却得到了人们赞扬，被称之为“晋宋人物”（或类似的称呼）。这个称呼，先见之于姜夔的好朋友，同时也是他依附的主要对象之一的范成大，后见之于时代稍晚的陈郁。兹列举二人的说法如下：

> 参政范公以为翰墨人品，皆似晋、宋之雅士。
>
> ——周密《齐东野语》卷十二《姜尧章自叙》[①]

① 周密撰，张茂鹏点校：《齐东野语》，北京：中华书局，1983 年，第 211 页。

> 白石道人姜尧章气貌若不胜衣，而笔力足以扛百斛之鼎，家无立锥，而一饭未尝无食客。图史翰墨之藏，充栋汗牛。襟期洒落，如晋宋间人。
>
> ——陈郁《藏一话腴》内编卷下[①]

在宋代文化的语境中，“晋宋雅士”或“晋宋间人”以及“晋宋人物”等称呼，受各种因素的影响，评价或有不同，不过作为褒义词表示称赞者，进入南宋后似乎更多[②]。但事实上，从生活模式上看，姜夔与其他江湖诗人也许并无太大分别。那么，为什么会有这样不同的评价呢？关于这个问题，孙维城和赵晓岚两教授曾做过一定的讨论[③]，提出了一些值得重视的观点。如关于姜夔作为“晋宋人物”所体现的内涵，孙维城先生认为，“晋宋人物的实质是士大夫精神上的大解放，人格上思想上的大自由。这是自我价值被发现被肯定的时代。外在的功业退居第二位，首先是肯定自我的人格，自我的价值，自我的意识，自我的情感。他们风神潇洒，飘逸不群，这种洒脱的襟期来源于玄学的深思。而精神人格的大解放大自由又具体表现为晋宋人‘向外发现了自然，向内发现了自己的深情’（宗白华《论〈世说新语〉和晋人的美》）。”[④]孙作进而从山水和爱情两个方面分析了姜夔的作品，从中揭示他的人格：“这种文化人格以晋宋人物为底色，而又染上了封建后期的人文

① 陈郁：《藏一话腴》，《景印文渊阁四库全书》第865册，台北：台湾商务印书馆，1986年，第548页。

② 孙维城教授在其《“晋宋人物”与姜夔其人其词》（《文学遗产》1999年第2期）一文中认为，到了南渡前后，人们才开始推重晋宋人物。赵晓岚教授在其《也谈“晋宋人物”、“文化人格”及姜夔——与孙维城先生商榷》（《文学遗产》2000年第3期）中也说“北宋人之鄙薄晋宋之风”。

③ 孙维城：《“晋宋人物”与姜夔其人其词》，《文学遗产》，1999年第2期，第54页；赵晓岚：《也谈“晋宋人物”、“文化人格”及姜夔——与孙维城先生商榷》，《文学遗产》，2000年第3期，第62页。

④ 孙维城：《“晋宋人物”与姜夔其人其词》，《文学遗产》，1999年第2期，第49页。

色彩。精神上的大解放与思想上的大自由是士大夫文化人格的核心，具体表现为向内挖掘出自我的深情，使人性不至异化；向外深入了自然，不仅以之作为观赏对象，而且作为安置疲惫生命与心灵的故乡热土。”在姜夔“纵情山水、深情绵邈与狷洁清冷的背后，我们聆听到后期士大夫追求精神自由、渴望宁静淡泊的心声”。[①]赵晓岚不同意孙维城对“晋宋人物”概念的论定，认为无论是“向外”，还是“向内”，姜夔与晋宋人物都不同，他的为人和为词，与晋宋之“狷”和“雅”也不同。“姜夔给人以‘晋宋人物’的印象，主要是在于其外貌、风度、气质及出众的才华、终身未仕的经历”，“尽管他也显示出晋宋雅士那‘飘逸不群’的风度和‘狷洁清冷’的气质，但在本质情性上，在思维方式上，却是他那长期浸淫着的儒家思想占据着主导地位。”[②]在中国文化的语境中，涉及一些概念，往往比较含糊，语境不同，内涵也可能不同，读者自可作见仁见智的不同理解。赵文认为姜夔的主要文化精神还是儒家的，这一点，肯定是姜夔身上很重要的色彩之一，不过，与本章所要集中讨论的问题无关，因此存而不论；孙文从精神人格上立论，联系姜夔的词作，讨论其文化精神，而抉出狷洁和雅致，确是姜夔身上的重要特征。一般来说，人们在讨论晋宋文学文化时，所总结的诸如旷达超脱、高雅萧散等，都能不同程度地在姜夔身上找到呼应。不过，以往在这方面的论说往往过于宏观，如何从姜夔特定的身世人格及其与所属阶层、群体的关系来发掘其文化精神的意义，还要做进一步思考。因此，本章拟联系姜夔本人的生活状态和精神追求，以及他与其他江湖游士的区别，还有他的创作中所体现出来的与这一概念相关的一些因素，对所谓“晋宋人物”作更为明确的指认，更为具体的说明，并借此管窥当时社会发生的一些变化。

---

① 孙维城：《“晋宋人物”与姜夔其人其词》，《文学遗产》，1999年第2期，第54页。

② 赵晓岚：《也谈“晋宋人物”、“文化人格”及姜夔——与孙维城先生商榷》，《文学遗产》，2000年第3期，第62页。

二、“晋宋人物”的内涵

“晋宋人物”是一个比较宽泛的指称，其内涵也往往比较含糊。大致说来，在宋代特定的语境中，经常指的是一个人的风神气度，如张元幹说米芾“此老风流，晋、宋间人物也”[①]，又说苏庠“高标远韵，当求之晋、宋间”[②]。汪藻说鲍钦止“风度凝远，如晋宋间人”[③]。杨万里说范成大“风神英迈，意气倾倒，拔新领异之谈，登峰造极之理，萧然如晋宋间人物”[④]。又说王叔雅“萧然简远，若晋宋间人”[⑤]。这些，都是用“晋宋人物”的概念来认识其当代人。对姜夔的评价，也是在这一脉络中展开的。

晋人的生活态度和美学精神当然会对其后的刘宋有影响，不过，赵宋之人将“晋宋”连用，而不仅仅是“晋”，作为文化人格的倾慕，至少在某些层面，有其特定的考虑。我们注意到，宋人以“晋宋人物”比附其当代人，经常是一个笼统的说法，但在对“晋宋人物”进行讨论时，却往往有一个明确的对象，这就是晋宋之际的陶渊明。陈正敏在《遁斋闲览》中曾指出：“渊明趣向不群，词彩精拔，晋、宋之间，一人而已。”[⑥]这既肯定其为人，也称赞其词采。包恢写有《远斋记》，记其友人徐致远卜居于上饶玉溪之南，求其为寓所命名，包名之曰“远斋”，解释说：

---

① 张元幹《跋米元章下蜀江山图》。张元幹撰：《芦川归来集》卷九，上海：上海古籍出版社，1978年，第169页。

② 张元幹《苏养直诗帖跋尾六篇》。张元幹撰：《芦川归来集》卷九，上海：上海古籍出版社，1978年，第176页。

③ 汪藻：《鲍吏部集序》，《浮溪集》卷十七，《丛书集成初编》第1958册，北京：中华书局，1985年，第196页。

④ 杨万里：《石湖先生大资参政范公文集序》，《诚斋集》卷八十二，商务印书馆《四部丛刊》本，第2页。

⑤ 杨万里：《王叔雅墓志铭》，《诚斋集》卷一百二十七，商务印书馆《四部丛刊》本，第14页。

⑥ 胡仔纂集，廖德明校点：《苕溪渔隐丛话》前集卷三引，北京：人民文学出版社，1962年，第18页。

"昔陶靖节结庐人境，而心远地偏者，亦如是耳。"然后历述徐致远的行事模式，指出："致远有晋宋间人物风度者也，当自有契于此。"[①]显然也是将陶渊明当作"晋宋人物"的重要代表[②]。

研究中国思想史和文学史的学者已经达成共识，认为陶渊明的价值真正被发现是在宋代。宋人特别推崇陶渊明的，是其韵度。这个韵度，可以表现在创作上，如苏轼所体认的"外枯而中膏"[③]；也可以表现在生活模式上，这就是他的"结庐人境"之说。

本来，晋人对于隐逸之事，已有多方面的思考，在言意之辨的大背景中，人们也将其与出处取向结合起来了。《世说新语·言语》："简文入华林园，顾谓左右曰：'会心处，不必在远，翳然林水，便自有濠、濮间想也。觉鸟兽禽鱼，自来亲人。'"[④]《晋书》卷八十二《邓粲传》载："邓粲，长沙人。少以高洁著名，与南阳刘驎之、南郡刘尚公同志友善，并不应州郡辟命。荆州刺史桓冲卑辞厚礼请粲为别驾，粲嘉其好贤，乃起应召。驎之、尚公谓之曰：'卿道广学深，众所推怀，忽然改节，诚失所望。'粲笑答曰：'足下可谓有志于隐而未知隐。夫隐之为道，

---

① 包恢：《敝帚稿略》卷四，《景印文渊阁四库全书》第1178册，台北：台湾商务印书馆，1986年，第750页。

② 当然，宋人也有认为陶渊明高于"晋宋人物"者，黎靖德《朱子语类》卷三十四记载朱熹的意见："晋宋间人物，虽曰尚清高，然个个要官职，这边一面清谈，那边一面招权纳货。渊明却真个是能不要，此其所以高于晋宋人也。"（黎靖德编，王星贤点校：《朱子语类》，北京：中华书局，1986年，第874页）这个意见也被明清一些人所接受，如明代王樵《方麓集》卷二《许龙山七十寿序》云："渊明之见道忘物，所以能适其适，而独高于晋宋人物者也。"（《景印文渊阁四库全书》第1285册，第150页）清代阎若璩《潜邱札记》卷一引朱熹之言后，感叹道："呜呼，此可谓深得渊明之心者矣！"（《景印文渊阁四库全书》第859册，第384页）按：孙维城教授在其文章中，也提到了陶渊明，不过并没有就此角度进一步展开论述。他认为陈正敏所指出的"晋宋之间，一人而已"，是把陶渊明与晋宋人物相剥离，事实上，所谓"一人"，或可作"第一人"解，这一点，从宋代其他论述晋宋人物者往往将陶渊明包含进去来看，也可以得到旁证。

③ 苏轼撰，茅维编，孔凡礼点校：《苏轼文集》，北京：中华书局，1986年，第2110页。

④ 余嘉锡撰，周祖谟、余淑宜整理：《世说新语笺疏》，北京：中华书局，1983年，第120-121页。按：这里的描写，可以和陶渊明在作品中的相关表述相参。

朝亦可隐，市亦可隐。隐初在我，不在于物。’尚公等无以难之，然粲亦于此名誉减半矣。”[①]这个“名誉减半”，说明在人们心目中，隐逸之事仍有一定的规定性，形神言意之说并不足以掩盖其中的诡辩。但是，从中确实可以发展出一种理念，如晋人王康琚《反招隐诗》所云：“小隐隐陵薮，大隐隐朝市。”[②]关键是要“天和”，而不能“矫性”。沿着这一理念，真正能够做出典范的，正是陶渊明。陶渊明是真正的隐逸之士，但是，他又并不拘泥于行迹，而是掌握其精神。他著名的《饮酒》诗（结庐在人境）告诉我们，隐居并不一定要像《后汉书·隐逸传》中的那些隐士一样，遁迹于深山老林，在人群中居住，只要“心远”，就能够不闻车马之声，宛如居于偏僻之地。这个“心远”，就是一种“韵”，似乎毫无所求，一片淡泊静穆，但又包含着许许多多。

这样一种品格，正是宋人特别欣赏的，所以，黄庭坚就称赞说：“彭泽意在无弦。”[③]黄庭坚的这一思想，在不少方面都体现出来。他论书重韵是人们所熟知的，其重要内涵之一，就是遗貌取神，至于他本人的书法，也能体现出这一特色，范温《潜溪诗眼》即指出：“至于山谷书，气骨、法度皆有可议，惟偏得《兰亭》之韵。”[④]从这个思路来看姜夔，就能够对所谓的“晋宋人物”有更透彻的了解。

三、江湖诗人的一般生活形态与姜夔

江湖诗派大约兴起于13世纪初叶，即南宋中期。这个诗人群体是在宋代的政治、经济状况进一步恶化，文化思想发生了较大变化的背景中产生出来的一个特定的社会阶层，在文化史上，也常被称为江湖游士或江湖谒客。南宋的城市生活非常繁荣，尤其在首都临安（杭州），西

① 房玄龄等撰：《晋书》，北京：中华书局，1974年，第2151页。

② 逯钦立辑校：《先秦汉魏晋南北朝诗》，北京：中华书局，1983年，第953页。

③ 黄庭坚《赠高子勉四首》之四，《山谷诗集注》卷十六。黄庭坚撰，任渊、史容、史季温注，刘尚荣校点：《黄庭坚诗集注》，北京：中华书局，2003年，第574页。

④ 范温《范温诗话》。吴文治主编：《宋诗话全编》第2册，南京：江苏古籍出版社，1998年，第1261页。

湖的繁华吸引着大批士人聚集于此，这种奢靡之风，对江湖诗人是非常大的吸引。在江湖诗人中，陈起是一个重要的、起到声气联络作用的人物，之所以如此，除了他的书商身份之外，也与他长期居住在杭州，客观上成为江湖诗人的中心有关。

江湖诗人大都是非官非隐者，他们被繁华的城市生活所吸引，长期游走于不同城市之间，不过，由于他们缺少生活资料，因而并不具备在城市居住的条件，这就促使他们采取一些特定的方式，来满足自己的生活需求。这种方式就是创作诗篇，投献给达官贵人，以求得经济上的资助。在宋代重文的大背景中，这种写诗投献的方式，本身既显得高雅，又满足了达官贵人们养士的心理，因而一时颇为盛行。

按照江湖诗人的生活方式来看，姜夔显然也是属于这一系列的人。

目前传世的诸江湖诗集，据初步搜集，比较完整的，共有十几种，其中大都收有姜夔的诗，这一事实充分说明，在当时和后世批评家的心目中，姜夔的身份就是江湖诗人，这一身份认定，有着普遍的共识。

姜夔的作品，也能给人以漂流江湖的印象。他有一组《昔游诗》，自序中说：“夔早岁孤贫，奔走川陆。……秋日无谓，追述旧游可喜可愕者，吟为五字古句，时欲展阅，自省生平，不足以为诗也。”这组诗共十五首，作为对南方生活的反映，所记多乘舟之事，是名副其实的“江湖”。所谓“可喜可愕”，是指其所选择的事物和场面多为凶险奇瑰者。或写舟过龙阳县、九马嘴山时“大浪山嵯峨”“我舟如叶轻”“自谓喂鼋鼍”“万死得一生”的凶险场面，或写在沌河口夜航遇风浪之险，或写经白马渡时遭逢“势若江湖吞”的野烧，或写渡扬子江时，为风雪所阻，“欲上不得梯，欲留岸频裂”的恐怖。让人感觉到，漂泊江湖，并不是那么浪漫[①]。还有以六首七言绝句组成的《雪中六解》，“首述淳熙丙申北游濠梁之雪，终以嘉泰癸亥入越，与稼轩

① 姜夔著，夏承焘校辑：《白石诗词集》，北京：人民文学出版社，1959年，第13-19页。

秋风亭观雪。其中间则沔鄂黄鹤之雪、行都吴山之雪、除夕垂虹之雪，雪虽五地，而三十年之游踪，皆以雪显。”[①] 这颇具匠心的结构方式，也贯穿着姜夔的江湖行踪。

江湖诗人在干谒过程中，往往要称颂所干谒的对象，以达到自己的目的。早期江湖诗人危稹曾有《上隆兴赵帅》一诗，其中写道：

> 买宅须买千万邻，季雅喜得王僧珍。买山百万复谁与，襄阳节度真主人。……平生骂钱作阿堵，仓卒呼渠宁肯顾。君侯地位高入云，笔所到处皆成春。万间广厦庇许远，岂无一室栖贫身。王邓故处为邻曲，更得赵侯钱买屋。便哦诗句谢山神，饮水也胜樽酒绿。[②]

虽然历史记载中多言江湖诗人以诗歌为谒具，但遍查今存诸江湖诗人的集子，却很少见到类似这样直截了当有如此具体内容的诗作，或许作者本身也认为那是为了一定目的而写的诗，没有收入集子的必要。危稹的这篇作品，非常直率地向隆兴（今南昌）这位姓赵的大员求乞钱财，应是目前存世的江湖诗歌中的一个异数。其实，在现实生活中，这样的事，更多的恐怕是心照不宣，直接写出来，双方都比较尴尬，所以在江湖诗人中，题为“上……”“呈……”的作品很多。

姜夔也有这一类的作品，如《寄上张参政》和《贺张肖翁参政》，前者写道：

> 姑苏台下梅花树，应为调羹故早开。燕寝休夸香雾重，鸳

---

① 孙玄常引陈思《白石道人年谱》语。姜夔撰，孙玄常笺注，李安纲参校：《姜白石诗集笺注》，太原：山西人民出版社，1986 年，第 217 页。按：孙氏也指出陈思所云有时间上的错误，但这并不影响其以雪进行结构的论述。

② 危稹《巽斋小集》。陈起：《江湖小集》卷六十，《景印文渊阁四库全书》第 1357 册，台北：台湾商务印书馆，1986 年，第 487-488 页。

行却望衮衣来。前时甲第仍垂柳，今度沙堤已种槐。应念无枝夜飞鹊，月寒风劲羽毛摧。[1]

后者写道：

太乙图书客屡谈，已知上相出淮南。银台日月非虚过，金鼎功名得细参。从此与人为雨露，应怜有客卧云岚。明朝起为苍生贺，旋着藤冠紫竹篸。[2]

这里的张参政叫张岩，和州（今安徽和县）人，乾道五年（1169 年）进士，曾两为参知政事，官至光禄大夫。张岩是当时的一个喜好清客的官员，因此姜夔有诗送给他。体察其中的意思，就是希望张发达后，能够关注包括自己在内的贫寒之士。姜夔确实写出了自己需要被关注，但这也是此类作品的惯例，考虑到张以好客著称，喜欢被人誉为恩主，姜夔这样的写作，也有其针对性[3]。

因此，整体上看，姜夔也具有江湖诗人的一般风貌，他的生活方式，与一般的江湖诗人也多有相通之处 。

四、姜夔在江湖诗人中的独特性

姜夔确实是一生漂泊江湖，也是一生依附别人而过。不过，他在这种生活中，却又有自己的追求，或者说，有自己的分寸。

姜夔曾为自己作过一篇《自叙》，其中说道：

---

① 姜夔著，夏承焘校辑：《白石诗词集》，北京：人民文学出版社，1959 年，第 33 页。

② 姜夔著，夏承焘校辑：《白石诗词集》，北京：人民文学出版社，1959 年，第 34-35 页。

③ 按：张羽《白石道人传》曾记载：“参政张岩欲辟为属官，夔不就，曰：‘昔张平甫欲为夔营之，夔辞不愿。今老矣，不能也。’”这一段不知有何根据，夏承焘先生曾经怀疑，此传出自姜夔的后人，是为姜夔干谒之事，曲为之说。（夏承焘笺校：《姜白石词编年笺校》之《行实考》，上海：上海古籍出版社，1981 年，第 297 页）

> 四海之内，知己者不为少矣，而未有能振之于窭困无聊之地者。旧所依倚，惟有张兄平甫，其人甚贤。十年相处，情甚骨肉。而某亦竭诚尽力，忧乐同念。平甫念其困踬场屋，至欲输资以拜爵，某辞谢不愿，又欲割锡山之膏腴以养其山林无用之身。惜乎平甫下世，今惘惘然若有所失。人生百年有几？宾主如某与平甫者复有几？抚事感慨，不能为怀。[①]

这里，姜夔所怀念的人是张鉴。张是世家子弟，豪富之人，他欣赏姜夔的才华，希望有所帮助，而且不止一次。第一次是资助姜金钱，让姜去买一个官；第二次是在无锡的锡山，送给姜一片肥沃的土地，供其养老。

第一次，姜夔辞谢了。在中国历史上，姜夔主要是作为隐士的形象出现的，但是，在宋代，不仅隐士的构成非常复杂，而且隐士的生命历程，也不见得始终如一。有时可能求仕不成而隐，有时可能隐逸半途忽有求仕之心，有时甚至形隐而神仕，不一而足。姜夔与不少读书人一样，也有过建功立业的抱负，不过科场总是不得意。他也希望得到破格的选拔，于是向朝廷上表，试图通过展示才华，引起皇帝的注意，可是也失败了。张鉴的“输资以拜爵”，就是在这个背景中提出的。姜夔之所以辞谢，是因为他既有对自己才华的自信，也有个人性格的高傲，他确实希望能够有一个施展的机会，但却不希望通过这种方式，尤其不希望通过被资助而买官的方式。在这方面，即使是号称了解他的张鉴，也还未能洞悉其内心。

第二次，“欲割锡山之膏腴”尚未实施，张鉴就下世了。从姜夔“惘惘然若有所失”的描写来看，他是接受这种方式的，因为，在宋代，本

① 周密撰，张茂鹏点校：《齐东野语》卷十二引，北京：中华书局，1983年，第211-212页。

来就有推重隐士的传统，富人出钱为寒士买山，也是常见的现象[①]。从富人一方来说，满足了好士之名；从寒士一方来说，则顺应了社会风气，不至于有什么压力，人格上也不会受到伤害。这其实是一种约定俗成、心照不宣的规范，所以，姜夔才会在张鉴下世之后，感叹“人生百年有几？宾主如某与平甫者复有几？抚事感慨，不能为怀”。因为他这里不是在惋惜一位恩主，而是在悼念一位知己。

于是，我们就可以清楚地看到，姜夔在自己的江湖生涯中，尽管必然地要依人做客，但他非常看重人格的独立，看重平等的交往。这是一种不易拿捏的分寸，但姜夔却掌握得非常好。这一点，从他和范成大的交往中也可以看出来。

姜夔与范成大的相识是通过杨万里，而姜夔认识杨万里是通过萧德藻。杨万里一见姜夔，即非常欣赏，但他认为自己没有能力予以提携，因此转介给友人范成大，并以诗的形式，写了一封介绍信，类似方回所说的“阔匾”[②]。这首诗作为江湖诗人生活历程中的一个证明，非常值

① 这种现象，北宋就开始有了，如《宋史·邵雍传》：“邵雍字尧夫。其先范阳人，父古徙衡漳，又徙共城。雍年三十，游河南，葬其亲伊水上，遂为河南人。雍少时，自雄其才，慷慨欲树功名。于书无所不读，始为学，即坚苦刻厉，寒不炉，暑不扇，夜不就席者数年。……初至洛，蓬荜环堵，不芘风雨，躬樵爨以事父母，虽平居屡空，而怡然有所甚乐……富弼、司马光、吕公著诸贤退居洛中，雅敬雍，恒相从游，为市园宅。”（卷四百二十七）《宋史·刘恕传》所记载的，是刘氏“家素贫，无以给旨甘，一毫不妄取于人。自洛南归，时方冬，无寒具。司马光遗以衣袜及故茵褥，辞不获，强受而别，行及颍，悉封还之”。（卷四百四十四）司马光强行馈遗之举，让我们看到，宋代好士之风是多么浓厚。另一个例子是傅尧俞与陈师道，据《宋史·陈师道传》记载：“师道高介有节，安贫乐道。……初，游京师逾年，未尝一至贵人之门，傅尧俞欲识之……知其贫，怀金欲为馈，比至，听其论议，益敬畏不敢出。”（卷四百四十四）傅氏欲主动对陈师道有所馈遗，却慑于陈的气度不敢拿出来，也可见出宋代的好士之风。（脱脱等撰：《宋史》，北京：中华书局，1977年，第36册第12726-12727页、第37册第13119-13120页、第13115页）

② 方回《瀛奎律髓》卷二十评戴复古《寄寻梅》说：“庆元、嘉定以来，乃有诗人为谒客者。龙洲刘过改之之徒不一人，石屏亦其一也。相率成风，至不务举子业，干求一二要路之书为介，谓之‘阔匾’，副以诗篇，动获数千缗，以至万缗。”（方回选评，李庆甲集评校点：《瀛奎律髓汇评》，上海：上海古籍出版社，2005年，第840页）

得介绍。诗题为《送姜夔尧章谒石湖先生》：

钓璜英气横白蜺，咳唾珠玉皆新诗。江山愁诉莺为泣，鬼神露索天泄机。彭蠡波心弄明月，诗星入肠肺肝裂。吐作春风百种花，吹散濒湖数峰雪。青鞋布袜软红尘，千诗只博一字贫。吾友夷陵萧太守，逢人说君不离口。袖诗东来谒老夫，惭无高价当璠玙。翻然却买松江艇，径去苏州参石湖。①

作品先写姜夔才华过人，诗思敏捷；继说其奔波江湖，虽作诗盈箧，却不遇知音，贫困交加；再说由于老友萧德藻的推重，得以结识，但自己分量还不够，无法给予适当的提携，因此最后说最恰当的恩主应该是范成大，可以持这首诗到苏州去进谒。

杨万里也可以说是"当世显人"了，这封用诗写的介绍信也非常有分量，范成大的接纳当是必然的事。我们尚不知姜夔见到范成大以后是怎样表达仰慕的，但是，姜夔读到杨万里的这首诗之后的和作，可以给我们一些启发。诗题为《次韵诚斋送仆往见石湖长句》：

客来读赋作雌蜺，平生未闻衡说诗。省中诗人官事了，狎鸥入梦心无机。韵高落落悬清月，铿锵妙语春冰裂。一自长安识子云，三叹郢中无白雪。范公萧爽思出尘，有客如此渠不贫。堂堂五字作城守，平章劲敌君在口。二公句法妙万夫，西来囊中藏鲁玙。只今击节乌栖曲，不愧当年贺鉴湖。②

第一句用王筠读沈约《郊居赋》，将"雌霓连蜷"的"霓"读作入声，

① 杨万里：《诚斋集》卷二十二，商务印书馆《四部丛刊》本，第6页。

② 姜夔著，夏承焘校辑：《白石诗词集》，北京：人民文学出版社，1959年，第26页。

沈约引以为知音事，言自己碰到了知己。第二句用西汉匡衡说《诗》高妙之事，称赞杨万里才高学博，自己闻所未闻。三、四句说杨万里虽然身在仕途，但心在江湖，人品清雅。第五句至第八句说杨万里的诗格调清奇，语言精妙，就像西汉文学家扬雄一样具阳春白雪之姿，并世无能匹敌者。九、十句通过夸赞杨万里带出范成大，所谓不知其人知其友，说有杨这样的朋友，范成大为人的萧爽出尘可想而知。第十一句至第十四句范、杨合写，说二人既是好朋友，互相推重，又是诗坛劲敌，互相竞争，写出的诗真是字字珠玑。《初学记》卷二七引《逸论语》："璠玙，鲁之宝玉也。孔子曰：'美哉璠玙，远而望之，焕若也；近而视之，瑟若也。'"[①]前面已经大力称赞杨万里，如今以范成大作为杨的诗坛对手，正是最好的颂扬之词。最后二句用唐朝贺知章激赏李白，来写杨万里对自己的欣赏，不动声色地表达了对范成大的期待。此典出自唐孟棨《本事诗》，李白初至长安，贺知章见其《乌栖曲》，叹赏苦吟，称赞说："此诗可以泣鬼神矣。"[②]

这样用诗来表达期待引汲的心理，可谓自占身份，不卑不亢。称赞而不阿谀，期待而不委琐，很有分寸感。

姜夔前往石湖谒见范成大，到底有什么具体想法，我们现在已经无法知道，但既是进谒，必有所求。可是看他在《暗香》一词的小序中所写："辛亥之冬，予载雪诣石湖。止既月，授简索句，且征新声。作此两曲，石湖把玩不已，使工妓肄习之，音节谐婉，乃名之曰《暗香》《疏影》。"[③]宋光宗绍熙二年（1191年）冬天，他在石湖待了一个多月，好像天天就是在"授简索句，且征新声"这样的生活中度过。元代陆友仁《砚北杂志》记载："小红，顺阳公（即范石湖）青衣也，有色艺。顺阳公之请

① 徐坚等著：《初学记》卷二十七，北京：中华书局，1962年，第652页。

② 徐釚辑《本事诗·高逸》。孟棨等著：《本事诗·本事词》，上海：古典文学出版社，1957年，第15页。

③ 夏承焘笺校：《姜白石词编年笺校》，上海：上海古籍出版社，1981年，第48页。

老，姜尧章诣之。一日，授简征新声，尧章制《暗香》《疏影》两曲，公使二妓肄习之，音节清婉。尧章归吴兴，公寻以小红赠之。其夕大雪，过垂虹，赋诗曰：‘自琢新词韵最娇，小红低唱我吹箫。曲终过尽松陵路，回首烟波十里桥。’尧章每喜自度曲，吟洞箫，小红辄歌而和之。”[①] 姜夔去见范成大，肯定不是为了得到一个小红，但他却体现出如此发自内心的喜悦，可见，进谒这件事，对于姜夔来说，是得固可喜，不得亦欣然，体现出一种随缘自适的韵度。

因此，这也就体现了姜夔和一般江湖诗人的不同：他无法摆脱这种生活，似乎也并不拒绝这种生活，但是，他却总是能够保持平静的内心，在俗的生活中，得到雅的意韵。这显然得到了普遍的尊重，所以才有这么多称他为高士的评价和赞扬。

五、姜夔脱略外在的内心追求

姜夔的创作在当时就有相当的影响，但真正进入批评家的视野，主要依赖于宋末张炎在《词源》中的揄扬。张炎是张鉴的孙子，他的祖父对姜夔非常理解，这一点，也许无形中被孙子继承下来了，不过，和祖父不同的是，张炎是从作品来谈人品的。在《词源》中，他非常称赞姜夔的人品，也不止一次地称赞《暗香》《疏影》等词，或说他的词“不惟清空，又且骚雅，读之使人神观飞越”，或说他的词“清空中有意趣，无笔力者未易到”，还称赞《暗香》《疏影》二篇“前无古人，后无来者，自立新意，真为绝唱”[②]。中国一向有诗如其人之说，在张炎看来，能够写出如此作品的人，当然是表里澄澈，清气透骨的。

---

① 陆友仁：《研北杂志》，《景印文渊阁四库全书》第866册，台北：台湾商务印书馆，1986年，第605页。按：《过垂虹》词，四库本作“回着烟波十里桥”，他本多作“回首烟波十四桥”。

② 张炎《词源》卷下。唐圭璋编：《词话丛编》第1册，北京：中华书局，1986年，第259页、第261页、第266页。

不过，也有人不这么认为。经过了清代前期和中期如日中天的追捧，特别是浙西词派两代领袖朱彝尊和厉鹗的宣扬，姜夔的地位本来已经非常稳固，可是进入清代后期，在常州词派的视野中，就受到了挑战，除了文本的重新阐释之外，也还有对其人品的微词。如周济在其《宋四家词选目录序论》中将姜夔与辛弃疾相提并论，认为“二公皆极热中，故气味吻合”①。什么是“热中”，周济没有具体说，也许是说追求的急切，姜夔的内心并不像他的作品那样清雅。可能这一层意思被王国维看出来了，因此，在《人间词话》中，他非常贬抑姜夔的人品：“东坡之旷在神，白石之旷在貌。白石如王衍，口不言阿堵物，而暗中为营三窟之计，此其所以可鄙也。”“‘纷吾既有此内美兮，又重之以修能。’文字之事，于此二者，不可缺一。然词乃抒情之作，故尤重内美。无内美而但有修能，则白石耳。”②

从王国维的观点看，清客具有依附性，目的是获取物质利益，因此，从人品来看，不可能清，也不可能雅。即使其作品能够给人如此感觉，也只能是错觉，是没有透过现象看本质。他说的虽然只是词，无疑也能通之于诗。鲁迅对于清客也有一段论述，与王国维颇有互通之处：“就是权门的清客，他也得会下几盘棋，写一笔字，画画儿，识古董，懂得些猜拳行令，打趣插科，这才能不失其为清客。也就是说，清客，还要有清客的本领的，虽然是有骨气者所不屑为，却又非搭空架者所能企

①周济《宋四家词选目录序论》。唐圭璋编：《词话丛编》第2册，北京：中华书局，1986年，第1644页。

②王国维著：《人间词话》，北京：中国人民大学出版社，2004年，第34页；又第35页。按：自周济说姜夔“热中”，王国维批评其“貌雅内俗”后，不少人都喜欢接着这个话头，如陈廷焯评姜夔《石湖仙》之“玉友金蕉，玉人金缕”二句：“鄙俚纤俗，与通篇不类，正如贤人高士中，着一伧父，愈觉俗不可耐。”（《白雨斋词话》卷二，《词话丛编》第4册，第3799页）吴世昌评姜夔《玉梅令》之“揉春为酒，剪雪作诗”二句：“做作过甚，雅得太俗。”评姜夔《玲珑四犯》之“文章信美知何用，漫赢得天涯羁旅”：“二句浅薄。此介存所以讥其为貌似恬淡而实热中也。”[《吴世昌全集》第6册《词林新话（增订本）》，石家庄：河北教育出版社，2003年，第204-205页]其实，恐怕也不尽然。

及。”[①] 清客是否就都是没有骨气的？问题显然没有这么简单。

养士的传统，在中国已经有很多年的历史了。从春秋战国开始，在封建社会里一直延续下来，其间，士的品类也是五花八门，并不能一概而论。事实上，士和养士者之间，清客和恩主之间，彼此也是互动的关系，是互相需要的关系。《战国策》中有这样的描写："鲁仲连谓孟尝：'君好士也！雍门养椒亦，阳得子养，饮食、衣裘与之同之，皆得其死。'"[②]《史记》中则这样记载："是以驺子（驺衍）重于齐。适梁，惠王郊迎，执宾主之礼。适赵，平原君侧行撇席。如燕，昭王拥彗先驱。"[③] 能得到这样尊重的士，就不一定都是没有骨气的，人品也不一定都是卑微的。他们的自尊，他们的自负，他们的才华，他们的品味，都会构成特定的人生态度，而这层关系的另外一边即养士者，很可能特别看重的就是这些。况且，清客并不是下属，应该待之以礼，尽管这一点往往很难做到，理论上还是成立的。所以，不能忽略清客中流品的复杂性和多样性。

如果在这个意义上来认识姜夔，则不能不承认，在江湖诗人中，他确实有其独特性。不妨仍从他的创作谈起。在《姜尧章自叙》中，姜夔曾列举了一系列名单，皆是对其欣赏者，然而，列举之后，他也非常感慨："嗟乎！四海之内，知己者不为少矣，而未有能振之于窭困无聊之地者。"[④] 这说明他曾经四方奔走，终于未能实现自己的目标。不错，对此，他确实遗憾，但还原到当时的情景，他的表现又怎样呢？还是以进谒范成大那一次来说，从石湖归来，虽然得到了小红，毕竟不是他所希望的"振之于窭困无聊之地"，但他仍然并不沮丧。除了上

① 鲁迅：《从帮忙到扯淡》，《且介亭杂文二集》，《鲁迅全集》第6卷，北京：人民文学出版社，1973年，第341页。

② 刘向集录：《战国策·齐策四》，上海：上海古籍出版社，1985年，第404页。

③ 司马迁撰，裴骃集解，司马贞索隐，张守节正义：《史记》，北京：中华书局，1959年，第2345页。

④ 周密撰，张茂鹏点校：《齐东野语》卷十二，北京：中华书局，1983年，第211-212页。

文曾经提到的《过垂虹》一诗外，他的《除夜自石湖归苕溪》组诗十首也颇能予以证明。这十首诗，感情比较复杂，交织着有志难骋的怅惘、频年做客的愁怀、即将归家的喜悦、才华过人的自负，以及船行途中面对大自然的深深欣赏，但其整体格调是清虚宁静，恬淡自如。如第一首："细草穿沙雪半销，吴宫烟冷水迢迢。梅花竹里无人见，一夜吹香过石桥。"干求无成，除夜归家，固然是百般滋味，但是，诗中所描写的，却是除旧布新之感。虽然仍是冰雪覆盖，但细草从中穿出，看出新生命的倔强；竹里梅花虽无人见，却清香不断，一路随着船行，似有深情。即使如第九首："少小知名翰墨场，十年心事只凄凉。旧时曾作梅花赋，研墨于今亦自香。"虽然写十年知名，带来的唯有凄凉，可是，后两句仍然让人感到，诗人是多么充满自信。还有第十首："环玦随波冷未销，古苔留雪卧墙腰。谁家玉笛吹春怨，看见鹅黄上柳条。"①写梅花虽然就要凋落，可是报春之功已了，柳梢已经绽出新芽，显得充满乐观。一头一尾，以梅花起结，无疑是其人格的形象体现。因此，姜夔实际上具有类似禅宗"无所住而生其心"的行为模式，他能够顺应事物的变化，而且，能够将自己的追求精神化，即超越具体的行为，表现出具有超越性的纯净。②

不妨与刘过做一个比较。刘过和姜夔都是早期江湖诗人的代表人物，都有相似的生活形态，可是，南宋灭亡之后，人们反思前朝，对刘过这样的人颇有微词，而大致不提及姜夔，如上文所引方回之说。这是为什

① 姜夔著，夏承焘校辑：《白石诗词集》，北京：人民文学出版社，1959年，第41-42页。

②《直斋书录解题》卷二十《白石道人集》提要记述道："石湖范至能尤爱其诗，杨诚斋亦爱之，尝称其《岁除舟行》十绝，以为有'裁云缝月之妙思，敲金戛玉之奇声'。"（陈振孙撰，徐小蛮、顾美华点校：《直斋书录解题》，上海：上海古籍出版社，1987年，第606页）杨万里对这十首诗的欣赏，见于姜夔自己的叙述，陈振孙照抄。至于范成大爱赏其诗，也是事实，只是不知是否如杨万里一般有具体所指。从前后相连接的角度看，或许范成大也读过这些作品，同样持欣赏的态度。那么，除了欣赏其结构和声调之外，对其中所表现的生活态度，应该也是非常欣赏的。尤其是，这两个人都非常清楚姜夔的创作背景，他们的肯定，有其特殊的意义。

么呢？请看下面的记载：

黄尚书由帅蜀，中阁乃胡给事晋臣之女。过雪堂，行书《赤壁赋》于壁间。改之从后题一阕，其词云："按辔徐驱，儿童聚观，神仙画图。正芹塘雨过，泥香路软；金莲自折，小小篮舆。傍柳题诗，穿花觅句，嗅蕊攀条得自如。经行处，有苍松夹道，不用传呼。　　清泉怪石盘纡，信风景江淮各异殊。想东坡赋就，纱笼素壁；西山句好，帘卷晴珠。白玉堂深，黄金印大，无此文君载后车。挥毫处，看淋漓雪壁，真草行书。"后黄知为刘所作，厚有馈贶。

寿皇锐意亲征，大阅禁旅，军容肃甚。郭杲为殿岩，从驾还内，都人昉见，一时之盛。改之以词与郭云："玉带猩袍，遥望翠华，马去似龙。拥千官鳞集，貂蝉争出；貔貅不断，万骑云从。细柳营开，团花袍窄，人指汾阳郭令公。山西将，算韬钤有种，五世元戎。　　旌旗蔽满寒空，鱼阵整、从容虎帐中。想刀明似雪，纵横脱稍；箭飞如雨，霹雳鸣弓。威撼边城，气吞胡虏，惨惨尘沙吹北风。中兴事，看君王神武，驾驭英雄。"郭馈刘，亦逾数十万钱。[①]

嘉泰癸亥岁，改之在中都，时辛稼轩（弃疾）帅越，闻其名，遣介招之。适以事不及行，作书归辂者。因效辛体《沁园春》一词，并缄往，下笔便逼真。其词曰："斗酒彘肩，醉渡浙江，岂不快哉！被香山居士，约林和靖；与苏公等，驾勒吾回。坡谓西湖，正如西子，浓抹淡妆临照台。诸人者，都掉头不顾，只管传杯。　　白云天竺去来，图画里、峥嵘楼观开。看纵横二涧，东西水绕；两山南北，高下云堆。逋曰不然，暗香

① 张世南撰，张茂鹏点校：《游宦纪闻》卷一，北京：中华书局，1981 年，第 4–5 页。

疏影，只可孤山先探梅。蓬莱阁，访稼轩未晚，且此徘徊。”辛得之大喜，致馈数百千，竟邀之去。馆燕弥月，酬唱亹亹，皆似之，逾喜。垂别，赒之千缗，曰：“以是为求田资。”改之归，竟荡于酒，不问也。词语峻拔如尾腔，对偶错综，盖出唐王勃体而又变之。余时与之饮西园，改之中席自言，掀髯有得色……[①]

与姜夔比起来，刘过可以算得上是成功者，两条资料都记载，他获得了丰厚的馈赠，这是姜夔远远不及的。但从后一条资料看，在人品上，刘、姜二人还是有些不同。即使他也会模仿辛弃疾的风格进行创作，但处理二人的关系时，能够掌握适当的度，所以就算他实现了自己的目的，得到了馈赠，也一定不会像刘过那样“掀髯有得色”，他会觉得这是一个自然的结果，平静地看待，不改其淡定与从容。或许正是在这个意义上，人们才不会觉得姜夔有什么不妥，而这一点，对于士人处世而言，又有着特别的意义。

六、姜夔词学取向的清雅

从这个角度出发，我们又可以讨论一下姜夔的词体创作。姜夔的词雅，是文学史上共同的评价。自宋末张炎在其《词源》中提出“骚雅”的概念后，不少批评家都接了过来，一直到清代的郭麐以“瘦石孤花，清笙幽磬”[②]加以形容，刘熙载以“幽韵冷香”“藐姑冰雪”[③]加以形容，都表达了相同的意思。这当然是自南宋以来词坛尚雅之风的进一步发展，对此，相关研究已经很多，不必赘述。

在姜夔的词体创作中，咏物词有着非常重要的地位，而咏物词又更

① 岳珂撰，吴企明点校：《桯史》卷二，北京：中华书局，1981年，第23页。
② 唐圭璋编：《词话丛编》第2册，北京：中华书局，1986年，第1503页。
③ 唐圭璋编：《词话丛编》第4册，北京：中华书局，1986年，第3694页。

能集中体现对雅的追求。姜夔集中的咏物之作甚多，其中尤以咏梅而著称，其现存八十多首词中，有二十多首咏梅或提到梅，大致占了三分之一，而最有代表性的，无疑是《暗香》和《疏影》。张炎的《词源》作为提倡雅词的重要专著，就非常推崇《暗香》和《疏影》，曾誉之为“前无古人，后无来者”。该著的“意趣”“用事”“清空”三类中，都曾举《暗香》和《疏影》为例（“用事”类中只举《疏影》一篇），可见其重视程度。当然，在这部著作的其他部分，姜夔的咏物词也多次被提及。

词的咏物，不始于姜夔，在姜夔之前，咏梅的题材也不乏作者，但张炎将其誉为“前无古人，后无来者”，虽然可能有所夸张，却也不是无缘无故，因为他的咏梅词在写法上，确实有自己的特色。即如《暗香》一篇，从旧时月色写起，一波三折，从过去赏梅情浓，到今日意兴阑珊，更转出一境，写人虽忘梅，梅未忘人，从虚空中腾挪，而梅既难忘，则当年一齐赏梅的玉人当然也就无法忘却。所以，下片就顺理成章，转入写情。写情先用对比，以环境的冷寂与内心的炽热两相对照，于是就由时间的阻隔转入空间的阻隔。白雪茫茫，欲寄而不得，就上片结拍，又是一转，同时，又紧紧绾合，不使脱去。香入瑶席，梅花有情即来；夜雪初积，离人有情难寄，于是乃用梅花作结，不说人之相忆，偏说花之相忆，但梅花是“无言”，是“耿”，则又无不打上人的烙印。既然现实中愿望无法达成，则又只能回到过去，脉络上又与开篇呼应，回忆当年的“曾携手处”，自然写出当年之盛，现在之衰，最后以“几时见得”的感叹，将情和景一起收束。

虽然一直以来姜夔的咏物词不乏好评，但王国维在其《人间词话》中却很是不以为然，特别是谈到《暗香》诸作，他认为是“隔”，即说来说去，“无一语道着”梅花[①]。这个评价，虽然对姜夔明为咏物、实

① 王国维著：《人间词话》，北京：中国人民大学出版社，2004年，第12页。

为写情的初衷有所忽略，但就写法而言，他的观察确是细致的。在姜夔手中，咏梅不仅是借鉴赋的手法，进行铺叙，而且更化实为虚，在虚空腾挪上大展身手。他在咏物词创作中的审美观，就是“咏物而不滞于物”①。如果说，咏物是南宋词人体现其雅人深致的重要方式之一，则它在姜夔手中，被做得更为精致，更有特色。张炎在其《词源》中指出：“词欲雅而正，志之所之，一为情所役，则失其雅正之音。”他认为，“为情所役”之病，即使周邦彦这样的词坛大家亦有所不免，所举的例子有“最苦梦魂，今宵不到伊行”“天便教人，霎时得见何妨”“又恐伊，寻消问息，瘦损容光”“许多烦恼，只为当时，一晌留情”等等，“所谓淳厚日变成浇风也”②。这实际上就是说，由于表达的方法太过直接，减少了玩味的余地，就显得不够“醇厚”。张炎批评周邦彦时所举的例子并不是咏物词，但从表现方法上也可以互参。所以，像《暗香》《疏影》这样的作品，在文学史上当然有着多重的意义，其中重要的一点，就是其“醇厚”，调动不同时空，站在不同角度，由远及近，由近及远，多方描写刻画，这固然可以说是“并未道着”，如王国维所云，却也正能体现品味的精致，心思的细腻，是更趋向于雅的一种表现。

为人和为文的关系非常复杂，无法一例看待，不过我们也可以试着从这个角度去认识姜夔。他在生活中的雅是在俗的氛围中，由于保持心灵的距离，而创造出的一种品格，而他的咏物词取得成功的重要原因之一，也是善于调动时空的距离，“咏物而不滞于物”。这样写，感情的表达往往显得不够强烈，这也就是为什么周济说“白石放旷，故情浅”③，而且也得到了王国维的同意。不过，情之有无或深浅，有时也要透过现

① 王奕清《历代词话》引姜夔评牛峤《望江南》语。唐圭璋编：《词话丛编》第2册，北京：中华书局，1986年，第1130页。

② 张炎《词源》卷下。唐圭璋编：《词话丛编》第1册，北京：中华书局，1986年，第266页。

③ 周济《介存斋论词杂著》。黄苏、周济、谭献选评，尹志腾校点：《清人选评词集三种》，济南：齐鲁书社，1988年，第196页。

象进一步去看。他写合肥情人的作品姑且不论，即以咏梅而言，其角度的转换，正是一种感情的酝酿，其中可能没有一个特定的着力点，但不断增强的厚度，其实也正说明其情之深，不可表面化了。

将姜夔的词特别是咏物词的雅和他的生活方式联系起来，这可能只是一种偶然，或者说是一种巧合，不一定具有普遍的意义，但彼此之间也可能有一种内在的联系，作为一种参照，值得提出来。姜夔之后，一直到宋元之际，词坛上追求晋宋风度，特别是倾慕陶渊明的现象蔚然成风，其内涵非常丰富复杂，大大超过本文所讨论的问题，但是，总体来看，与姜夔的提倡也是分不开的[①]。

七、结论与余论

宋代以后，中国的文官制度进一步健全，整个社会的文化程度普遍提高，在读书出仕的氛围中，这条路由于太过拥挤，使得许多文人不得不浮游在社会之中，其中相当一批人做了幕僚，成为清客。这可能是人生路上的短暂的一站，也可能是比较长期的生活方式。幕僚或清客当然具有依附性，但只要保持心灵的独立性，保持精神的品味和才学的品味，也能得到尊重。姜夔在后世有非常大的知名度，主要就是由于他身为下层文人，仍然能够保持一份高贵，特别是能够在作品中也表现出这种高贵，即恬淡疏宕，温婉宁静，这正是很多文人都追求的境界。在这个意义上，也可以说他开创了一个文化传统。他的为人和他的作品，创造了一个很大的空间，使人们可以在其中程度不同地找到自己，特别能够成为下层文人的楷模。如果说，一个人在干谒的生活之中，仍然能够具有超越的气度，所创作的作品，富有情韵，完全疏离其身份，那么，其人格显然就是非常健全的。这正如陈撰《玉几草堂听雨录》所总结的：“先

---

① 关于宋元之际词坛对晋宋风度和陶渊明的倾慕，参看丁楹《南宋遗民词人研究》第三章《南宋遗民词人与晋人风度》。丁楹著：《南宋遗民词人研究》，南京：凤凰出版社，2011 年。

生事事精习，率妙绝神品，虽终身草莱，而风流气韵，足以标映后世。当乾、淳间，俗学充斥，文献湮替，乃能雅尚如此，洵称豪杰之士矣。”[①]很多年以前，词学前辈夏承焘先生就已经指出：“南宋中叶是江湖游士很盛的时代。他们拿文字作干谒的工具，如宋谦父一见贾似道，得楮币二十万，造起阔房子（见方回《瀛奎律髓》）；因此有许多落魄文人依靠做游士过活，白石就是其中之一；不过，他并不是像宋谦父一流人。”[②]夏先生没有说他们为什么不是“一流人”。在我们看来，同属江湖诗人或江湖游士的姜夔和宋自逊，从人品和处世风格上看，其间最主要的不同，就在于姜夔的“晋宋”风致。人们曾经称赞失意的士人是身在江湖而心在魏阙，像姜夔这样的人，则可以作为平民，是身在世俗的江湖，而心在高雅的境界。陈郁所描述的姜夔“气貌若不胜衣，而笔力足以扛百斛之鼎；家无立锥之地，而一饭未尝无食客”也正是从形与实的反差着笔的。而从宋代的美学精神看，也能对此有所理解。葛立方《韵语阳秋》中说：“欧阳文忠公诗云：‘古画画意不画形，梅诗写物无隐情。忘形得意知者寡，不若见诗如见画。’东坡诗云：‘论画以形似，见与儿童邻。赋诗必此诗，定知非诗人。’或谓：‘二公所论，不以形似，当画何物？’曰：‘非谓画牛作马也，但以气韵为主尔。’”[③]这种遗貌取神、注重风韵的思想，正可以和姜夔的生活方式、精神情趣互参。

同时，对姜夔的这种认识，又可以将其人与其文放在一起来理解。从宋末张炎在其《词源》中提出的“骚雅”“清空”说，到清代朱彝尊等人创立浙西词派，其主要的表彰和效法对象都是姜夔，而主要的着眼点就是“雅”。一直到清代的末年，浙西词派都绵绵不绝，所发扬的正

① 转引自上彊村民重编，唐圭璋笺注：《宋词三百首笺注》，北京：中华书局，1958 年，第 166 页。

② 夏承焘《论姜白石的词风》。夏承焘笺校：《姜白石词编年笺校》，上海：上海古籍出版社，1981 年，第 1 页。

③ 葛立方《韵语阳秋》卷十四。何文焕辑：《历代诗话》，北京：中华书局，1981 年，第 597 页。

是姜夔的“雅”的精神。

当然，腹有诗书气自华。雅的风度气韵，与人格有关，而人格的建构，必须有涵养的功夫，也与学养有关。姜夔早年从江西诗派入手，非常重视学问，后来虽然悟到学即病，不如纯任性灵，但所下的功夫毕竟没有白费。他曾经说“思有窒碍，涵养未至也。当益以学”[①]也是这个道理。在《姜尧章自叙》中，他曾经提到朱熹对自己的欣赏：“待制朱公既爱其文，又爱其深于礼乐。”[②]朱熹在教导后学时曾说：“学者须养教气宇开阔宏毅。”“如其窄狭，则当涵泳广大气象；颓惰，则当涵泳振作气象。”[③]朱熹是姜夔的前辈，作为一代大儒，有盛名于时，对姜夔应有影响。从这个角度看，姜夔身上的“雅”的气象，也有“涵咏”的成分。

至此，我们就可以为所谓“晋宋人物”作一个总结了。对姜夔而言，这个称呼既带有竹林七贤那样的疏放，又带有陶渊明那样的身处俗世而寄心高远，在生活中，更为追求的是神观飞越，是遗貌取神，这样的“晋宋人物”，是宋代文人化与世俗化相结合的产物，也是中国文化发展的一种必然。而表现在文学创作上，其特定的善于调动距离的手法，或许也和其文化追求有着一定的关系。

---

① 姜夔著，夏承焘校辑：《白石诗词集》，北京：人民文学出版社，1959年，第68页。

② 周密撰，张茂鹏点校：《齐东野语》卷十二，北京：中华书局，1983年，第211页。

③ 黎靖德编，王星贤点校：《朱子语类》卷八，北京：中华书局，1986年，第144页。

第三章　都城内外：姜夔的西湖卜居与游边记忆

一、姜夔的西湖卜居及其晚年心态

姜夔一生到处漂泊，晚年始得安宁，定居于杭州。他定居杭州的时间，据夏承焘考订，是在庆元二、三年间（1196—1197）[①]。关于姜夔的卒年，陈思、夏承焘、陈尚君、束景南、韩立平、王睿有不同的看法，陈思认为卒于绍定二年（1229年）后，今人一般不从。如果按照夏承焘的推断，姜夔卒于嘉定十四年（1221年）前后，得年六十七八岁，则其晚年在杭州住了二十多年；按照陈尚君的考据，姜夔卒于嘉定二年至三年之间（1209—1210）[②]，其后，束景南根据陈尚君的考订，更明确地认定姜夔卒于嘉定二年（1209年）[③]。韩立平定姜夔卒年为开禧三年（1207年）前后[④]，而按照较为近出的王睿的看法，姜夔卒于嘉定元年（1208年）[⑤]。不管哪一种，姜夔都在杭州住了十年以上，是一段不短的日子。

夏承焘先生认为："白石生平著作，皆成于四五十岁居杭之十余

① 夏承焘笺校：《姜白石词编年笺校》，上海：上海古籍出版社，1981年，第233页。
② 陈尚君：《姜夔卒年考》，《复旦学报（社会科学版）》，1983年第2期。
③ 束景南：《白石姜夔卒年确考》，《古籍整理研究学刊》，1992年第4期。
④ 韩立平：《姜夔卒年考辨》，《文学遗产》，2008年第5期。
⑤ 王睿：《姜夔卒年新考》，《文学遗产》，2010年第3期。

年间。乐书：有《大乐议》一卷、《琴瑟考古图》一卷，庆元三年四十三四岁作，庆元五年又上《圣宋铙歌鼓吹》十二章。书法考鉴：嘉泰三年成《绛帖平》二十卷（自序）、《保母帖跋》（原跋），《定武旧刻禊帖跋》（兰亭序原跋）。《齐东野语》所云《禊帖偏旁考》，当亦成于此时。诗集可考作年者，以嘉泰四年《寄上张参政》《贺张肖翁》二首为最后，当在此时结集。其他杂著，如《张循王（俊）遗事》，必纳交张镃、张鉴兄弟以后所作，陈思《白石年谱》定为庆元二年以后依张鉴之时。总白石一生撰述，除《诗说》一卷、《集古印谱》二卷作年无考外，余皆成于四十二三岁定居杭州之后。"[①]夏先生没有提到词，但其词作有不少和西湖有关，虽不一定必然作于晚年，但其中有一些必定也是和这个时期有关。

姜夔定居杭州后，由于地处南宋的政治、经济、文化中心，再加上他本人已经有了相当的知名度，其交游圈更加扩大了，夏承焘先生认为在姜夔"自述"中，那些"世之所谓名公巨儒"，"大半纳交于居杭之后"[②]，其中就有郑侨、朱熹、京镗、谢深甫、辛弃疾、楼钥、叶适等人。

中国的老话说，不知其人视其友。倘若看一下这些姜夔"皆尝受其知"[③]的人，其中好几位都有一个共同的经历，即曾作为南宋政权的代表和金人打交道，并维护了国家的尊严。郑侨（1132—1202），字惠叔，号回溪，兴化人。乾道五年（1169年）殿试状元，官至参知政事，知枢密院事。淳熙十六年（1189年）曾出使金国，坚持从正门投递国书，不辱使命。京镗（1138—1200），字仲远，豫章人。绍兴二十七年（1157年）进士。官至刑部尚书、签书枢密院事、参知政事。淳熙十四年（1187年），太上皇高宗驾崩。次年，京镗出使金国，不惧恐吓，坚持以居国丧而要求撤去宴乐，因此获得金主的尊重。谢深甫（1139—1204），字

---

① 夏承焘笺校：《姜白石词编年笺校》，上海：上海古籍出版社，1981年，第233-234页。
② 夏承焘笺校：《姜白石词编年笺校》，上海：上海古籍出版社，1981年，第234页。
③ 周密撰，张茂鹏点校：《齐东野语》卷十二，北京：中华书局，1983年，第211页。

子肃，号东江，台州临海人。官至知枢密院事兼参知政事、右丞相。金国使臣入朝，不按礼仪，谢深甫晓之以理，力屈金使。其他人虽然没有这种特定经历，但也在不同方面见证了宋金矛盾和对立。如楼钥（1137—1213），字大防，又字启伯，号攻媿主人，明州鄞县人。隆兴元年（1163年）进士及第，官至同知枢密院事、参知政事，资政殿大学士。大定九年（1169年），他随舅父汪大猷出使金朝，写成《北行日录》二卷，详细记录了汴京沦陷后的凄凉景象和遗民的困境，为南宋社会提供了了解中原的生动信息。至于辛弃疾，他本来就出生在金国。绍兴三十一年（1161年），二十一岁的他聚集两千人，参加了耿京领导的反金义军，担任掌书记，并奉命南下与南宋朝廷联络。归来的途中，得知耿京被叛徒张安国所杀，乃率领五十多人袭入敌营，生擒叛徒张安国，带回建康。因此，对于这些人，姜夔"皆尝受其知"，就不仅是由于他们有着杰出的文艺才华，更重要的是，彼此也有着共同的思想基础。

这里，应该特别提到姜夔与辛弃疾的关系。辛弃疾比姜夔大十五岁左右，谊属前辈，而且无论是事功，还是文章，都有盛名于时，姜夔对其非常仰慕。在词的创作上，他们的主体风格并不相同，不过，姜夔的集子里，也能看到二人的交集，如《永遇乐·次稼轩北固楼词韵》（云隔迷楼）、《汉宫春·次韵稼轩》（云日归欤）等，显然是向辛弃疾学习之作。如前者：

云隔迷楼，苔封很石，人向何处。数骑秋烟，一篙寒汐，千古空来去。使君心在，苍厓绿嶂，苦被北门留住。有尊中酒差可饮，大旗尽绣熊虎。　　前身诸葛，来游此地，数语便酬三顾。楼外冥冥，江皋隐隐，认得征西路。中原生聚，神京耆老，南望长淮金鼓。问当时依依种柳，至今在否？[1]

①夏承焘笺校：《姜白石词编年笺校》卷五，上海：上海古籍出版社，1981年，第91页。

辛弃疾原作题为《京口北固亭怀古》，如下：

> 千古江山，英雄无觅，孙仲谋处。舞榭歌台，风流总被，雨打风吹去。斜阳草树，寻常巷陌，人道寄奴曾住。想当年、金戈铁马，气吞万里如虎。　　元嘉草草，封狼居胥，赢得仓皇北顾。四十三年，望中犹记，烽火扬州路。可堪回首，佛狸祠下，一片神鸦社鼓。凭谁问：廉颇老矣，尚能饭否？[①]

此词写于开禧元年（1205年），“意在恢复，故追数孙刘，皆南朝之英主。屡言佛狸，以拓跋比金人也”[②]，风格“悲壮苍凉”[③]。姜夔的和作大致延续了这个基调，一样是追数古人，如为复兴汉室鞠躬尽瘁，死而后已的诸葛亮，以之赞扬辛弃疾，对辛所承担的收复中原的使命充满期待。同时，也数用桓温之典，对辛弃疾的平生境遇有所感慨。辛词借古讽今，姜词借古赞今，脉络大致一样，而姜作聚焦在辛弃疾准备北伐，更是有着深沉的现实感。姜夔既是和辛之作，又次其韵，当然在风格上也是努力追摩，“气派阔大，接近辛词的镗鞳之声”[④]。只是毕竟所处的位置不同，描写的角度不同，而且又有自己的本色在，因此，不仅化雄健为清刚，还带有一些幽隽。

姜夔学习辛弃疾的风格进行创作，动机何在？我们知道，姜夔是南宋江湖诗人的先驱，而江湖诗人每多谒客，以诗为谒具，行走江湖，而模仿被谒者的风格写作，是其方法之一。辛弃疾豪爽好客，岳珂《桯史》

---

① 辛弃疾撰，邓广铭笺注：《稼轩词编年笺注（增订本）》卷五，上海：上海古籍出版社，1993年，第553页。

② 宋翔凤《乐府余论》。唐圭璋编：《词话丛编》第3册，北京：中华书局，1986年，第2501页。

③ 李佳《左庵词话》卷上。唐圭璋编：《词话丛编》第4册，北京：中华书局，1986年，第3108页。

④ 夏承焘校，吴无闻注释：《姜白石词校注》，广州：广东人民出版社，1983年，第164页。

曾记载他和刘过的一段故事：

> 嘉泰癸亥岁，改之在中都，时辛稼轩（弃疾）帅越，闻其名，遣介招之。适以事不及行，作书归辂者。因效辛体《沁园春》一词，并缄往，下笔便逼真。其词曰："斗酒彘肩……"辛得之大喜，致馈数百千，竟邀之去。馆燕弥月，酬唱亹亹，皆似之，逾喜。垂别，赒以千缗，曰："以是为求田资。"[①]

刘过模仿辛弃疾的创作风格，都能相似，深得辛弃疾的欢心，最后获得了丰厚的酬赠。和姜夔一样，刘过也是被文学史上体认为江湖诗人先驱的一员，那么，姜夔效辛体填词，是否也有类似的意图呢？

从各种对姜夔为人的记载来看，他虽然行走江湖，但不失自尊和清高，若以刘过之事相比附，有一定的道理，但并不完全恰当。姜夔次韵辛词的动机应该还有相当大的部分是出于对辛弃疾的崇敬，特别是深受辛弃疾爱国精神的感召。毕竟，在文学史上，这种出于崇敬而模仿的现象并不罕见。

因此，要了解姜夔定居杭州后的心理状态，这些对他表示欣赏的"世之所谓名公巨儒"的思想感情也是思考的角度之一。

在这一段时间里，另有一件在姜夔生命中非常重要的事，就是他担心乐典久废，雅乐沦丧，因此分别于庆元三年（1197年）和庆元五年（1199年）向朝廷上《大乐议》《琴瑟考古图》和《圣宋饶歌鼓吹》十二章，希望获得朝廷的重视，并加以施行。但或由于被人嫉妒[②]，或由于被人

① 岳珂撰，吴企明点校：《桯史》卷二，北京：中华书局，1981年，第23页。

② 徐献忠《吴兴掌故》："姜尧章长于音律，尝著《大乐议》，欲正庙乐。庆元之年，诏付奉常有司收掌，令太常寺与议大乐。时嫉其能，是以不获尽其所议，人大惜之。"（夏承焘笺校：《姜白石词编年笺校》附录，上海：上海古籍出版社，1981年，第331页）

误解[①]，或由于被人陷害[②]，最后未能成功，但是我们至少可以看出，直到晚年，姜夔仍有用世之心。这种感情特征，也体现在他的文学作品中。

二、姜夔诗词中的西湖书写

自北宋起，杭州就有着非常繁荣的城市文化，发展到南宋，更到达一个新阶段。耐得翁曾这样对比南北宋的首都：

> 圣朝祖宗开国，就都于汴，而风俗典礼，四方仰之为师。自高宗皇帝驻跸于杭，而杭山水明秀，民物康阜，视京师其过十倍矣。虽市肆与京师相侔，然中兴已百余年，列圣相承，太平日久，前后经营至矣，辐辏集矣，其与中兴时又过十数倍也[③]。

如此“山水明秀”，自然是游览的胜地，其中西湖尤甚。周密曾经这样描写道：

> 西湖天下景，朝昏晴雨，四序总宜，杭人亦无时而不游，而春游特盛焉。承平时，头船如大绿、间绿、十样锦、百花、

① 张仲文《白獭髓》：“庆元间，有士人姜夔上书乞正奉常雅乐，京仲远丞相主此议，送斯人赴太常，同寺官校正。斯人诣寺，与寺官列坐。召乐师赍出大乐，首见锦瑟，姜君问曰：‘此是何乐？’众寺官已有谩文之叹，‘正乐不识乐器！’斯人又令乐师弹之，师曰：‘语云：“鼓瑟希”，未闻弹之。’众官咸笑而散去。其议遂寝。”（夏承焘笺校：《姜白石词编年笺校》附录，上海：上海古籍出版社，1981 年，第 327 页）

② 张羽《白石道人传》：“先是，丞相谢深甫闻其书，使其子就谒，夔遇之无殊礼，衔之。会乐师出锦瑟，夔不能辨，其议不果用。”（夏承焘笺校：《姜白石词编年笺校》附录，上海：上海古籍出版社，1981 年，第 321 页）按：谢深甫是在姜夔定居杭州后对他非常欣赏的“名公巨儒”之一，姜夔是否会对谢子如此倨傲无礼，谢是否因此而对姜夔挟嫌报复，现在似乎尚无非常坚实的证据。

③ 耐得翁《都城纪胜序》。孟元老等著：《东京梦华录·都城纪胜·西湖老人繁胜录·梦粱录·武林旧事》之《都城纪胜》，北京：中国商业出版社，1982 年，第 1 页。

> 宝胜、明玉之类，何翅百余。其次则不计其数，皆华丽雅靓，夸奇竞好。……都人士女，两堤骈集，几于无置足地。水面画楫，栉比如鱼鳞，亦无行舟之路，歌欢箫鼓之声，振动远近，其盛可以想见。[①]

这段文字描述了一幅西湖游观的生动画面。明代的田汝成甚至还专门写了一本《西湖游览志》，以十九卷的篇幅记载了西湖及其周边的自然景观和人文景观。

姜夔在杭州自然也多有游观，写下不少作品。有词，也有诗。他创作的词，单纯写景的不多，往往有着深沉的情结。据林佳蓉的观察，姜夔描写杭州的词共有 27 首，几乎占其全部词作的三分之一，“却无纯粹歌咏自然山水之作，其自然山水是映衬在其忧悒家国之思、漂泊江湖之感、追念逝情之恨里，而以‘自然’布景，或描写‘地景’为主题的作品甚少。”[②] 如《法曲献仙音》（张彦功官舍在铁冶岭上，即昔之教坊使宅。高斋下瞰湖山，光景奇绝。予数过之，为赋此。）：

> 虚阁笼寒，小帘通月，暮色偏怜高处。树隔离宫，水平驰道，湖山尽入尊俎。奈楚客，淹留久，砧声带愁去。　　屡回顾，过秋风、未成归计，谁念我、重见冷枫红舞。唤起淡妆人，问逋仙、今在何许？象笔鸾笺，甚而今、不道秀句。怕平生幽恨，化作沙边烟雨。[③]

姜夔在杭州，数访云居山下铁冶岭张彦功官舍，那里“下瞰湖山，光景

① 周密《武林旧事》卷三《西湖游幸》条。四水潜夫辑：《武林旧事十卷》，杭州：西湖书社，1981 年，第 38 页。

② 林佳蓉：《香冷西湖——论姜夔词中的杭州书写》，《国文学报》第 49 期，2011 年 6 月，第 202 页。

③ 夏承焘笺校：《姜白石词编年笺校》卷六，上海：上海古籍出版社，1981 年，第 102-103 页。

奇绝”，居高临下，可以看到清波门外的聚景园，即宋孝宗晚年所居之处，还能看到御驾专用的驰道，因此生发出许多感慨。这感慨，可以说是“楚客淹留”，羁旅之愁，也可以说是以对林逋的追忆，表达对前朝的怀念，就好像是《暗香》《疏影》中的家国之思。

和词的创作不同，姜夔的杭州诗直接写景者不在少数，特别是描写城市的人文景象，往往呈现出一个个的热闹画面，如《观灯口号》十首、《灯词》四首、《春词》二首等。不过，当他在诗中写到山水时，就和他的词有相似之处了。在著名的《湖上寓居杂咏》中，姜夔描写了西湖的秋天风光，而且写得很用心，同一种景色，为了避免重复，往往选择了不同的侧重点。如第一首写荷叶和青芦，第三首写秋山和秋水，第五首写垂杨和白鸟。尽管不一定每一首都截然不同，但他显然有着明确的转换角度的意识。有时以动写静，如第七首之“自觉此心无一事，小鱼跳出绿萍中”①；有时直接写静，如第十首之“夜凉一舸孤山下，林黑草深萤火飞”②。这些都说明，姜夔在寓居杭州之后，在创作上有着比较一致的追求。但细细品味，我们也能发现，他的这些作品中往往有着黯淡之色。比如，他看到的不是西湖的热闹，而是游人散去的冷清：“处处虚堂望眼宽，荷花荷叶过阑干。游人去后无歌鼓，白水青山生晚寒。”③在美丽的山水中，他感到的是报国无成的无奈：“囊封万字总空言，露滴桐枝欲断弦。时事悠悠吾亦懒，卧看秋水浸山烟。”④这使我们看到，姜夔虽然能够欣赏西湖的美景，但他往往无法全身心浸入其中。更有代表性的是其《丁巳七月望湖上书事》一诗，他描写了西湖月出的景象：“白天碎碎如拆绵，黑天昧昧如陈玄。白黑破处青天出，海月飞来光尚湿。”

① 姜夔著，夏承焘校辑：《白石诗词集》，北京：人民文学出版社，1959年，第44页。
② 姜夔著，夏承焘校辑：《白石诗词集》，北京：人民文学出版社，1959年，第44页。
③ 姜夔著，夏承焘校辑：《白石诗词集》，北京：人民文学出版社，1959年，第44页。
④ 姜夔著，夏承焘校辑：《白石诗词集》，北京：人民文学出版社，1959年，第44页。

但马上就转而想到："天边有饼不可食，闻说饥民满淮北。"[①]天上的月亮像月饼，月饼当然美味，可是这时江淮一带，由于兵燹和天灾，人民正饥饿难耐呢。丁巳是庆元三年（1197 年），《宋史》记载："（绍熙）五年（1194 年）冬，亡麦苗。行都、淮、浙西东、江东郡国皆饥，常、明州、宁国、镇江府，庐、滁、和州为甚，人食草木。庆元元年（1195 年）春，常州饥，民之死徙者众。楚州饥，人食糟粕。淮、浙民流行都。"[②]而庆元三年（1197 年）三月，"行都及淮、浙郡县疫"[③]。（这让我们想起郑侨曾奉命在淮浙一带赈济饥民事）这些，可以说是诗歌的直接背景，非常真实。

这样的描写手法，让我们想起了杜甫的夔州诗。杜甫在夔州的时候，经常因心中烦闷，希望观赏美景以排闷。但排闷的结果，往往是更加郁闷。相关的诗作，如《晚登瀼上堂》：

> 故跻瀼岸高，颇免崖石拥。开襟野堂豁，系马林花动。雉堞粉似云，山田麦无垄。春气晚更生，江流静犹涌。四序婴我怀，群盗久相踵。黎民困逆节，天子渴垂拱。所思注东北，深峡转修耸。衰老自成病，郎官未为冗。凄其望吕葛，不复梦周孔！济世数向时，斯人各枯冢。楚星南天黑，蜀月西雾重。安得随鸟翎，迫此惧将恐。[④]

前面说登上瀼岸，看到林花灿烂，雉堞如云，山田麦浪，江流静涌，感到春气冉冉，襟怀开豁。但这只是一瞬间的感受，他的心马上就被盗贼

① 姜夔著，夏承焘校辑：《白石诗词集》，北京：人民文学出版社，1959 年，第 22 页。

② 脱脱等撰：《宋史》卷六十七《五行志·土》，北京：中华书局，1977 年，第 5 册，第 1466 页。

③ 脱脱等撰：《宋史》卷六十二《五行志·水下》，北京：中华书局，1977 年，第 5 册，第 1371 页。

④ 杜甫著，杨伦笺注：《杜诗镜铨》卷十五，上海：上海古籍出版社，1980 年，第 752 页。

横行、黎民贫困、皇帝忧心这些国家所面对的严峻局势所占据，而感慨自己垂垂老去，无法再为国家贡献力量。他有若干篇诗歌都是这样的结构，类似乘兴而来，败兴而归，而这个“败兴”，实际上都是他自己的选择，就像他在诗歌中的自述：“愁极本凭诗遣兴，诗成吟咏转凄凉。”[①]还可以看一下北宋王令的《暑旱苦热》：

> 清风无力屠得热，落日着翅飞上山。人固已惧江海竭，天岂不惜河汉干！昆仑之高有积雪，蓬莱之远常遗寒。不能手提天下往，何忍身去游其间？[②]

和姜夔的诗相比，这是倒过来写。姜夔是看到天上美景，想起远在江淮的饥民，生发不忍之心。王令是想象自己能够到极远之处避暑，获得清凉，但看到眼前暑天大旱，人们苦捱，而生发不忍之心。思路有相同之处。

姜夔是江湖诗人的前辈。江湖诗人，不少人都可以称为江湖游士。关于江湖游士，方回有一个描述：“盖‘江湖’游士，多以星命相卜，挟中朝尺书，奔走阃台郡县糊口耳。……钱塘、湖山，此曹什伯为群……”[③]方回对江湖诗人没有好感，难免偏见，话说得比较难听，但他指出“钱塘湖山，此曹什伯为群”，却是如实的。这些诗人既然多聚集在杭州，则西湖当然是其描写的重要对象之一。

江湖诗人中，追求物质生活享受的当然不乏其人，因此非常关注西湖的游观享乐，如宋伯仁《西湖晚归》：“一轮红日倚青山，只见湖光

① 杜甫著，杨伦笺注：《杜诗镜铨》卷十一，上海：上海古籍出版社，1980年，第549页。
② 王令著，沈文倬校点：《王令集》卷七，上海：上海古籍出版社，1980年，第108页。
③ 方回选评，李庆甲集评校点：《瀛奎律髓汇评》卷二十，上海：上海古籍出版社，2005年，第840页。

数里间。听得画船人说道：‘钱塘门到夜深关。’”[①] 方岳《湖上八首》之七：“游人抵死惜春韶，风暖花香酒未消。须向先贤堂上去，画船无数泊长桥。”[②] 这些游观享乐的人是否也有诗人在里面，还可以斟酌，但江湖诗人中也很有一些对这种浸淫于社会的享乐风气深感不满的。如武衍《春日湖上》四首之三：“飞鹢鸣镳鼓吹喧，繁华应胜渡江前。吟梅处士今还在，肯住孤山尔许年？”[③] 邓林《西湖》：“高价租船作胜游，穷逋那敢斗风流。西湖多少闲春水，不洗中原二百州。”[④] 两诗不约而同地提到北宋隐居西湖的林逋。事实上，北宋的时候，西湖就已经非常繁华了，但是南宋却更胜一筹，如此情形，倘若林逋再世，以他的清高和宁静，势必不会再住西湖，而南宋时中原失陷，外患频仍，如此写法，显然带有批判。

如果从这个角度来看姜夔描写西湖的诗，他对后来一些江湖诗人的相关创作，确实具有一定的引领作用。

三、西子湖畔的游边记忆

在文学创作方面，姜夔的晚年仍然非常活跃，其中又有一条明确的线索，即对过去的回忆。就像杜甫晚年来到夔州一样，由于生活相对安定，往事就一幕幕在眼前映现，和他眼前的生活既构成反差，又有着一致。

姜夔的思绪之所以一下子就能飞到淮河，和他当年的“游边”经历分不开。他在杭州定居以后，曾写有一组《昔游诗》，自序云：“夔早岁孤贫，奔走川陆。数年以来，始获宁处。秋日无谓，追述旧游可喜可

① 宋伯仁《雪岩吟草补遗》。鲍廷博辑：《知不足斋辑录宋集补遗》，汲古阁景宋钞《南宋群贤六十家小集》本。

② 方岳：《秋崖先生小稿诗集》卷三，《宋集珍本丛刊》第85册，北京：线装书局，2004年，第192页。

③ 武衍：《适安藏拙余稿》，汲古阁景宋钞《南宋群贤六十家小集》本，第4页。

④ 邓林《皇荂曲》。陈起：《江湖小集》卷十三，《景印文渊阁四库全书》第1357册，台北：台湾商务印书馆，1986年，第102页。

愕者，吟为五字古句。”[①] 所谓“旧游可喜可愕者”，是说他二十余年间，曾经往来于江淮、湖南、湖北等地，留下了深刻印象。

南宋社会，虽然经常被批评奢侈淫靡，贪图享乐，但事实上，恢复北方山河的呼声一直不曾消歇，作为读书人，“游边”，也就是主要到长江和淮河一带漫游，就成为一种风尚。南宋时期，江淮地区非常重要，和姜夔同为江湖诗人的刘克庄就曾经说过，“高、孝二祖，画淮立国，守淮固密，守江尤严”[②]，视之为不能丢失的战略要地，所以，“金人犯边，高宗下诏亲征，而两淮失守，朝臣多陈退避之计，帝（孝宗）不胜其愤，请率师为前驱”[③]。由于江淮地区经常遭受兵燹，因此激起了不少具有忧患意识、爱国思想的士人的关注，他们踏足这片区域，亲自感受战争的气息，体现了对国家局势的牵挂之情，因此镇江多景楼、南京赏心亭等地也就突然成了热门的旅游景点，因为这些地方俯瞰大江，能够北望神州，寄托情思。

在姜夔的记忆里，游边当然也是一段特别值得书写的日子。众所周知，游扬州时，他曾写有《扬州慢》一词：

淮左名都，竹西佳处，解鞍少驻初程。过春风十里，尽荠麦青青。自胡马窥江去后，废池乔木，犹厌言兵。渐黄昏，清角吹寒，都在空城。　　杜郎俊赏，算而今、重到须惊。纵豆蔻词工，青楼梦好，难赋深情。二十四桥仍在，波心荡、冷月无声。念桥边红药，年年知为谁生。

---

① 姜夔著，夏承焘校辑：《白石诗词集》，北京：人民文学出版社，1959 年，第 13 页。

② 刘克庄《乙酉与胡伯圜待制》。刘克庄著，辛更儒笺校：《刘克庄集笺校》卷一百二十八，北京：中华书局，2011 年，第 5217 页。

③ 脱脱等撰：《宋史》卷三十三《孝宗本纪》，北京：中华书局，1977 年，第 3 册，第 617 页。

小序云："淳熙丙申至日，予过维扬。夜雪初霁，荠麦弥望。入其城则四顾萧条，寒水自碧。暮色渐起，戍角悲吟。予怀怆然，感慨今昔，因自度此曲。千岩老人以为有《黍离》之悲也。"[①] 宋朝的行政区设有淮南东路和淮南西路，扬州是淮南东路的首府。这首词，显然也是他游边的产物。

他在淮南西路的巢湖一带漫游时，也以自己的方式，表达对国事的关心。如《满江红》：

> 仙姥来时，正一望、千顷翠澜。旌旗共、乱云俱下，依约前山。命驾群龙金作轭，相从诸娣玉为冠。向夜深、风定悄无人，闻佩环。
>
> 神奇处，君试看。奠淮右，阻江南。遣六丁雷电，别守东关。却笑英雄无好手，一篙春水走曹瞒。又怎知、人在小红楼，帘影间。[②]

这是一首游仙词，上片写仙姥出行的气派，从侧面烘托出这位仙子的形象；下片则写其神奇，其神奇又在于善于安排阵仗，建立功勋："奠淮右""阻江南""守东关"。据《三国志》卷四十七《吴书·吴主传》注引《吴历》，建安十八年（213 年），曹操攻濡须，欲谋东吴。孙权以曹军不谙水战，写信警告曹操："春水方生，公宜速去。"曹操因此退兵[③]。历史上孙权靠着春水将至，吓走曹军，而没有真刀真枪地干一场，或许与世俗心目中的英雄有点距离，但仙姥是水神，她调动水势，指挥若定，气势雄伟，正是本色。其间的描写，"令人如读历史上著名的'城濮之战'和'淝水之战'……（令人）感到有千军万马在活动"[④]。其中，

① 夏承焘笺校：《姜白石词编年笺校》卷一，上海：上海古籍出版社，1981 年，第 1 页。

② 夏承焘笺校：《姜白石词编年笺校》卷三，上海：上海古籍出版社，1981 年，第 32-33 页。按：这首词前面有长序，主要谈这首平调《满江红》的创作始末，文繁不录。

③ 陈寿撰，裴松之注，陈乃乾校点：《三国志》第 5 册，北京：中华书局，1959 年，第 1119 页。

④ 夏承焘校，吴无闻注释：《姜白石词校注》，广州：广东人民出版社，1983 年，第 66 页。

当然也有对南宋的边防只能靠江淮天险来维持的感慨。

以水神的威力来写湖水，是在暗示水势的汹涌，而借水势写战争，或者说以战争的意象来写水势，也是姜夔惯用的手法。

《昔游诗》在回忆过去的经历时，经常喜欢写水路的行旅，其中又特别渲染了旅途之险。相关的写法非常有特色。如第三首：

> 九山如马首，一一奔洞庭。小舟过其下，幸哉波浪平。大风忽怒起，我舟如叶轻。或升千丈坡，或落千丈坑。回望九马山，政与大浪争。如飞鹅车炮，乱打睢阳城。又如白狮子，山下跳狰狞。须臾入别浦，万死得一生。始知茵席湿，尽覆杯中羹。[①]

这首诗写在洞庭湖行船，九马山，或即九马嘴山。据清代彭开勋记载："九马嘴山，在县南四十里。有九峰出湖中，舟行甚险。"[②]诗即写舟行之险，其中两句非常独特的描写是"如飞鹅车炮，乱打睢阳城"。鹅车，也叫鹅车洞子，或尖头木驴，是一种攻城的武器，其形状，据宋代《武经总要》前集卷十记载："尖头木驴，形如轒辒车，惟增二轮，上横大木为脊，长一丈五尺，上锐下方，高八尺，以生牛革裹之，内蔽十人，推逼城下以攻城。"[③]在宋金战争中，金兵以鹅车攻城时，通常与大炮相配合，这些也常见于记载，如《建炎以来系年要录》："兀术喜曰：'可蹴此城耳。'遂下令不用负鹅车炮具行。"[④]宋吴泳《祁山歌上制师闻敌退清水县作》："祁山之西当太白，战士弯弓抱明月。散烧烟火夜宿兵，

① 姜夔著，夏承焘校辑：《白石诗词集》，北京：人民文学出版社，1959年，第14页。

② 彭开勋《南楚诗纪》卷三。彭开勋、周康立撰，马美著校点：《南楚诗纪·楚南史赞》，长沙：岳麓书社，2011年，第94页。

③曾公亮，丁度：《武经总要》，《景印文渊阁四库全书》第726册，台北：台湾商务印书馆，1986年，第371页。

④ 李心传：《建炎以来系年要录》卷一百三十六，《丛书集成初编》第3872册，北京：中华书局，1985年，第2181页。

遥见狼头一星灭。明朝探骑前来报，为言敌死秦川道。牌使前呼大队回，鹅车炮坐埋青草。”[①]姜夔这两句是写大浪，怒涛奔涌，就像许多鹅车炮在怒吼着向城市发射炮弹，而用以比喻的城市是睢阳。

唐肃宗至德二载（757年），安史之乱爆发不久，张巡（708—757）和许远（709—757）死守作为江淮屏障的睢阳城，顶住了叛军一次又一次的猛烈进攻，前后达十个月，虽然最后因寡不敌众而陷落，但有效地保证了江淮领域的赋税对朝廷的支持，为唐王朝最后取得胜利奠定了重要的基础。攻打睢阳的尹子奇（？—757）的军队是否用了鹅车炮，历史上并无明确记载，或者，姜夔只是通过对鹅车炮攻城的想象来渲染睢阳保卫战的惨烈，以比喻巨浪的滔天声势，也是用当年安史之乱中这个江淮流域的重镇睢阳城，来暗示宋金对峙中江淮流域的重要性。我们已经指出，姜夔回顾自己的“昔游”时非常重视江淮之行，其中有着和他自己所处时代密切相关的非常浓厚的忧患意识。姜夔所写的睢阳城被攻击的意象，无疑令人想起唐代的张巡和许远在此殉难的事迹，而无独有偶，就在不到一百年以前，金兵攻打北宋时，也经常使用鹅车或鹅车炮，比如靖康元年（1126年）十一月攻打首都汴京的善利门和通津门时，“造火梯、云梯、编桥、撞竿、鹅车洞子之类，皆攻城之具也”[②]。攻打其他城市也是如此，如绍兴元年（1135年）五月，金兵攻当涂，“用云梯、三梢五梢大炮百余座，天桥、对楼、鹅车、洞子，四面填壕，志在必得”[③]。姜夔虽然并未亲身经历北宋的覆亡，但他有着非常浓厚的战争情结（他的《扬州慢》对历经战争浩劫的扬州作了非常生动的描写，这就是有力的证明），因此，他对宋金战争的惨烈一定是非常了解的，对金兵攻宋时一些战争的具体情境比如对鹅车炮等武器的使用，也一定是非常了解

① 吴泳：《鹤林集》卷二，《景印文渊阁四库全书》第1176册，台北：台湾商务印书馆，1986年，第14页。

② 丁特起：《靖康纪闻》，《续修四库全书》第423册，上海：上海古籍出版社，第286页。

③ 赵彦卫撰，傅根清点校：《云麓漫钞》卷七，北京：中华书局，1996年，第123页。

的。在这个意义上，他在诗中使用“鹅车炮”这一意象，就是明写唐代历史，隐含北宋历史，同时暗喻当时南宋和金国对峙中所面临的严酷局面，也就是通过北宋汴梁的陷落，提醒他的同时代人，要居安思危[①]。

用战争的意象来写自然景物是姜夔的忆旧行旅诗的重要特色之一，在湖南如此，在江淮也如此。如《昔游诗》其七：

> 扬舲下大江，日日风雨雪。留滞鳌背洲，十日不得发。岸冰一尺厚，刀剑触舟楫。岸雪一丈深，屹如玉城堞。同舟二三士，颇壮不恐慑。蒙毡闭篷卧，波里任倾撷。[②]

诗中特别渲染了天气的恶劣。由于连续多日刮风、下雨和下雪，诗人乘坐的船被迫抛锚，一连十天，停在岸边。值得注意的是，他描写岸边的坚冰和积雪，都用了和战争相关的意象：停泊在水里的船，被风浪颠簸着，不断碰触岸边一尺厚的冰，发出被刀剑撞击般的声音；而岸上一丈厚的积雪，矗立在那里，就像森严的白色营垒。这样生动的描写，既突出了环境的艰困，又和作者创作这一组诗时所面对的真实社会环境密切相关，还和他自己“游边”的经历密切相关，堪称情景交融的典范。同时，也和同舟之人无所畏惧的心态，形成了鲜明对比。作者将扬子江上的风波写出来，似乎也带有一定的暗示，若有若无地透露出他对形势的不安。因此我们可以说，诗人身处歌舞升平的杭州，却一幕又一幕地想起江淮游边的经历，两个不同时空的对照，正体现了他深沉的忧虑。

---

① 所谓居安思危，也许不仅指南宋的老对手金国，也包括南宋的新对手蒙古。就在这组诗创作5年后的开禧二年（1206年），蒙古军二十万围攻襄阳，“虏人自城南渔梁平一带推拥炮座及鹅车洞子等攻具，一日不断，径抵城之东南，炮架皆九梢，共十余座，专攻东南隅敌楼。炮石皆重四五十斤，击中楼橹，无不损者。”（赵万年《襄阳守城录》，《四库全书存目丛书》第45册，济南：齐鲁书社，第53页）姜夔对当时南宋和蒙古之间的关系，应该也有清醒认识。

② 姜夔著，夏承焘校辑：《白石诗词集》，北京：人民文学出版社，1959年，第15页。

众所周知，宋室南渡之后，偏安江左，奢靡之风大盛，作为首都的杭州尤甚。林升著名的《题临安邸》写道："山外青山楼外楼，西湖歌舞几时休？暖风熏得游人醉，直把杭州作汴州。"这就是对当时杭州风气的生动描写。还有文及翁《贺新郎·西湖》，上片云："一勺西湖水。渡江来、百年歌舞，百年酣醉。回首洛阳花世界，烟渺黍离之地。更不复、新亭堕泪。簇乐红妆摇画艇，问中流、击楫谁人是。千古恨，几时洗。"[①]这更是对南渡以来歌舞升平、政治腐败和不思进取的现状的严厉批判。姜夔居住在杭州，他所目睹的景象和林升、文及翁相同，而在他的上述相关作品中，虽然是回忆过去，其中当然暗含着他对现实的批判。姜夔的友人韩淲读了《昔游诗》后，曾发表感想，说自己也曾沿江而游，但所见不如姜夔丰富，创作也不如姜夔生动："吾尝泛大江，只见匡庐松。乘风醉卧帆影底，高浪直溅岚光浓。日暮泊船时，是时方严冬。雪花压船船背重，缆摇舵鼓声如钟。当年意浅语不到，无句可写波涛春。君诗乃如许，景物不易供。尽归一毫端，状出三飞龙。人间胜处贵着眼，虽有此兴无由逢。"但其中最重要的两句是："江淮历历转湘浦，裘马意气传边烽。"姜夔诗歌中的"边烽"让韩淲印象深刻；同时，他又写自己的心情："钱唐山水亦自好，奈何薄宦难从容。"[②]姜夔虽然没有"薄宦"，他在杭州也是"难从容"的，所以才以忧患的心态写下这样的诗。作为朋友，韩淲无疑对姜夔非常理解，他的这首《书姜白石〈昔游诗〉后》能够启发我们思考南宋不少士人所拥有的将忧国忧民和喜好自然山水融为一体的双重心态。

四、总结

至此，我们可以对本章所讨论的问题作一总结。姜夔晚年定居杭州

① 唐圭璋编：《全宋词》第5册，北京：中华书局，1965年，第3138页。

② 韩淲《书姜白石〈昔游诗〉后》。贾文昭编：《姜夔资料汇编》，北京：中华书局，2011年，第6页。

之后，对这座城市有了进一步的认识。他看到了这座城市的繁荣，也看到了这种繁荣背后隐藏的不安。他能够欣赏这座城市的繁华，却又同时感到焦虑。因此，他让自己的思绪回到过去，用诗歌的形式将过去与现在打通，释放出自己的感情。他在回忆过去的时候，特别突出了“游边”，也就是在接近宋金战争前线的江淮的游历，这寄托着南宋具有民族气节的士人的情怀，也是对当时杭州奢靡的都市文化的批判。

因此，通过本章的讨论，我们就可以指出，姜夔对当时杭州的都市文化具有冷静的眼光，能够深入一层，结合社会、政治、历史、文学等多方面进行思考。在创作上，他也是一个具有超越性的诗人，他被称作江湖诗派中最有成就的诗人，以及南宋诗坛上较有成就的诗人之一，并不是无缘无故的。

第四章　大篇书写：姜夔的《昔游诗》及其与杜诗的关系

杜甫是一个有着巨大影响力的诗人。如果说，在唐代，他的影响还是时隐时显的话，那么到了宋代，就已经成为全方位、多侧面，而且非常直接的了。关于杜甫对宋代诗坛的影响，学界已有不少成果，但仍然有着很大的探索空间。本文就以姜夔的《昔游诗》与杜甫的关系，对此加以讨论。

一、《昔游诗》的创作背景和基本内容

《昔游诗》十五首是姜夔在宋宁宗嘉泰元年（1201 年）所写[①]，是他创作生涯中的重要标志之一。

姜夔在《昔游诗》的自序中这样写道："夔早岁孤贫，奔走川陆。数年以来，始获宁处。秋日无谓，追述旧游可喜可愕者，吟为五字古句。时欲展阅，自省生平，不足以为诗也。"[②]所谓"早岁孤贫"，是说早

① 关于这一组诗的创作年代，夏承焘定为嘉泰元年（1201 年），其《姜白石系年》说："嘉泰元年辛酉（1201 年）。四十七岁，《昔游诗》当作于本年秋（姜《谱》）。姜《谱》注：'按公《小序》云："数年以来，始获宁处"。今历考编年，惟戊申、己酉、庚戌三载及丁巳以来至是年，不从远役，而初刻本列是诗于卷末，知为辛酉诗无疑也。'"（夏承焘著：《唐宋词人年谱》，上海：上海古籍出版社，1979 年，第 440 页）

② 姜夔著，夏承焘校辑：《白石诗词集》，北京：人民文学出版社，1959 年，第 13 页。

年随父居于汉阳，父卒于官，又依姊于汉阳县之山阳村，凡二十余年，曾经往来于江淮、湖南、湖北一带，一直到淳熙十三年（1186 年）至湖州依附萧德藻，才离开汉阳。但在湖州前数年，也仍然处于动荡之中，曾经旅食往来于苏州、杭州、合肥、金陵、南昌等地。至绍熙元年（1190 年）卜居吴兴之白石洞，而庆元二、三年间（1196—1197）开始居住在杭州，直到生命的结束。这组诗就是他寓居杭州之后写的。

姜夔的一生，到处漂泊，走过的地方不少，但是，他在自己生活稍微安定下来之后，回忆平生之“可喜可愕”者，却主要选择的是湖南和江淮一带，或有其特定的思路。

《昔游诗》共十五首，基本内容如下：

第一首（洞庭八百里），纪淳熙十三年湖南之游。

第二首（放舟龙阳县），纪淳熙十三年湖南之游。

第三首（九山如马首），纪淳熙十三年湖南之游。

第四首（萧萧湘阴县），纪淳熙十三年湖南之游。

第五首（我乘五板船），纪淳熙九年冬还古沔省姊事。

第六首（天寒白马渡），纪淳熙九年冬还古沔省姊事。[①]

第七首（扬舲下大江），纪淳熙十三年渡扬子江东下事。

第八首（青草长沙境），纪淳熙六年还古沔省姊事。

第九首（昔游桃源山），纪淳熙十三年湖南之游。

第十首（昔游衡山下），纪淳熙十三年湖南之游。

第十一首（昔游衡山上），纪淳熙十三年湖南之游。

第十二首（濠梁四无山），纪淳熙三年安徽凤阳之游。

---

① 陈思《白石道人年谱》系此诗于淳熙九年，云：“冬还古沔省姊，将入沌口，大风浪起，经白马渡，又逢野烧。”又云：“《昔游诗》‘九山如马首’‘萧萧湘阴县’‘我乘五板船’‘天寒白马渡’四首，皆述此行。庚子自沔游湘，洞庭遇风，几遭水厄。本年归古沔，又遇沌口风浪、白马渡野烧，故云。”（《北京图书馆藏珍本年谱丛刊》第 33 册，北京：北京图书馆出版社，1999 年，第 135-136 页）按：夏承焘《姜白石系年》将之系于淳熙元年，但未详所据，今不从。

第十三首（既离湖口县），纪淳熙十三年渡扬子江东下事。

第十四首（雪霁下扬子），纪淳熙十四年渡扬子江过金陵事。

第十五首（衡山为真宫），纪淳熙十三年湖南之游。

这些内容，从地点说，主要集中在湖南洞庭湖（也兼及湖北），以及江苏的长江、淮河区域；从时间说，则集中在淳熙十三年前后。

洞庭湖在湖南，历来是文人墨客喜欢游观的地方，留下数不清的诗歌作品，其中比较有名者，如孟浩然《望洞庭湖上张丞相》："八月湖水平，涵虚混太清。气蒸云梦泽，波撼岳阳城。欲济无舟楫，端居耻圣明。坐观垂钓者，徒有羡鱼情。"[①] 杜甫《登岳阳楼》："昔闻洞庭水，今上岳阳楼。吴楚东南坼，乾坤日夜浮。亲朋无一字，老病有孤舟。戎马关山北，凭轩涕泗流。"[②] 刘禹锡《望洞庭》："湖光秋月两相和，潭面无风镜未磨。遥望洞庭山水翠，白银盘里一青螺。"[③] 或写其壮阔，或写其秀美，早已脍炙人口。不过，姜夔重点写其险，虽然是纪实，从文学创作上看，也是有意立异，反映出他希望与前人有所不同的创作心态。江淮之行也是姜夔印象比较深刻的，他几次有意无意地点出这段行程，除了真实地感受到其中的险恶之外，也体现出和南宋不少人共同的心理状态，即游边。南宋社会，虽然经常被批评奢侈淫靡，贪图享乐，但事实上，恢复北方山河的呼声一直不曾消歇，作为读书人，"游边"，也就是到长江和淮河一带漫游，就成为一种风尚，镇江多景楼等地也就突然成了热门的旅游景点，因为这些地方俯瞰大江，能够北望神州。游边产生了许多作品，如同是江湖诗人，年辈稍晚于姜夔的戴复古，就曾经徘徊在淮河岸边，目睹战争创伤，写有《频酌淮河水》《淮村兵后》《盱眙北望》等诗。在姜夔的记忆里，这当然也是一段特别值得书写的日子，他写长江的险，内心恐怕也有一种暗示。众所周知，游扬州时，他曾写

① 孟浩然撰，李景白校注：《孟浩然诗集校注》，成都：巴蜀书社，1988年，第272页。
② 杜甫著，杨伦笺注：《杜诗镜铨》卷十九，上海：上海古籍出版社，1980年，第952页。
③ 刘禹锡著，瞿蜕园笺证：《刘禹锡集笺证》，上海：上海古籍出版社，1989年，第1475页。

有《扬州慢》一词："淮左名都，竹西佳处，解鞍少驻初程。过春风十里，尽荠麦青青。自胡马窥江去后，废池乔木，犹厌言兵。渐黄昏，清角吹寒，都在空城。　　杜郎俊赏，算而今、重到须惊。纵豆蔻词工，青楼梦好，难赋深情。二十四桥仍在，波心荡、冷月无声。念桥边红药，年年知为谁生。"小序云："淳熙丙申至日，予过维扬。夜雪初霁，荠麦弥望。入其城则四顾萧条，寒水自碧。暮色渐起，戍角悲吟。予怀怆然，感慨今昔，因自度此曲。千岩老人以为有《黍离》之悲也。"[①] 在《昔游诗》里，他没有这么具体的描写，但是，既然亲自来到长江，则他的心中具有类似的感情，也是题中应有之义，《扬州慢》所表达的情绪，暗藏在诗歌之后，因此，不仅在诗里有时也会情不自禁地有所显露，而且，将扬子江上的风波写出来，似乎也带有一定的暗示，若有若无地透露出对形势的不安。

这样的一组五古联章诗，有一定的特殊性。放在诗歌史上来看，无论是写景还是抒情，甚至是对诗歌体裁的选择，这一组诗都通向唐代的一个大诗人，这就是杜甫。只有和杜甫联系起来，才能对姜夔这组诗的创作形态以及诗人的心理状态，做出更为深刻的理解。

二、杜甫纪行诗对《昔游诗》的影响

《昔游诗》是一组联章纪行诗。纪行诗在中国起源甚早，不过，以诗歌创作而言，真正进入成熟状态，还要等谢灵运出现。谢灵运是中国山水诗创作的开创性人物，他在浙东一带的游历，行踪往往首尾相接，带有联章纪行诗的性质，而纪行诗经常会描写山水，因而天然地和山水诗关系密切。这一传统，经过谢灵运开创之后，至杜甫达到了登峰造极的地步。

早在唐代，较早指出杜甫创作成就的元稹就认为，排比铺陈的大篇，

① 夏承焘笺校：《姜白石词编年笺校》卷一，上海：上海古籍出版社，1981 年，第 1 页。

是杜甫创作的重要特点之一①，尽管金代的元好问对此持保留意见②，但后来的批评家仍然予以首肯，如清初王士禛论五言诗的创作时说："乱离行役、铺张叙述宜老杜。"③王士禛将"乱离行役"与"铺张叙述"合在一起说，是对杜甫创作的一个敏锐观察，如此，则不仅一般的大篇如《北征》当然是其所指，即一些纪行诗，亦可以包括其中。

杜甫喜欢写联章诗，其基本情况，我们以前曾经有所论述④。杜甫的纪行诗，不一定都用联章的形式，五古长篇也往往具备了联章的基本要素。在杜甫的纪行诗中，从写法上看，有对当下行踪的记述，如《北征》《发秦州》《发同谷》；也有对过去行踪的记述，如《昔游》《壮游》。作为一个一生漂泊的诗人，杜甫不仅游历甚广，而且由于特定的身世之感，对所经历之处印象深刻，观察细致，感触深微，因此，他的纪行诗也就写得千姿百态，在中国诗歌史上达到了一个相当的高度。

姜夔也是一个一生漂泊的诗人，他写作的这组纪行诗，受到杜甫的影响很大，也是以回忆过去的方式展开的，类似于杜甫的《昔游》和《壮游》。《昔游》和《壮游》是杜甫晚年所写，当时生活较为安定，因而以往一幕幕难忘的情形就涌上笔端。无独有偶，姜夔也是感觉稍稍没那么动荡之后，才回忆起往日的"可喜可愕"者，写作心态有相似之处。至于文体选择，则借鉴了杜甫《发秦州》和《发同谷》，以五古联章的

① 元稹有《唐故工部员外郎杜君墓系铭》，叙曰："时山东人李白，亦以奇文取称，时人谓之'李杜'。予观其壮浪纵恣，摆去拘束，摹写物象，及乐府歌诗，诚亦差肩于子美矣。至若铺陈终始，排比声韵，大或千言，次犹数百，词气豪迈而风调清深，属对律切而脱弃凡近，则李尚不能历其藩翰，况堂奥乎！"（元稹撰，冀勤点校：《元稹集》，北京：中华书局，1982年，第601页）

② 元好问《论诗三十首》其十："排比铺张特一途，藩篱如此亦区区。少陵自有连城壁，争奈微之识珷玞。"（元好问著，狄宝心校注：《元好问诗编年校注》，北京：中华书局，2011年，第54页）

③ 王士禛撰，靳斯仁点校：《池北偶谈》，北京：中华书局，1982年，第273页。

④ 参看程千帆师、张宏生《晚年：回忆和反省》。程千帆师、莫砺锋、张宏生著：《被开拓的诗世界》，上海：上海古籍出版社，1990年。

方式，转换不同角度加以描写，展开一幅浩大的画面。

关于姜夔的《昔游诗》向杜甫学习，以前我曾将其与杜甫的《北征》进行比较，从节奏的变化方面，探讨过其间张弛之间的关系[①]，现在还可以加以补充的是下面两点。

第一是转换角度的描绘。描绘山水，最忌重复，尤其是同样的一时一地，根本变化不大，如何同中见异，非常考验作家的能力。在这方面，杜甫已经做出了杰出的榜样，他描写秦岭的诗，连续多篇，却能够变换不同的角度，不断给人以新鲜的感受。姜夔也借鉴了这样的表现手法。《昔游诗》中的不少篇都写到洞庭湖，一片茫茫水面，特别容易写得单调，但姜夔显然有所选择。如“洞庭八百里”一首，重点写洞庭湖月夜“玉盘盛水银”般的美丽，既有“长虹忽照影，大哉五色轮”，又有“青芦望不尽，明月耿如烛”[②]，一片宁静安详。而“放舟龙阳县”一篇，则重点写洞庭湖之大，即所谓“洞庭包五河”。在诗人笔下，就有这样的画面：“汹汹不得道，茫茫将奈何。”“是中大无岸，强指苇与莎[③]。”只能指点芦苇和莎草，聊自解嘲。至于“九山如马首”一篇，就是集中笔力写洞庭之险了。先写“大风忽怒起，我舟如叶轻。或升千丈坡，或落千丈坑”，将狂风突起，小舟在浪中颠簸的情形刻画得非常真实。然后以比喻的手法写浪头：“如飞鹅车炮，乱打睢阳城。又如白狮子，山下跳狰狞。”将浪之急、浪之高，也形容得非常生动。不仅如此，还以岸边的九马山作为参照物：“回望九马山，政与大浪争。”[④]

① 对这个特色，我以前在《江湖诗派研究》一书中略有提及。张宏生著：《江湖诗派研究》，北京：中华书局，1995年，第216页。

② 姜夔《昔游诗》十五首之一。姜夔著，夏承焘校辑：《白石诗词集》，北京：人民文学出版社，1959年，第13页。

③ 姜夔《昔游诗》十五首之二。姜夔著，夏承焘校辑：《白石诗词集》，北京：人民文学出版社，1959年，第14页。

④ 姜夔《昔游诗》十五首之三。姜夔著，夏承焘校辑：《白石诗词集》，北京：人民文学出版社，1959年，第14页。

一个是真山，一个是浪峰，放在一起，也很巧妙。这样，就从不同侧面，将洞庭湖的风貌展示了出来。另外，杜甫写秦中山水，对其特异之处非常敏感，前人论及于此，特别欣赏其中的《青阳峡》和《万丈潭》诸篇，以为能写出山水的个性[①]。姜夔写洞庭湖也是如此。周世伟在其《姜夔诗略论》中曾经举其《昔游诗》中“九山如马首”一篇加以分析，先指出以前写洞庭的诗，颇有名气很大的，如孟浩然“气蒸云梦泽，波撼岳阳城”，还有杜甫“吴楚东南坼，乾坤日夜浮”，但“姜白石咏洞庭之章，更见形象具体”[②]。虽然论述得略嫌简单，但也能抓住姜夔在这方面的特点。

第二是表达忧患的心态。忧患意识是儒家重要的精神之一，从孔子的“人无远虑，必有近忧”[③]，到孟子的“生于忧患而死于安乐也”[④]，都体现得很清楚。杜甫一生“只在儒家界内”[⑤]，这使他在使用文学对生活进行表现时，时时将这种精神融化在艺术形象中，不管在什么情况下，都能够勾起忧患之情，正如宋人所评价的：“少陵有句皆忧国。”[⑥]即使是纪行之作，也总能打上时代的烙印。如《铁堂峡》：“生涯抵弧矢，盗贼殊未灭。飘蓬逾三年，回首肝肺热。”[⑦]《龙门镇》：“胡马屯成皋，防虞此何及！嗟尔远戍人，山寒夜中泣！”[⑧]《石龛》：“苦云直簳尽，无以充提携。奈何渔阳骑，飒飒惊蒸黎！”[⑨]都是在描写山水的同时，不觉触起对时世的忧虑。这种传统，姜夔也接过来了。如《昔游诗》中

① 程千帆师、莫砺锋《崎岖的道路与伟丽的山川》。程千帆师、莫砺锋、张宏生著：《被开拓的诗世界》，上海：上海古籍出版社，1990年，第198-199页。

② 周世伟：《姜夔诗略论》，《宜宾师范高等专科学校学报》，2000年第3期。

③ 程树德撰，程俊英、蒋见元点校：《论语集释》，北京：中华书局，1990年，第1093页。

④ 杨伯峻译注：《孟子译注》，北京：中华书局，1960年，第298页。

⑤ 刘熙载撰：《艺概》卷二《诗概》，上海：上海古籍出版社，1978年，第59页。

⑥ 周紫芝《乱后并得陶杜二集》，《太仓稊米集》卷十。《景印文渊阁四库全书》第1141册，台北：台湾商务印书馆，1986年，第71页。

⑦ 杜甫著，杨伦笺注：《杜诗镜铨》卷六，上海：上海古籍出版社，1980年，第289页。

⑧ 杜甫著，杨伦笺注：《杜诗镜铨》卷六，上海：上海古籍出版社，1980年，第293页。

⑨ 杜甫著，杨伦笺注：《杜诗镜铨》卷六，上海：上海古籍出版社，1980年，第294页。

的“濠梁四无山”和“既离湖口县”两首，前一首写自己冒雪迎风骑马，虽无比艰难，但勇往直前。末二句忽然写“徘徊望神州，沉叹英雄寡”①，过渡得略显峭折，应是从自己的豪迈气魄，联想到国无人才，以至于无法收复失地。行走在南方山河，即想起北方之山河。后一首是同样的思路，写长江行船，波平浪静，山水如画，却又无端一转，写道：“潮催庾信老，云送佛狸还。万古感心事，惆怅垂杨湾。”② 意思表达得相对隐晦。庾信原为南朝萧梁之臣，因出使北朝被留，虽然颇受器重，怀念故国之心，未尝稍衰。此反其意而用之，意为本应是中原之人，现在被迫来到南方，眼看恢复无望，就像庾信一样无奈地渐渐老去。元嘉二十七年（450年），刘宋军队北伐惨败，北魏太武帝拓跋焘（字佛狸）趁势反击刘宋，东路军一直打到建康北面的瓜步山，并在瓜步山上建行宫。姜夔来到长江后，想起南宋北伐，总是无法成功，所以“万古感心事”。这些显得有些突然的描写，正体现出姜夔丰富的内心世界，也可以使读者看到，尽管姜夔往往以江湖游士的面目出现，但他并不是一个不问世事的人，在某种程度上，也可以说是身在江湖，心怀魏阙。

姜夔在其《白石道人诗说》中曾经这样说：“诗有出于《风》者，出于《雅》者，出于《颂》者。屈、宋之文，《风》出也；韩、柳之诗，《雅》出也。杜子美独能兼之。”③ 对于杜甫给予了非常高的评价。因此，他的创作时时想到以杜诗为榜样，也是题中应有之义。

三、《昔游诗》对杜甫纪行诗的发展

杜甫是宋诗创作的一个光辉榜样，几乎每一个诗人都不能绕过这个

① 姜夔《昔游诗》十五首之十二。姜夔著，夏承焘校辑：《白石诗词集》，北京：人民文学出版社，1959年，第18页。

② 姜夔《昔游诗》十五首之十三。姜夔著，夏承焘校辑：《白石诗词集》，北京：人民文学出版社，1959年，第18页。

③ 姜夔著，夏承焘校辑：《白石诗词集》，北京：人民文学出版社，1959年，第67页。

榜样，区别只在于是怎样学习而已。然而，如同人们所普遍承认的，宋诗虽然从唐诗那里接受了不少资源，但由于不少宋代诗人都具有自立的气度，因而在学习的同时，也往往能写出自己的面目，使得宋诗成为和唐诗并峙的一座高峰。

从纪行的角度看，杜甫以其巨大的魄力，精深的思力，确实已经将这一题材发展到了一个几乎无以复加的地步。但是，这并不意味着宋人就无法进行新的探索。从姜夔的这一组作品来看，至少在下面几个方面，他有自己的角度。

首先，他所选择的表现对象在杜甫手里的表现是不够充分的。杜甫一生纪行诗中写山之作比较多，也颇有名篇，写水之作，则自大历三年（768 年）离开夔州入峡之后，才比较集中。杜甫从江陵到公安、岳州，又在潭州、衡州、耒阳一带漂泊，足迹所历，主要是湖北、湖南两地，所选择的交通工具主要也是船。但是，虽然杜甫有着较多的乘船经历，他在表现这类题材时，却不够充分。如果说，杜甫的入秦诸作是将山川之崎岖与人生、国事之艰难密切结合的话，则他的湖湘之作，面对着江湖行役，写到江湖风浪，往往一笔带过，而且比较概括。如泊舟岳阳城时，有“岸风翻夕浪，舟雪洒寒灯”和“涨沙霾草树，舞雪渡江湖”之句[①]，风急浪大，本可借题发挥，杜甫却写得很浓缩。还有专门写阻于风而无法行船者，如《北风》：“春生南国瘴，气待北风苏。向晚霾残日，初宵鼓大炉。爽携卑湿地，声拔洞庭湖。万里鱼龙伏，三更鸟兽呼。涤除贪破浪，愁绝付摧枯。执热沉沉在，凌寒往往须。且知宽病肺，不敢恨危途。再宿烦舟子，衰容问仆夫。今晨非盛怒，便道即长驱。隐几看帆席，云山涌坐隅。”[②]也能写出风势，只是显得简单了些。他的《过南岳入洞庭湖》能够在篇末抚时感怀，但描写的主要对象又不是风波险

① 杜甫《泊岳阳城下》《缆船苦风，戏题四韵，奉简郑十三判官》。杜甫著，杨伦笺注：《杜诗镜铨》卷十九，上海：上海古籍出版社，1980 年，第 951–952 页。

② 杜甫著，杨伦笺注：《杜诗镜铨》卷十九，上海：上海古籍出版社，1980 年，第 971 页。

恶，只是顺便而及。《白马潭》写逆水行舟，也是点到为止。读这些作品，给人的感觉是，就山水描写而言，杜甫并未像他面对秦中山川那样，充分发挥自己的笔力[①]。不过，这些令读者有些遗憾之处，正好留给后人来填补。姜夔的这一组《昔游诗》主要写南方的水路，这显然与其生活形态密切相关，而从文学史的角度看，则又可能是具有创新性的文学选择。而且，正如在这组联章诗的自序中所说，作者希望记录下来的是“可喜可愕”者，这一点，前半可以承接杜甫《昔游》《壮游》诸篇，后半可以承接杜甫《发秦中》《发同谷》诸篇，姜夔将这些糅合在一起，也是其匠心所在。

其次，纪行诗，或明或暗，其中都一定有人物。从杜甫的作品来看，他一般的操作方式是，短篇联章更多带有抒情主人公的口吻，长篇纪行，则带有一定的叙述意味，人物较为丰满。可以说，杜甫是以抒情诗写人物的高手，这一点，姜夔显然注意到了，他将杜甫的一些特点接过来，而又体现出自己的独特追求。比如写行路之险，他会借助同行者的形象加以衬托：“我乘五板船，将入沌河口。大江风浪起，夜黑不见手。同行子周子，渠胆大如斗。长竿插芦席，船作野马走。不知何所诣，生死付之偶。忽闻入草声，灯火亦稍有。杙船遂登岸，亟买野家酒。”[②]诗写行船沌河（在今湖北武汉）的情形，漆黑的夜晚，船如脱缰野马，借周姓友人的行为，表现了大风浪中，命悬一线的经历，这幅画面，也就显得非常生动。另一篇也有类似描写：“扬舲下大江，日日风雨雪。留

① 关于湖南纪行诗与入蜀纪行诗的差别，前人已经有所体认，如杨伦在其《杜诗镜铨》说：“湖南纪行诗，较蜀道诗刻炼少逊，则年力衰壮之异。”（第965页）刘曙初的《杜甫秦蜀和湖南纪行诗比较论》则有比较详细的论述，如指出湖南路上的艰险远不如秦蜀，湖南纪行诗的背景多呈现黯淡的色调；秦蜀纪行诗在悲苦忧伤中透露出希望和自信，而湖南纪行诗则在悲苦忧伤中经常流露出近乎绝望的情绪。与本文所论可以互参。刘文载《安徽大学学报（哲学社会科学版）》，2010年第1期。

② 姜夔《昔游诗》十五首之五。姜夔著，夏承焘校辑：《白石诗词集》，北京：人民文学出版社，1959年，第14页。

滞鳌背洲，十日不得发。岸冰一尺厚，刀剑触舟楫。岸雪一丈深，屹如玉城堞。同舟二三士，颇壮不恐慑。蒙毡闭篷卧，波里任倾擸。”写行船大江，遭遇风雪，同舟之人泰然自若，闭篷偃卧，完全不以为意。作者怎么样呢？诗里没有细说，但篇末两句是这样的：“如今得安坐，闲对妻儿说。”[①]如此，则同舟之人的镇静，正衬托出气氛的紧张，对于作者本人，也是不写之写。事实上，姜夔确实特别喜欢写同舟之人，当然，这些人也不是总那么镇定自若，在另一篇中，就有“滞留三四晨，大浪山嵯峨。同舟总下泪，自谓喂鼋鼍”[②]的描写。同舟之人的喜怒哀乐，既是写实，也是作者用来表达的道具。

第三，作为山水纪行之作，其中也蕴涵着一种人生体验。这一传统，当然在杜诗中已有体现，不过，姜夔似乎更有主观追求。考察这一组诗，从结构上看，有一个非常明显的现象，即写水路的作品，往往从出行写起，中间大多是历经风浪等艰难险恶，最后走出困境。而走出困境之后，又有不同的书写方式。如“九山如马首”一首，经过“大风忽怒起，我舟如叶轻”，脱险后，则是“始知茵席湿，尽覆杯中羹”[③]。“我乘五板船”一首，写“大江风浪起”“船作野马走”之后，则是“杙船遂登岸，亟买野家酒”[④]。“扬舲下大江”一首，写“日日风雨雪”之中，“岸冰一尺厚，刀剑触舟楫”，最后则是“如今得安坐，闲对妻儿说”[⑤]。这或者就是姜夔对人生的体悟，灾难来临之时，惊惧忧虑并无不同，灾

① 姜夔《昔游诗》十五首之七。姜夔著，夏承焘校辑：《白石诗词集》，北京：人民文学出版社，1959年，第15页。

② 姜夔《昔游诗》十五首之二。姜夔著，夏承焘校辑：《白石诗词集》，北京：人民文学出版社，1959年，第14页。

③ 姜夔《昔游诗》十五首之三。姜夔著，夏承焘校辑：《白石诗词集》，北京：人民文学出版社，1959年，第14页。

④ 姜夔《昔游诗》十五首之五。姜夔著，夏承焘校辑：《白石诗词集》，北京：人民文学出版社，1959年，第14-15页。

⑤ 姜夔《昔游诗》十五首之七。姜夔著，夏承焘校辑：《白石诗词集》，北京：人民文学出版社，1959年，第15页。

难过后，则表现各异，非常符合人生的某种情境。姜夔的一生在颠簸动荡中度过，他需要处理的矛盾非常之多，在纪行诗中对此有所暗示，也是很有可能的。事实上，宋代诗歌本来就有以诗言理的传统，将山水纪行和人生道路连在一起，作某种间接表达，倒也不一定是宋代之所独，更不是姜夔之所独，但姜夔用联章诗的方式来写，如此集中，如此铺张，则仍有自己的特点[①]。如人们所熟知，理趣是宋诗的基本特征之一，姜夔的这种结构方式，放在宋诗发展的大背景中，是非常可以理解的。对于这种动机，在姜夔这组诗中还可以找到旁证，例如《昔游诗》中的这一首："既离湖口县，未至落星湾。舟中两三程，程程见庐山。庐山遮半天，五老云为冠。朝看金叠叠，暮看紫巉巉。瀑布在山半，仿佛认一斑。庐山忽不见，云雨满人间。"一般读者自然都记得苏轼的《题西林壁》："横看成岭侧成峰，远近高低总不同。不识庐山真面目，只缘身在此山中。"[②]姜夔写坐在船上，行进多时，仍然还在庐山圈子之中，只是转换了不同的角度，而庐山的面目，早上和晚上相看，也都有区别。不仅山半瀑布只能见其一斑，即使整座庐山，也会突然被云雨遮没，完全不见。苏轼那首诗是著名的写理趣之作，姜夔将其具体化、形象化，其实也是表达的同样的意思。宋诗中理趣普遍存在，即使是姜夔这样似乎特别重视书写情韵的诗人，也有这方面的表现。这也提醒我们，所谓理趣，其表现形式原是多样化的，在诗歌中，不能拘谨对待。

四、出入杜诗与超越江湖的思力

按照传统的观点，姜夔属于江湖诗派，不过他的年辈比较高，比起永嘉四灵还要普遍大二十岁左右，算是江湖诗派的前驱。南宋末年的周

---

① 其实，不仅写水时如此，写山时，也有类似的表达，如"天寒白马渡"一首，不仅有"万里风奔奔"，"外旃吹已透，内纩冰不温"，而且野烧忽起，"声如雷霆震，势若江湖吞"，最后艰险过去，则是"明发见老姊，斗酒为招魂"，对照之下，更加感到亲情的可贵。

② 王文诰辑注，孔凡礼点校：《苏轼诗集》，北京：中华书局，1982 年，第 1219 页。

密在其《齐东野语》中录有姜夔的一篇《姜尧章自叙》，开列了一份当世对他欣赏者的名单。这篇文章是这样写的：

> 某早孤不振，幸不坠先人之绪业，少日奔走，凡世之所谓名公巨儒，皆尝受其知矣。内翰梁公于某为乡曲，爱其诗似唐人，谓长短句妙天下。枢使郑公爱其文，使坐上为之，因击节称赏。参政范公以为翰墨人品，皆似晋、宋之雅士。待制杨公以为于文无所不工，甚似陆天随，于是为忘年友。复州萧公，世所谓千岩先生者也，以为四十年作诗，始得此友。待制朱公既爱其文，又爱其深于礼乐。丞相京公不特称其礼乐之书，又爱其骈俪之文。丞相谢公爱其乐书，使次子来谒焉。稼轩辛公，深服其长短句如二卿。孙公从之、胡氏应期、江陵杨公、南州张公、金陵吴公，及吴德夫、项平甫、徐子渊、曾幼度、商翚仲、王晦叔、易彦章之徒，皆当世俊士，不可悉数，或爱其人，或爱其诗，或爱其文，或爱其字，或折节交之。若东州之士则楼公大防、叶公正则，则尤所赏激者。①

这一段文字是学者在讨论姜夔的诗歌创作时经常引用的，其中特别喜欢提到的就是范成大、杨万里、萧德藻、朱熹、辛弃疾等对姜夔的欣赏，但却往往忽略了最后的一句。这个“叶公正则”，正是特别欣赏、提携“永嘉四灵”的叶适。叶适对“四灵”的奖掖，略见于他的《徐文渊（玑）墓志铭》：“初，唐诗废久，君与其友徐照、翁卷、赵师秀议曰：‘昔人以浮声切响、单字只句计巧拙，盖风骚之至精也。近世乃连篇累牍，汗漫而无禁，岂能名家哉！’四人之语遂极其工，而唐诗由此复行矣。”②

① 周密撰，张茂鹏点校：《齐东野语》卷十二，北京：中华书局，1983 年，第 211 页。
② 刘公纯、王孝鱼、李哲夫点校：《叶适集》卷二十一，北京：中华书局，1961 年，第 410 页。

那么，他所欣赏的“四灵”的创作是怎样的呢？文学史已经公认，这四位作家的创作，从风格上说，即所谓颇有“清气”，也就是不俗，而所选择的体式，则主要是五律，赵师秀甚至说过这样的话：“一篇幸止有四十字，更增一字，吾末如之何矣。”① 其后，正如严羽在《沧浪诗话》中所指出的：“江湖诗人多效其体。”② 不少江湖诗人追随“四灵”，往往都是用五律来写作的。当然，全面考察江湖诗人的诗歌创作，他们最喜欢也最擅长的诗体，一是五律，一是七绝。五律重推敲，可以满足那些才气不大、态度认真，又有极强的成名欲的诗人的要求；七绝则能够抓住一个富有情韵的瞬间，不费很大力气地写出性灵。

那么，叶适对姜夔的欣赏，主要表现在哪些方面呢？姜夔自己并没有说叶适对他“尤所赏激者”是什么，可是我们不妨对姜夔的诗歌创作进行一点清理，列表作一统计。姜夔的诗作今存 187 首③，据人民文学出版社 1959 年版《白石诗词集》加以统计，可以知道姜夔所用诗体如下：

五古	七古	五律	七律	五绝	六绝	七绝
45	12	11	16	10	2	91

可以看得非常明显，在所有诗体中，除了六绝和五绝之外，姜夔写得最少的就是五言律诗了。这真是一个有点奇怪的现象，作为江湖诗派的前驱，他对诗歌创作的一个方面的选择，竟然和后来通行的倾向如此不同。七言绝句倒是姜夔比较喜欢的，差不多占他所作诗总和的一半了。不过，叶适的激赏恐怕不能仅仅这样来理解，事实上，七绝一体，唐代有王昌龄、杜牧等，宋代有王安石、杨万里等，都长于此道，姜夔当然写得也不错，但若说能够到达什么样的超越性，也很难说。再说，叶适对“四灵”

① 刘克庄《野谷集序》。刘克庄著，辛更儒笺校：《刘克庄集笺校》卷九十四，北京：中华书局，2011年，第 3983 页。

② 严羽著，郭绍虞校释：《沧浪诗话校释》，北京：人民文学出版社，1983 年，第 27 页。

③ 这个统计包括其集外诗和集外诗补遗，但姜夔还有断句三句，则不计在内。

等人的鼓励，主要是他们能够复兴“唐风”，也就是中晚唐以下对五言律诗创作的追求，七绝很难代表一个时代。个中原因还应该进一步寻找。仔细观察姜夔各体诗歌的创作，我们发现，他特别喜欢写联章诗，在其全部创作中，共有五古联章 5 组，计 34 首；五律联章 2 组，计 5 首；五绝和六绝联章 4 组，计 9 首；七绝联章 11 组，计 57 首。如此大的联章比例，足以说明，这正是姜夔创作的重要特点之一。

姜夔作诗有其特定的审美追求。在《诗说》中，他曾经特别强调：“作大篇尤当布置，首尾匀停，腰腹肥满。”“大篇有开阖，乃妙。”“波澜开阖，如在江湖中，一波未平，一波已作。如兵家之阵，方以为正，又复是奇；方以为奇，忽复是正。出入变化，不可纪极，而法度不可乱。”[①] 讲“布置”，讲“开阖”，针对的是“大篇”，而正如文学史所昭示的，联章在某种程度上也可以视为“大篇”，因为这样的组诗可以自成片段，构成一个彼此有机联系的整体。姜夔的这种理论认识，也被他运用到了创作中，前面所讨论的《昔游诗》，作为大型五古联章，已经可以证明这一点。其他的，如《除夜自石湖归苕溪》七绝联章诗十首，曾经得到杨万里的高度评价，誉之为“有裁云缝雾之妙思，敲金戛玉之奇声”[②]，后一句是说其音节，前一句则正是夸其结构。这一组诗，将离别之悲、归家之喜、无成之叹、性情之幽，多个方面融为一个有机的整体，杜子庄在讨论这一组诗时，就特别从结构的角度入手。如论第五首：“这首诗是上一首的续作。当他觉察到‘小窗春色入灯花’的美好愿望，并不可能实现，便一心向往隐居，这是很自然的事。既然事出自然，那么这篇‘组诗’的层次，也就得到很自然的安排了。所谓‘井井有条’‘天衣无缝’。作者确实具有‘缝云裁雾’的妙思，‘敲金戛玉’的佳笔。”论第十首：“从这组诗全部结构来说，它是全篇的总结，合上全篇的诗意。

① 并见姜夔《白石道人诗说》。姜夔著，夏承焘校辑：《白石诗词集》，北京：人民文学出版社，1959 年，第 66-68 页。

② 姜夔著，夏承焘校辑：《白石诗词集》，北京：人民文学出版社，1959 年，第 41 页。

第一首是从小红开端，最后一首，仍归到小红来结尾。”[①] 所论能得诗意。再如以六首七言绝句组成的《雪中六解》，陈思论其结构云：“首述淳熙丙申北游濠梁之雪，终以嘉泰癸亥（嘉泰四年，1204 年）入越，与稼轩秋风亭观雪，其中间则沔鄂黄鹤之雪、行都吴山之雪、除夕垂虹之雪，雪虽五地，而三十年之游踪，皆以雪显。”[②] 这种以雪来贯穿三十年游踪的结构上的匠心，显然也是诗人的刻意追求。陈思最后还特别指出：“与《昔游诗》同一章法。”[③] 将两组同是写于晚年的诗结合起来看，真是一个敏锐的观察。

至此，就可以试着回答上面的问题了。叶适对姜夔的称赞，应该是从整体上着眼的，指的是姜夔的“思力”，而这个“思力”，在很大程度上就是从联章诗上体现出来，不管是五古联章，还是七绝联章。而这一点，又和一般的江湖诗人比较大地区别了开来，因为江湖诗人大多只写小诗。在这个意义上，他是一个被通行的江湖诗派特色所限制不住的诗人。而他之所以没被江湖诗派限制住，之所以在创作中体现出这样的思力，与他对杜甫的学习，特别是有意识地写大篇，是分不开的。

五、从《昔游诗》看姜夔直接学杜的创作追求

姜夔《白石道人诗集》卷首有其自叙，陈述自己的学诗历程：“近过梁溪，见尤延之先生，问余诗自谁氏。余对以异时泛阅众作，已而病其驳如也，三熏三沐，师黄太史氏。居数年，一语噤不敢吐，始大悟学即病，顾不若无所学之为得，虽黄诗亦偃然高阁矣。”姜夔拜访尤袤，

---

① 杜子庄选注：《姜白石诗词》，南昌：江西人民出版社，1981 年，第 79 页、第 84 页。

② 陈思《白石道人年谱》。《北京图书馆藏珍本年谱丛刊》第 33 册，北京：北京图书馆出版社，1999 年，第 244 页。

③ 陈思《白石道人年谱》认为此六首诗作于开禧元年（1205 年）（《北京图书馆藏珍本年谱丛刊》第 33 册，北京：北京图书馆出版社，1999 年，第 244 页）。

夏承焘认为是在其四十多岁时，这正是《昔游诗》创作的时期。[①]确定这一点，对于理解《昔游诗》等作品在姜夔诗歌创作历程中的意义，非常有帮助。

考察南宋一些重要诗人的创作历程，往往有一个共同的特色，即从江西入手，后来跳出江西，致力于发展自己的面目，如陆游、杨万里，都是如此。但是，其实宋代所有的诗人心中，都还有一个非常崇高的形象，这就是杜甫。杜甫在文学史上至高无上的“诗圣”地位，如人们所共同承认的，实际上是宋代才真正建立起来的。所以，无论是哪一派，往往都声称学习杜甫。我曾经指出，南宋诗人，无论是江西诗派，还是江湖诗派，他们学诗，有一个共同特点，即注重阶段和梯级。他们认为杜甫是非常神圣崇高的，但这个标准太高，因此要通过一定的过程才能达到。江西诗派是要通过学习黄庭坚进而走向杜甫，江湖诗派则希望通过学习晚唐诗，进而走向杜甫。在终极目标上，江西和江湖二派并无根本的不同[②]。

在这个意义上，姜夔宣称自己不愿意再学习黄庭坚，就有了特殊的意义。《昔游诗》告诉我们，所谓“一语噤不敢吐”，并不是说黄庭坚有什么不好，而是要和其他江西诗人区隔开来。作为从江西诗派入手的诗人，姜夔非常知道学习黄庭坚的目的，是以此作为门径，向上再进一步，达到杜甫的境界。显然，经过创作的实践和理论反思，他明白了一个道理，既然最终的目标是杜甫，何不单刀直入，直达老杜境界？黄庭坚也并非一道绕不过去的门槛，关键在于是否具备了这样的准备和能力。学界曾经关注过姜夔与严羽的关系，认为二者有一定的传承关

① 姜夔之语见其《白石道人诗集自叙》（姜夔著，夏承焘校辑：《白石诗词集》，北京：人民文学出版社，1959年，第1页）。夏承焘语见其《论姜白石的词风》（夏承焘笺校：《姜白石词编年笺校》，上海：上海古籍出版社，1981年，第3页）。

② 参看拙著《江湖诗派研究》第六章《诗歌渊源——关于江湖诗派学晚唐的若干问题》，北京：中华书局，1995年。

系[①]。严羽论诗提倡“入门须正，立志须高；以汉魏晋盛唐为师，不作开元天宝以下人物”[②]，指出应该取法乎上。也许，姜夔《昔游诗》一类作品所进行的艺术追求，正是从创作实践上，给了严羽直接的启发。而且，我们知道，严羽在评价“四灵”时，曾经这样说：“近世赵紫芝、翁灵舒辈，独喜贾岛、姚合之诗，稍稍复就清苦之风，江湖诗人多效其体，一时自谓之唐宗；不知止入声闻辟支之果，岂盛唐诸公大乘正法眼者哉！”[③]这就和早一些的叶适接续了起来。早期姜夔的长，正好也对照出后来四灵的短。

这样，作为从江西诗派起步的诗人，姜夔以自己的气度就和同时的江西后学区别了开来，体现出一种超越的精神。其实，与此同时，在这一点上，他也和当时以及后世的江湖诗人区别了开来。江湖诗人号称学习晚唐，是希望从学习晚唐而到达杜甫，对此，姜夔了然于心，他在创作中跳过晚唐，直接承杜，就使他对江湖诗派也具有了超越性。事实上，姜夔的生活方式虽然和不少江湖诗人有着相似之处，他居住在杭州时，也难免有游走豪门之举，有时过着干谒的生活，但他却能随缘自适，保持平静的内心，在俗的生活中，体现出雅的意蕴，与很多江湖诗人都有很大区别。因此，尽管姜夔诗学打上了江西的深刻烙印，尽管姜夔被许多批评家认为是江湖诗派中的人物，但是，他的创作，至少在某些特定的方面，是超越这两个流派的。他的同时代人陈郁已经觉察到了这一点，在其《藏一话腴》中就指出：“白石姜尧章，奇声逸响，卒多天然，自成一家，不随近体。”[④]这个“不随近体”，说的也就是他的独特性。

---

① 关于姜夔对严羽诗歌理论的影响，汪洋曾有《论姜夔对严羽诗学思想的影响》一文，载《苏州教育学院学报》，2008年第3期。

② 严羽著，郭绍虞校释：《沧浪诗话校释》，北京：人民文学出版社，1983年，第1页。

③ 严羽著，郭绍虞校释：《沧浪诗话校释》，北京：人民文学出版社，1983年，第27页。

④ 陈郁：《藏一话腴》外编卷下，《景印文渊阁四库全书》第865册，台北：台湾商务印书馆，1986年，第568页。

六、总结

至此，我们可以对本章所讨论的问题作一总结。

第一，姜夔的《昔游诗》是一组在结构上有主观追求的联章诗，作品将二十多年的生活用纪行的方式体现出来，特别突出了湖南和江淮之游，体现了姜夔在创作上的追求。姜夔一生非常喜欢写联章诗，其思想和艺术动机均与此相关。

第二，姜夔的联章诗创作受到了杜甫的深刻影响。和其他宋代文学批评家一样，姜夔对杜甫的评价很高，他也很关注诗歌创作在结构上的追求，而杜甫正是一个公认的在艺术上精益求精的诗人，杜甫创作联章诗的成就举世瞩目，姜夔从他那里得到借鉴，原是非常自然的事。不过，姜夔学习前人，并非亦步亦趋，他也有自己独特的发展，主要体现在写水路、写人物和写与水路相关的体验等。

第三，姜夔虽然被认为是江湖诗派的一员，但从创作联章诗的角度看，他实际上在江湖诗派中是一个非常独特的存在，尤其是他创作了如此大型的五古联章诗，在江湖诗派中，差不多绝无仅有，其中所体现的思力，与杜甫的影响不无关系。

第四，姜夔学诗从江西诗派入，虽然他声称自己经过反思，已经抛弃江西诗派，进入无所依傍的境界，但早年的江西痕迹不可能完全消失。不过，他通过自己的探索，发现了江西诗派的弱点。南宋江西诗人往往通过学习黄庭坚来学习杜甫，姜夔则认为，可以直接到达杜甫，不必经过一个过渡，因此，他的《昔游诗》就体现出直通杜甫的气度。这样，也就与同时期的江西诗人区别了开来。另外，姜夔又是江湖诗派的先驱，而江湖诗派往往通过学习晚唐来学杜，在这一点上，姜夔也同样体现了独特性。

第五章　范式法度：论姜夔《白石道人诗说》

诗话是中国文学批评的重要形式。真正意义上的诗话兴起于宋代，其发展的早期，资闲谈、录琐事、说异闻的倾向较为明显，如宋代第一部诗话的作者欧阳修就这样定义自己的著作："居士退居汝阴，而集以资闲谈也。"[①] 所以南宋初年许顗的《彦周诗话》就这样概括："诗话者，辨句法，备古今，纪盛德，录异事，正讹误也。"[②] 这种状况，到南宋发生了较大的变化，重要标志之一，就是诗话的理论性不断增强。清人潘德舆曾指出宋代最有代表性的三部诗话，"《沧浪》及《岁寒堂》两种外，足以鼎立者，殆惟《白石诗说》乎？"[③] 其出发点，就与此相关。中国文学批评史研究的大家郭绍虞先生将《岁寒堂诗话》换成《石林诗话》，认为可以与《白石诗话》《沧浪诗话》在宋代三足鼎立[④]，也是从这个意义上体认的。

对于《白石道人诗说》，前人已经做了很多研究，其出入江西的特点，

① 欧阳修《六一诗话》序。何文焕辑：《历代诗话》，北京：中华书局，1981 年，第 264 页。

② 许顗《彦周诗话》自序。何文焕辑：《历代诗话》，北京：中华书局，1981 年，第 378 页。

③ 潘德舆《养一斋诗话》卷八。郭绍虞编选，富寿荪校点：《清诗话续编》，上海：上海古籍出版社，1983 年，第 2131 页。

④ 郭绍虞《题〈宋诗话考〉效遗山体得绝句二十首》之六《叶梦得〈石林诗话〉》："随波截流与同参，白石沧浪鼎足三。解识蓝田良玉妙，那关门户逞私谈。"（郭绍虞著：《宋诗话考》，北京：中华书局，1979 年，第 4 页）

也不同程度有所涉及，但还有一定的空间，可以进一步发挥。本章拟从经典选择的角度，将理论阐发和创作实践相结合，对此略做讨论。

一、诗史回顾与诗学经典

《白石道人诗说》一共只有二十八则，在宋代诗话中，篇幅并不算大，但内容非常精粹，差不多全部都是理论性的阐述。

和许多诗话一样，《白石道人诗说》在对诗歌历史的回顾时，也提到了一些前代诗学典范，如下面的文献：

> 喜词锐，怒词戾，哀词伤，乐词荒，爱词结，恶词绝，欲词屑。乐而不淫，哀而不伤，其惟《关雎》乎？
>
> ……
>
> 诗有出于《风》者，出于《雅》者，出于《颂》者。屈、宋之文，《风》出也；韩、柳之诗，《雅》出也；杜子美独能兼之。
>
> 《三百篇》美刺箴怨皆无迹，当以心会心。
>
> 陶渊明天资既高，趣诣又远，故其诗散而庄、澹而腴。断不容作邯郸步也。
>
> 语贵含蓄。东坡云："言有尽而意无穷者，天下之至言也。"山谷尤谨于此。清庙之瑟，一唱三叹，远矣哉！后之学诗者可不务乎？若句中无余字，篇中无长语，非善之善者也；句中有余味，篇中有余意，善之善者也。[①]

姜夔在《白石道人诗说》中明确指出："《诗说》之作，非为能诗者作也。为不能诗者作而使之能诗；能诗而后能尽吾之说，是亦为能诗

① 姜夔《白石道人诗说》。姜夔著，夏承焘校辑：《白石诗词集》，北京：人民文学出版社，1959年，第66-67页。

者作也。”[①] 由此可以看出，这部作品有着非常明确的写作意识，既体现着其本人的读诗心得，也体现着其本人的写诗心得，并通过这些心得，展示对于诗学的理解。也正由于此，其短短的篇幅中，每一个字都不是轻易下的。

按照时代看，上述姜夔所提到的前代诗学典范，有《诗经》、屈原、宋玉、陶渊明、杜甫、韩愈、柳宗元、苏轼、黄庭坚。由于《诗经》可以视为古代诗歌创作的源头，因此不妨看作是一种最高的境界，不必落得太实；而屈原和宋玉，其作品主要是辞赋，在特定的语境中，则可以排除在诗学系列之外。但另外标举的六个人，其中颇有深意，不是泛泛之言，代表着姜夔站在诗歌发展史的高度，对宋代诗学发展的一些思考，也揭示了他对宋代诗学的某些认识。这一点，需要结合文学史上对宋代诗学的一些基本判断，才能看得清楚。

二、陶、杜范式与宋诗发展

宋代诗坛，虽丰富多样，路向各别，但其中也有基本的时代精神，而这个时代精神在很大程度上是通过对两位经典作家的认定构成的。从这个意义来说，姜夔提及的这六个人，大致可以分成两组。

一组是陶渊明和柳宗元、苏轼。这三个人，当然各有不同的创作风貌，但他们都可以导向一个共同的观念：平淡。

陶渊明的诗，在钟嵘《诗品》中虽然只列于中品，评价不太高，但钟嵘大力称赏的“自然英旨”[②]，实际上正可以在陶渊明的诗中得到证明。杜甫的晚年曾和陶渊明有着深深的心灵沟通，但陶渊明的形象，却主要是在宋代建立起来的：“渊明在六代三唐，正以知希为贵”，而其“文名，

① 姜夔《白石道人诗说》。姜夔著，夏承焘校辑：《白石诗词集》，北京：人民文学出版社，1959年，第69页。

② 钟嵘《诗品》。何文焕辑：《历代诗话》，北京：中华书局，1981年，第4页。

至宋而极”[①]。这一过程，在欧阳修已开其端，至梅尧臣就反复强调：“作诗无古今，惟造平淡难。”[②]“诗本道情性，不须大厥声。方闻理平淡，昏晓在渊明。”[③]“中作渊明诗，平淡可拟伦。”[④]因而将平淡诗风明确化了，建构了平淡的时代诗学精神。

柳宗元的诗有着奇崛峻洁的一面，但宋人往往特别抉出其自然淡泊，予以颂扬，这一倾向主要是从苏轼开始的。苏轼遭贬，“流转海外，如逃空谷，既无与晤语者，又书籍举无有，惟陶渊明一集、柳子厚诗文数策，常置左右，目为二友。”[⑤]这是因为“柳子厚晚年诗极似渊明”[⑥]，从风格来说，“所贵于枯淡者，谓外枯而中膏，似淡而实美，渊明、子厚之流是也”[⑦]；“李杜之后，诗人继作，虽间有远韵，而才不逮意。独韦应物、柳宗元发纤秾于简古，寄至味于澹泊，非余子所及也。”[⑧]苏轼将陶、柳并提，几乎立刻就得到了诗坛的关注，晁说之《题东坡诗》就指出：“柳子厚诗与陶渊明同流，前乎东坡，未有发之者。”[⑨]一直到宋末，刘克庄也说：“其（陶渊明）诗遂独步千古。唐诗人最多，惟韦、柳得其

① 钱钟书《谈艺录》之“陶渊明诗显晦”条，北京：生活·读书·新知三联书店，2001年，第262页、258页。

② 梅尧臣：《读邵不疑学士诗卷，杜挺之忽来，因出示之，且伏高致，辄书一时之语以奉呈》，《宛陵先生集》卷四十六，商务印书馆《四部丛刊》本，第9页。

③ 梅尧臣：《答中道小疾见寄》，《宛陵先生集》卷二十四，商务印书馆《四部丛刊》本，第16页。

④ 梅尧臣：《寄宋次道中道》，《宛陵先生集》卷二十五，商务印书馆《四部丛刊》本，第8页。

⑤ 苏轼《与程全父十二首》之十一。苏轼撰，茅维编，孔凡礼点校：《苏轼文集》卷五十五，北京：中华书局，1986年，第1627页。

⑥ 苏轼：《东坡志林》卷九，《景印文渊阁四库全书》第863册，台北：台湾商务印书馆，1986年，第80页。

⑦ 胡仔纂集，廖德明校点：《苕溪渔隐丛话》前集卷十九引，北京：人民文学出版社，1962年，第122页。

⑧ 苏轼《书黄子思诗集后》。苏轼撰，茅维编，孔凡礼点校：《苏轼文集》，北京：中华书局，1986年，第2124页。

⑨ 晁说之：《嵩山文集》卷十八，商务印书馆《四部丛刊》本，第24页。

遗意。”[①] 这一观点，在宋代成为较普遍的认识。

当然，陶渊明和柳宗元的这一特色之所以在宋代得到广泛接受，和苏轼本人也是分不开的。乌台诗案，苏轼横遭构陷，被贬黄州，即对陶渊明有了新的理解。后来任职扬州，作《和陶饮酒二十首》，共鸣更多。绍圣元年（1094 年）之后，一贬再贬，先后到了惠州、儋州，更又一口气写了八十多首和陶诗，因而，一生之中，遍和陶诗。虽然苏轼在创作上转益多师，面向甚广，但给予如此地位者，唯有陶诗。对此，他曾有“夫子自道”：“吾于诗人，无所甚好，独好渊明之诗。”因为“其诗质而实绮，癯而实腴。自曹、刘、鲍、谢、李、杜诸人皆莫及也”[②]。这就将宋代诗坛的崇陶之风，进一步落到了实处，明确了宋诗追求平淡的实质倾向，而他本人，也是这种诗风的大力实践者。

另一组是杜甫、韩愈和黄庭坚。这三个人的创作风貌不同，但他们也都大致可以导向一个共同的观念：奇变。

杜甫在唐代已有影响力，但并没有得到应有的重视。今存唐人选唐诗十种，除晚唐韦庄《又玄集》外，其余均不选杜诗。如高仲武《中兴间气集》专选肃宗至代宗期间的诗，而对杜诗付之阙如。殷璠《河岳英灵集》专选盛唐诗，也无杜甫的身影。和陶渊明一样，其典范意义主要也是在宋代建立起来的。自王禹偁体察到“子美集开诗世界”[③]，因而“独开有宋风气”，“为杜诗于人所不为之时”[④]，杜甫的形象就越来越鲜明。

① 刘克庄《赵寺丞和陶诗序》。刘克庄著，辛更儒笺校：《刘克庄集笺校》卷九十四，北京：中华书局，2011 年，第 4000 页。

② 苏辙《子瞻和陶渊明诗集引》，《栾城后集》卷二十一。陈宏天、高秀芳点校：《苏辙集》，北京：中华书局，1990 年，第 1110 页。

③ 王禹偁：《日长简仲咸》，《小畜集》卷九，《景印文渊阁四库全书》第 1086 册，台北：台湾商务印书馆，1986 年，第 88 页。

④ 吴之振《宋诗钞·小畜集钞》序。吴之振等辑：《宋诗钞·宋诗钞补》，上海：生活·读书·新知三联书店上海分店，1988 年，第 5 页。

至苏轼提出："杜子美诗，格力天纵，奄有汉、魏、晋、宋以来风流。"[①]"古今诗人众矣，而杜子美为首"[②]，杜诗"集大成"[③]的地位就得到确认。而所谓集大成，一般来说，重点不在承前，而在启后[④]。即如宋人孙仅所指出的："（杜）公之诗支而为六家：孟郊得其气焰，张籍得其简丽，姚合得其清雅，贾岛得其奇僻，杜牧、薛能得其豪健，陆龟蒙得其赡博。"[⑤]所论或不全面，但求新求变正是其中的重要关节。

在中国诗歌发展史上，韩愈是较早对杜诗价值予以体认的重要批评家，他在一片谤伤之中，让人们认识到杜甫（还有李白）的万丈光焰[⑥]。而且，韩愈对杜甫的体认，是从"变"的内涵着眼的。清人陈廷焯说："诗至杜陵而圣，亦诗至杜陵而变。顾其力量充满，意境沉郁。嗣后为诗者，举不能出其范围，而古调不复弹矣。故余谓自《风》《骚》以迄太白，诗之正也，诗之古也。杜陵而后，诗之变也。自有杜陵，后之学诗者，更不能求《风》《骚》之所在，而亦不得不以杜陵为止境。韩、苏且列门墙，何论余子。"[⑦]所谓变，主要体现在尚奇一路，即叶燮所云："自甫以后，在唐如韩愈、李贺之奇奡……，称巨擘者无虑数

---

① 苏轼《书唐氏六家书后》。苏轼撰，茅维编，孔凡礼点校：《苏轼文集》卷六十九，北京：中华书局，1986年，第2206页。

② 苏轼《王定国诗集叙》。苏轼撰，茅维编，孔凡礼点校：《苏轼文集》卷十，北京：中华书局，1986年，第318页。

③ 陈师道《后山诗话》："苏子瞻云：'子美之诗，退之之文，鲁公之书，皆集大成者也。'"（何文焕辑：《历代诗话》，北京：中华书局，1981年，第304页）

④ 参看程千帆师、莫砺锋《杜诗集大成说》。程千帆师、莫砺锋、张宏生著：《被开拓的诗世界》，上海：上海古籍出版社，1990年，第1-24页。

⑤ 孙仅《读杜工部诗集序》。华文轩编：《古典文学研究资料汇编·杜甫卷》，北京：中华书局，1964年，第59页。

⑥ 韩愈《调张籍》："李杜文章在，光焰万丈长。不知群儿愚，那用故谤伤。蚍蜉撼大树，可笑不自量。伊我生其后，举颈遥相望。夜梦多见之，昼思反微茫。……"（韩愈著，钱仲联集释：《韩昌黎诗系年集释》，上海：上海古籍出版社，1984年，第989页）

⑦ 陈廷焯《白雨斋词话》卷七。唐圭璋编：《词话丛编》第4册，北京：中华书局，1986年，第3940页。

十百人，各自炫奇翻异，而甫无一不为之开先。”[①]赵翼则进一步指出：“韩昌黎生平，所心摹力追者，惟李、杜二公。顾李、杜之前，未有李、杜，故二公才气横恣，各开生面，遂独有千古。至昌黎时，李、杜已在前，纵极力变化，终不能再辟一径。惟少陵奇险处，尚有可推扩，故一眼觑定，欲从此辟山开道，自成一家。此昌黎注意所在也。”[②]

至于黄庭坚，当然也是宋代学杜的有力推动者。陈师道曾经叙述过黄的家学渊源：“唐人不学杜诗，惟唐彦谦与今黄亚夫庶、谢师厚景初学之。鲁直，黄之子，谢之婿也。其于二父，犹子美之于审言也。”[③]可以说，杜诗就是黄庭坚的家学。他曾自述：“自予谪居黔州，欲属一奇士而有力者，尽刻杜子美东西川及夔州诗，使大雅之音久湮没而复盈三巴之耳。”[④]他称赞“杜子美一生穷饿，作诗数千篇，与日月争光。”[⑤]又有诗：“老杜文章擅一家，国风纯正不欹斜。帝阍悠邈开关键，虎穴深沉探爪牙。千古是非存史笔，百年忠义寄江花。潜知有意升堂室，独抱遗编校舛差。”[⑥]不仅自己加以师法，而且以之传授后学：“欲学诗，老杜足矣。”[⑦]所以，陈师道《答秦觏书》云：“豫章之学博矣，而得法于杜少陵，其学少陵而不为者也，故其诗近之，而其进则未已

---

① 叶燮《原诗·内篇上》。王夫之等撰：《清诗话》，北京：中华书局，1963年，第570页。

② 赵翼《瓯北诗话》卷三。郭绍虞编选，富寿荪校点：《清诗话续编》，上海：上海古籍出版社，1983年，第1164页。

③ 陈师道《后山诗话》。何文焕辑：《历代诗话》，北京：中华书局，1981年，第307页。

④ 黄庭坚：《刻杜子美巴蜀诗序》，《豫章黄先生文集》卷十六，商务印书馆《四部丛刊》本，第34页。

⑤ 黄庭坚:《题韩忠献诗杜正献草书》,《豫章黄先生文集》卷二十六，商务印书馆《四部丛刊》本，第8页。

⑥ 黄庭坚《次韵伯氏寄赠盖郎中喜学老杜诗》，《山谷诗外集补》卷四。黄庭坚撰，任渊、史容、史季温注，刘尚荣校点:《黄庭坚诗集注》，北京：中华书局，2003年，第1706页。

⑦ 黄㽦《山谷年谱》卷二十五。吴洪泽、尹波主编：《宋人年谱丛刊》第5册，成都：四川大学出版社，2003年，第3066页。

也。”[①] 方回也说：“山谷诗，宋三百年第一人，本出于杜。”[②]

陶诗范式和杜诗范式是宋诗发展过程中最重要的两种范式，是宋代诗人寻找前代诗学资源时，做出的集体选择。陶杜并举，北宋时就已经有了明确的意识，如王安石《和晚菊》：“渊明酩酊知何处？子美萧条向此时。”[③] 黄庭坚：“拾遗句中有眼，彭泽意在无弦。”[④] 姜夔显然注意到了这种倾向，因而以特定的方式，看重动态的过程，通过对几个重要诗人的论列，对这两种范式做集中的强调，可以看作是对宋诗发展历史的一种总结。《诗说》的篇幅很短，作者惜墨如金，却在诗歌发展史上特别提出这六人予以表彰，应该不是无缘无故的。在宋代诗话中，有如此强的针对性者，当以姜夔较为突出。

三、强调法度与出入江西

姜夔拈出陶诗和杜诗范式，说明他对宋诗发展具有总结的意识。如果说上面所述还有其宏观性的话，那么，从杜甫引申下来，就可以观察到和江西诗派相关的，包括苏、黄都可以作为代表人物的一种路向，即对法度的追求。

中国的诗歌创作发展到宋代，已经经历了好几个高峰，正如清人所说：“宋人生唐后，开辟真难为。”[⑤] 所谓难为，是了解到各体创作都出现了很多佳作，需要另辟蹊径。而且，总的来说，宋代有着非常强的理性精神，要想在创作上有所作为，还要很好地掂量如何面对前代的遗

① 陈师道撰：《后山居士文集》卷十，上海：上海古籍出版社，1984 年，第 542 页。

② 方回：《刘元辉诗评》，《桐江集》卷五，《续修四库全书》第 1322 册，上海：上海古籍出版社，第 438 页。

③ 王安石《和晚菊》。王安石著，李壁注，高克勤点校：《王荆文公诗笺注》，上海：上海古籍出版社，2011 年，第 387 页。

④ 黄庭坚《赠高子勉四首》之四，《山谷诗集注》卷十六。黄庭坚撰，任渊、史容、史季温注，刘尚荣校点：《黄庭坚诗集注》，北京：中华书局，2003 年，第 574 页。

⑤ 蒋士铨：《辩诗》，《忠雅堂文集》卷十三，嘉庆戊午扬州重刻本，第 11 页。

产，因此，学诗的门径问题被提到很高的位置。江西诗派正是非常重视门径的流派，在江西诗派看来，作家不必都是天才，只要入门正确，也能取得一定的成就。

杜甫是江西诗派最为尊崇的诗人，被宋代江西诗派的殿军方回推为“一祖三宗”中的“一祖”。杜甫对宋诗的影响是全方位的，仅从艺术技巧上看，左汉林、韩成武曾撰有一文，具体举出一些例子，如一联对句各以人名及其包含的故事为典，对仗喜用当句对，以“时空并驭”之法作对，其他还有对杜诗章法、结构、用典等的模拟，而举出的作这些模拟的代表性诗人，正是苏轼、黄庭坚、陈师道、陈与义、陆游、范成大、杨万里等。这些人，能够代表宋诗创作的最显著成就，而且往往和江西诗派发生密切的关系①。尽管从这些地方入手，不一定就真能掌握杜诗的精神，也不一定能达到杜诗的境界，但说明了宋人在这方面的揣摩，是希望由局部走向全面，由枝节进入本体的尝试，也说明在宋人的心目中，杜诗这样的典范，也是有门径可入的。

江西诗派的第一宗黄庭坚就非常重视法度，而且追求可操作性。对于创作，他曾有这样的表述：“诗意无穷，而人之才有限，以有限之才，追无穷之意，虽渊明、少陵，不得工也。然不易其意而造其语，谓之换骨法；窥入其意而形容之，谓之夺胎法。”② “自作语最难，老杜作诗，退之作文，无一字无来处。盖后人读书少，故谓韩、杜自作此语耳。古之能为文章者，真能陶冶万物，虽取古人之陈言入于翰墨，如灵丹一粒，点铁成金也。”③ 这是充分了解了诗歌发展的历史，带有个人体会的甘苦之言，也是指导后学的方便法门。这里并不涉及创造与蹈袭的问题，

---

① 参看左汉林，韩成武：《论杜甫诗歌对宋诗的影响》，《三峡大学学报（人文社会科学版）》，2012年第6期。

② 释惠洪《冷斋夜话》卷一引。惠洪等撰，陈新点校：《冷斋夜话·风月堂诗话·环溪诗话》，北京：中华书局，1988年，第15-16页。

③ 黄庭坚：《答洪驹父书三首》，《豫章黄先生文集》卷十九，商务印书馆《四部丛刊》本，第23页。

因为在基本的社会形态没有发生变化的情况下，面对前代丰厚的遗产，要想一无依傍，迥异既往，难度非常大。不少作家都能体察这样一个事实：在文学史的发展中，哪怕是一句之妙，一字之新，也能给诗坛带来深刻印象。因此，黄庭坚的这个说法，就不一定限于江西之域，在一般创作中也适用。金代的王若虚不喜欢黄庭坚，他曾批评这种表述："鲁直论诗，有'夺胎换骨、点石成金'之喻，世以为名言，以予观之，特剽窃之黠者耳。"[①]王氏高自标置，发为大言，其实脱离实际，但他所指出的"世以为名言"，却告诉我们，这个观念被许多人所认可。

苏轼的创作，虽然他自己曾说："吾文如万斛泉源，不择地皆可出。"[②]他的许多作品也确实当得起这种自我期许，但他实际上对法度并不排斥，不仅不排斥，而且自觉用以指导创作。文学史上往往将他和黄庭坚对举："至东坡、山谷始自出己意以为诗，唐人之风变矣。"[③]不是没有道理的。如他的《单同年求德兴俞氏聚远楼诗》云："云山烟水苦难亲，野草幽花各自春。赖有高楼能聚远，一时收拾与闲人。"[④]韩驹曾说："东坡作《聚远楼》诗，本合用'青江（山）绿水'对'野草闲（幽）花'，以此太熟，故易以'云山烟水'。"[⑤]这种避熟求生的创作态度，和江西诗派正意脉相通。所以，他看到欧阳修以禁体物语写雪，"于艰难中特出

① 王若虚：《滹南诗话》卷下，《六一诗话·白石诗说·滹南诗话》，北京：人民文学出版社，1962 年，第 86 页。

② 苏轼《自评文》。苏轼撰，茅维编，孔凡礼点校：《苏轼文集》卷六十六，北京：中华书局，1986 年，第 2069 页。

③ 严羽著，郭绍虞校释：《沧浪诗话校释》，北京：人民文学出版社，1983 年，第 26 页。

④ 王文诰辑注，孔凡礼点校：《苏轼诗集》，北京：中华书局，1982 年，第 591 页。

⑤《复斋漫录》引。胡仔纂集，廖德明校点：《苕溪渔隐丛话》后集卷二十七，北京：人民文学出版社，1962 年，第 203 页。

奇丽"[1]，就一写再写；他看到黄庭坚以险韵写诗，也兴致勃勃地予以模仿[2]。他曾说过："诗须要有为而后作，当以故为新，以俗为雅，好奇新乃诗之病。柳子厚晚年诗极似渊明，知诗病也。"[3]他说的是用事之法，也可以推及其他。后来黄庭坚可能就是受他影响，提出了这样的说法："盖以俗为雅，以故为新，百战百胜，如孙吴之兵，棘端可以破镞，如甘蝇飞卫之射，此诗人之奇也。"[4]可见宋诗的基本精神之一，就是围绕着"法"。有法，则就能够方便地进入情境，这也是为什么后来严羽提倡"妙悟"，提倡"羚羊挂角，无迹可求"，在当时得不到呼应的重要原因之一。

姜夔无疑继承了苏、黄所代表的重视法度的创作思路，在其《诗说》中，有充分体现，在其创作中，也时有体现。如其著名的《送〈朝天续集〉归诚斋，时在金陵》："翰墨场中老斫轮，真能一笔扫千军。年年花月无闲日，处处山川怕见君。箭在的中非尔力，风行水上自成文。先生只可三千首，回施江东日暮云。"[5]江西诗派的殿军方回著《瀛奎律髓》，曾将姜夔的诗词进行比较，认为姜夔"为词甚佳，诗不逮词远甚"，因此在整部著作中，只选了这一首，理由是"合予意"[6]。怎样的"合予意"

---

① 苏轼《聚星堂雪》叙："元祐六年十一月一日，祷雨张龙公，得小雪，与客会饮聚星堂。忽忆欧阳文忠公作守时，雪中约客赋诗，禁体物语，于艰难中特出奇丽。尔来四十余年，莫有继者。仆以老门生继公后，虽不足追配先生，而宾客之美，殆不减当时，公之二子，又适在郡，故辄举前令，各赋一篇。"（王文诰辑注，孔凡礼点校：《苏轼诗集》卷三十四，北京：中华书局，1982年，第1813页）

② 如黄庭坚《子瞻诗句妙一世，乃云效庭坚体，盖退之戏效孟郊、樊宗师之比，以文滑稽耳。恐后生不解，故次韵道之》，《山谷诗集注》卷五。（黄庭坚撰，任渊、史容、史季温注，刘尚荣校点：《黄庭坚诗集注》，北京：中华书局，2003年，第191页）

③ 苏轼：《东坡志林》卷九，《景印文渊阁四库全书》第863册，台北：台湾商务印书馆，1986年，第80页。

④ 黄庭坚《再次韵并引》，《山谷诗集注》卷十二。黄庭坚撰，任渊、史容、史季温注，刘尚荣校点：《黄庭坚诗集注》，北京：中华书局，2003年，第441页。

⑤ 姜夔著，夏承焘校辑：《白石诗词集》，北京：人民文学出版社，1959年，第33页。

⑥ 方回选评，李庆甲集评校点：《瀛奎律髓汇评》卷三十六，上海：上海古籍出版社，2005年，第1437页。

呢？在我们看来，此诗出语爽利，却用典精妙，正符合黄庭坚“无一字无来处”，却有“夺胎换骨，点铁成金”的追求。首联上句“老斫轮”，典出《庄子·天道》“是以行年七十而老斫轮”①，而暗含杜甫《偶题》：“文章千古事，得失寸心知。作者皆殊列，名声岂浪垂？……车轮徒已斫，堂构惜仍亏。漫作潜夫论，虚传幼妇碑。”②下句化用杜甫《醉歌行》之“词源倒流三峡水，笔阵独扫千人军”③。中二联是赞美杨万里的诗歌成就。至尾联，上句用欧阳修《赠王介甫》“翰林风月三千首”④，以李白作喻，下句用杜甫《春日忆李白》“渭北春天树，江东日暮云”⑤，写自己对杨万里的思念。全篇融入杜甫《春日忆李白》的脉络，或明或暗，将李白、杜甫二人带入，在对杨万里的赞美中，也隐然以李白和杜甫的互相欣赏为喻。如此用典，既活泛新鲜，又贴切自然。倘若将姜夔对杨万里的推崇，与杨万里对姜夔的欣赏结合在一起，对此就会有更深切的体认。

不过，姜夔所言之法，不一定完全属于江西诗派的门户，而是从江西诗派的“法”的概念出发，上升到一般的创作层面，其基本精神，仍然是使得创作有门可入。这里涉及一些不同的层面。

例如对长篇大作的结构，姜夔指出：“作大篇尤当布置：首尾匀停，腰腹肥满。多见人前面有余，后面不足；前面极工，后面草草。不可不知也。”⑥五七言诗的短章，如五绝、七绝，五律、七律等，大致有起承转合，结构上的要求较为明显，但五古或七古的长篇，一般认为较为自由，可以铺排去写，是否也应遵守一定的规范，值得关注。姜夔是较早提出这一问

① 郭庆藩撰：《庄子集释》，北京：中华书局，2012年，第494页。
② 杜甫著，杨伦笺注：《杜诗镜铨》卷十五，上海：上海古籍出版社，1980年，第713-714页。
③ 杜甫著，杨伦笺注：《杜诗镜铨》卷二，上海：上海古籍出版社，1980年，第62页。
④ 李之亮笺注：《欧阳修集编年笺注》卷五十七，成都：巴蜀书社，2007年，第590页。
⑤ 杜甫著，杨伦笺注：《杜诗镜铨》卷一，上海：上海古籍出版社，1980年，第32页。
⑥ 姜夔《白石道人诗说》。姜夔著，夏承焘校辑：《白石诗词集》，北京：人民文学出版社，1959年，第66页。

题的。清代的诗学研究蓬勃发展，姜夔之说就得到了响应，如何文焕引述姜说之后，指出：“此病虽或不经意，然亦难勉强。凡精神不能满幅者，非夭折即穷困，作文写字，往往然也。”[①]何氏是从气的角度去理解的，所以认为写诗作文和书法同样道理，要能够一气灌注，后面不要弱。但姜夔强调的是作法，他曾说：“诗之不工，只是不精思耳。不思而作，虽多，亦奚为？”这就意味着，气之不能灌注，并不一定和诗如其人，即夭折穷困之类联系，因为这一点是可以通过“精思”来加以弥补的。

又如关于对仗，姜夔说：“花必用柳对，是儿曹语。若其不切，亦病也。”[②]从前半部分看，说到花用柳对，实在是诗歌对仗之常，李渔著名的《笠翁对韵》，里面有许多“花”选择和柳对的，如“宫花对禁柳”“柳堤驰骏马，花院吠村龙”“柳绊长堤千万树，花横野寺两三枝”“杨柳月中潜去听……杏花村里共来沽”“柳媚花明”“池柳烟飘……砌花雨过”“花须对柳眼”[③]。所以，花和柳对，是工对，但也是熟对。上面曾提到苏轼作《聚远楼》诗，本想用“青山绿水”对“野草闲花”，以“青山绿水”太熟，故易以“云山烟水”，姜夔这段话的精神与苏正同，而江西诗派中人，如黄庭坚，创作的重要追求之一，也正是趋生避熟。至于姜夔所说的后半段，也可以在宋代文化发展中找到脉络。如葛立方说：“欧阳文忠公诗云：‘古画画意不画形，梅诗写物无隐情。忘形得意知者寡，不若见诗如见画。’东坡诗云：‘论画以形似，见与儿童邻。赋诗必此诗，定知非诗人。’或谓：‘二公所论，不以形似，当画何物？’曰：‘非谓画牛作马也，但以气韵为主尔。’”[④]一方面要避熟趋生，

① 何文焕辑：《历代诗话》，北京：中华书局，1981 年，第 820 页。

② 姜夔《白石道人诗说》。姜夔著，夏承焘校辑：《白石诗词集》，北京：人民文学出版社，1959 年，第 66 页。

③ 李渔撰，艾荫范等注：《笠翁对韵新注》，北京：书目文献出版社，1985 年，第 3 页、第 9 页、第 13 页、第 24 页、第 39 页、第 50 页、第 75 页。

④ 葛立方《韵语阳秋》卷十四。何文焕辑：《历代诗话》，北京：中华书局，1981 年，第 597 页。

一方面要符合生活的常识，这就是姜夔的艺术辩证法。

再如关于结句，姜夔说："篇终出人意表，或反终篇之意，皆妙。"① 注重结尾，是杜诗重要的特色之一，也是宋人所特别体认的重要特色之一。如杜甫著名的《缚鸡行》："小奴缚鸡向市卖，鸡被缚急相喧争。家中厌鸡食虫蚁，不知鸡卖还遭烹。虫鸡于人何厚薄？吾叱奴人解其缚。鸡虫得失无了时，注目寒江倚山阁。"② 宋人陈长方评其结句"旁入他意，最为警策"③。洪迈也评"此诗自是一段好议论。至结句之妙，非他人所能跂及也"④。后来俞玚接着这个话头，也说："结语有举头天外之致。"⑤ 对这一特色，黄庭坚及时关注到了，于是在创作中进行了模仿，如《王充道送水仙花五十枝欣然会心为之作咏》："凌波仙子生尘袜，水上轻盈步微月。是谁招此断肠魂，种作寒花寄愁绝。含香体素欲倾城，山矾是弟梅是兄。坐对真成被花恼，出门一笑大江横。"⑥ 清人方东树即说："山谷之妙，起无端，接无端，大笔如椽，转折如龙虎，扫弃一切、独提精要之语。每每承接处，中亘万里，不相联属，非寻常意计所及。此小家何由知之？"⑦ 如果说这一首诗黄庭坚对杜甫还是亦步亦趋的话，则《病起荆江亭即事十首》之五就是用其精神了："司马丞相昔登庸，诏用元老超群公。杨绾当朝天下喜，断碑零落卧秋风。"⑧ 前三句写欢乐之意，后一句突然转折，却无任何铺垫。姜夔提出结句的重要，不一

---

① 姜夔《白石道人诗说》。姜夔著，夏承焘校辑：《白石诗词集》，北京：人民文学出版社，1959 年，第 67 页。

② 杜甫著，杨伦笺注：《杜诗镜铨》卷十五，上海：上海古籍出版社，1980 年，第 735 页。

③ 陈长方：《步里客谈》卷下，《丛书集成初编》第 2862 册，北京：中华书局，1985 年，第 6 页。

④ 洪迈著：《容斋随笔》，上海：上海古籍出版社，1978 年，第 475 页。

⑤ 杜甫著，杨伦笺注：《杜诗镜铨》卷十五引，上海：上海古籍出版社，1980 年，第 735 页。

⑥ 黄庭坚《山谷诗集注》卷十五。黄庭坚撰，任渊、史容、史季温注，刘尚荣校点：《黄庭坚诗集注》，北京：中华书局，2003 年，第 546 页。

⑦ 方东树著，汪绍楹校点：《昭昧詹言》卷十二，北京：人民文学出版社，1961 年，第 314 页。

⑧ 黄庭坚《病起荆江亭即事十首》之五，《山谷诗集注》卷十四。黄庭坚撰，任渊、史容、史季温注，刘尚荣校点：《黄庭坚诗集注》，北京：中华书局，2003 年，第 518 页。

定都来自江西一脉，但和他学诗的经历肯定不能没有关系。清人冒春荣说："一诗之气力在首尾，而尾之气力视首更倍。如龙行空，如舟破浪，常以尾为力焉。"[①] 这段话，与姜夔颇有渊源。

四、含蓄论说与对话意识

在《白石道人诗说》中，姜夔以苏、黄作为宋诗的代表，如前所述，当然有勾勒宋诗脉络的用心，但他特别强调其中的含蓄，也有可说者。

苏、黄在诗歌创作上的巨大成就，一直是南宋重要的话题，但其中也有不同的评价，涉及层面甚多。这里不妨以南宋初年写作《岁寒堂诗话》的张戒为例。

张戒在诗歌创作上主张要有"意味"："大抵句中若无意味，譬之山无烟云，春无草树，岂复可观？"[②] "意味"一语，在中国文学批评史上源远流长，从刘勰之"隐秀"[③]，到钟嵘之"滋味"[④]，皎然之"象外"[⑤]等，不绝如缕，在宋代也一直有讨论[⑥]。张戒对《文心雕龙》下过很深

① 冒春荣《葚原诗说》卷一。郭绍虞编选，富寿荪校点：《清诗话续编》，上海：上海古籍出版社，1983年，第1577页。

② 张戒著，陈应鸾笺注：《岁寒堂诗话笺注》，成都：四川大学出版社，1990年，第33页。

③ 刘勰《文心雕龙·隐秀》："夫心术之动远矣，文情之变深矣。源奥而派生，根盛而颖峻。是以文之英蕤，有秀有隐。隐也者，文外之重旨者也；秀也者，篇中之独拔者也。隐以复意为工，秀以卓绝为巧。"（刘勰著，范文澜注：《文心雕龙注》，北京：人民文学出版社，1958年，第632页）

④ 钟嵘《诗品序》："五言居文词之要，是众作之有滋味者也。"（何文焕辑：《历代诗话》，北京：中华书局，1981年，第3页）

⑤ 许清云著：《皎然诗式辑校新编》，台北：文史哲出版社，1984年，第16页。皎然《诗式》之《重意诗例》："两重意已上，皆文外之旨。"（何文焕辑：《历代诗话》，北京：中华书局，1981年，第31页）

⑥ 如梅尧臣说："状难写之景，如在目前；含不尽之意，见于言外。"（欧阳修《六一诗话》引，何文焕辑：《历代诗话》，北京：中华书局，1981年，第267页）司马光说："古人为诗，贵于意在言外，使人思而得之。"（《温公续诗话》，何文焕辑：《历代诗话》，北京：中华书局，1981年，第277页）张表臣说："篇章以含蓄天成为上，破碎雕锼为下。"（《珊瑚钩诗话》卷一，何文焕辑：《历代诗话》，北京：中华书局，1981年，第455页）

的功夫，他曾引《隐秀》篇中的一句："情在词外曰隐，状溢目前曰秀。"[①]该句不见于今本《文心雕龙》，或即其当时之所见。范文澜注《文心雕龙》"隐秀"之"隐"云："重旨者，辞约而义丰，含味无穷，陆士云'文外曲致'，此隐之谓也。"所谓"含味无穷"，正可以和张戒"意味"之说有所接续。

论诗重味，并非张戒发明，其所包含的内容也比较广泛，但却有一个重要的面向，即针对当时在诗坛上有重要影响的苏黄诗风。张戒对诗歌发展史有一个判断："自汉魏以来，诗妙于子建，成于李、杜，而坏于苏、黄。"为什么呢？在他看来，就是："子瞻以议论作诗，鲁直又专以补缀奇字，学者未得其所长，而先得其所短，诗人之意扫地矣。"[②]他指出："黄鲁直自言学杜子美，子瞻自言学陶渊明，二人好恶，已自不同。鲁直学子美，但得其格律耳。子瞻则又专称渊明，……即渊明之诗妙在有味耳。"[③]认为苏轼学陶渊明，黄庭坚学杜甫，都没有学到精髓，因为陶、杜诗写得都非常有味。他又结合古代诗歌理论，将这一层说得更明确："故曰：言之不足，故长言之；长言之不足，故咏叹之；咏叹之不足，故不知手之舞之、足之蹈之。后人所谓'含不尽之意'者，此也。用事押韵，何足道哉！苏、黄用事押韵之工，至矣尽矣，然究其实，乃诗人中一害。"[④]

写诗追求有意味，大致等于含蓄。作为一种美学风格，苏、黄都是推崇的。苏轼曾引司空图之语："唐末司空图，崎岖兵乱之间，而诗文高雅，犹有承平之遗风。其论诗曰：'梅止于酸，盐止于咸。'饮食不可无盐、梅，而其美常在咸、酸之外。"感叹："信乎表圣之言，美在咸酸之外，可以一唱而三叹也。"[⑤]苏轼曾论诗与画："论画以形似，见与儿童邻。

---

① 张戒著，陈应鸾笺注：《岁寒堂诗话笺注》，成都：四川大学出版社，1900年，第58页。

② 张戒著，陈应鸾笺注：《岁寒堂诗话笺注》，成都：四川大学出版社，1900年，第58页。

③ 张戒著，陈应鸾笺注：《岁寒堂诗话笺注》，成都：四川大学出版社，1900年，第38页。

④ 张戒著，陈应鸾笺注：《岁寒堂诗话笺注》，成都：四川大学出版社，1900年，第44页。

⑤ 苏轼《书黄子思诗集后》。苏轼撰，茅维编，孔凡礼点校：《苏轼文集》，北京：中华书局，1986年，第2124-2125页。

赋诗必此诗，定非知诗人。"[①] 袁枚据此发挥说："东坡云：'作诗必此诗，定非知诗人。' 此言最妙。然须知作此诗而竟不是此诗，则尤非诗人矣。其妙处总在旁见侧出，吸取题神。不是此诗，恰是此诗。"[②] 从一个角度说出对苏轼含蓄论的理解。黄庭坚也提倡含蓄，他有《韩信》一诗，王直方记载说："元丰初，山谷过下邳淮阴庙作。以示孙莘老，言其太过无含蓄，山谷然之，遂改今诗。"[③] 又释惠洪说："黄鲁直使余对句，曰：'呵镜云遮月。' 对曰：'啼妆露着花。' 鲁直罪余于诗深刻见骨，不务含蓄。"[④] 这两条记载，前一条是说黄庭坚改自己的诗，使之含蓄；后一条是说黄庭坚批评别人，认为应该含蓄。无论如何，他的诗歌思想中，含蓄有味，也是占有一席之地的。至于他们自己的创作，以含蓄见长的名篇，屡见而非一见，自然毋庸赘言。

当然，张戒所指出的苏黄以议论为诗，以文字为诗，从而导致的一览无余，缺少意致，也是有的，那么，姜夔特地突出苏黄对含蓄为诗的观点，是什么用意？

张戒是宣和六年（1124年）进士，大约卒于绍兴三十年（1160年）[⑤]。姜夔出生于张戒卒后不久，虽然现在尚无文献能够证明他读过《岁寒堂诗话》，但以其对宋代诗坛的关注，不妨合理推测，他了解张戒的诗学观点，因此予以回应。他当然知道苏黄所代表的典型诗风是什么，他对宋初以来诗歌发展的状况，也有其自己的看法，但他显然认为，一个人的诗歌创作风格是多元的，即使在苏黄身上，也有着多种可能性。姜夔

① 苏轼《书鄢陵王主簿所画折枝二首》之一。王文诰辑注，孔凡礼点校：《苏轼诗集》卷二十九，北京：中华书局，1982年，第1525页。

② 袁枚著，顾学颉校点：《随园诗话》卷七，北京：人民文学出版社，1982年，第231页。

③ 黄𠮷《山谷年谱》卷一。吴洪泽、尹波主编：《宋人年谱丛刊》第5册，成都：四川大学出版社，2003年，第2981页。

④ 释惠洪《冷斋夜话》卷十。惠洪等撰，陈新点校：《冷斋夜话·风月堂诗话·环溪诗话》，北京：中华书局，1988年，第81页。

⑤ 此据陈应鸾先生推算，见其《岁寒堂诗话校笺》前言。张戒著，陈应鸾笺注：《岁寒堂诗话笺注》，成都：四川大学出版社，1990年，第5-6页。

所引述的苏轼之语："言有尽而意无穷者，天下之至言也。"出处不详，但以文为诗或以议论为诗中，不一定就没有"言有尽而意无穷"，只是这在诗学史上往往是作为两个不同范畴来谈的，而且，"言有尽而意无穷"本来就是诗歌创作的普遍原理，苏黄对此予以充分肯定，自己的创作也有这方面的特色，是完全合理的，这并不妨碍他们在实际创作中，在追求创造性时，剑走偏锋，另辟蹊径。

而姜夔将苏黄创作的这种可能性加以强调，一方面是和当代的某种诗学观念对话，接续他总结宋诗创作、特别是江西诗派创作的意脉，显示其本人的某些诗学资源，另一方面也意在强调自己的创作主张，即对情韵的追求。姜夔的诗，蕴藉含蓄，这是古今评论家都予以体认的，尤其是七言绝句，更是明显。

七绝是姜夔比较喜爱，也比较擅长的诗体，在他的各体诗作中，数量上也居第一。他的七绝，当时就很受赞赏，如《除夜自石湖归苕溪》十首，曾录寄杨万里，杨的评价是："所寄十诗，有裁云缝雾之妙思，敲金戛玉之奇声。"[①]前者指结构思致，后者指声调音节，给以很高的评价。

若说蕴藉含蓄，如此评语，放在江西诗派的七绝序列中，好的作品，也足以当之。即使有的作品出语生硬，转接无端，也并不影响这样的认定。只是，姜夔的七绝，在此之中还加上了特定的情韵，这就是不少江西诗派中人做不到，或做得不够的了。作为曾经"学江西诸君子"[②]的杨万里，显然对此深有感受，因此才能做出这样的评价。如《姑苏怀古》："夜暗归云绕柁牙，江涵星影鹭眠沙。行人怅望苏台柳，曾与吴王扫落花。"[③]一般的怀古诗，每多起句破题，或点时，或点地，或点物，以抒发今昔之感。如李白之《越中览古》（"越王勾践破吴归"），刘禹锡之《金陵五题》（"朱雀桥边野草花"），杜牧之《赤壁》（"折戟沉沙铁未

① 姜夔著，夏承焘校辑：《白石诗词集》，北京：人民文学出版社，1959年，第41页。
② 杨万里：《诚斋荆溪集序》，《诚斋集》卷八十，商务印书馆《四部丛刊》本，第7页。
③ 姜夔著，夏承焘校辑：《白石诗词集》，北京：人民文学出版社，1959年，第42页。

销”）等名作，类多如此。此却以景语出之，似与题旨无关，然人事代谢，山川依然，景物描写中即寄托了无穷的感慨，而感慨又借着景物的渲染，富有悠远的情韵。对于这首诗，杨万里“极喜诵之”，或者就是看到了这一点。郭绍虞说：“尧章虽从萧千岩学，顾又请益于同时前辈范成大、尤袤、杨万里等。《诗说》所言，当以得之杨氏者为多，特尧章更加以发挥耳。”[①]如此，则杨万里激赏其作，不是无缘无故的。姜夔自述学习历程，说自己从“泛阅众作”，进入专攻黄诗，最终认识到了“学即病”，应该追求“余之诗”，其中当然也有杨万里的影子。不过最后的立意是在“余之诗”，则拈出苏黄的含蓄之论，不仅表明渊源所自，而且体现了超越性，这也就是姜夔的创作最终自成一家的重要表征。

五、结语

潘德舆认为宋代诗话最重要的是张戒《岁寒堂诗话》、姜夔《白石道人诗说》和严羽《沧浪诗话》，郭绍虞心目中最重要的三部宋代诗话，后二种和潘氏同，只是将叶梦得《石林诗话》替换了《岁寒堂诗话》。从创作和理论的角度考察这些诗话的作者，并加以对照，可以发现一个有意思的现象。

张戒的《岁寒堂诗话》很有独到之见，但他本人没有留下来什么诗作，无法判断其诗才。叶梦得的诗，虽然翁方纲评价为“深厚清隽，不失元祐诸贤矩矱”[②]，但实际上为其词名所掩，成就不算突出，他在《石林诗话》中提出的一些命题，如“情景猝然相遇”，诗歌要有“言外之意”，“深婉不迫之趣”，这些高境，也是他的诗歌无法完全做到的。严羽以禅喻诗，提倡盛唐气象，但其诗歌创作却难以相副，因而被钱钟书讽刺为“批评家一动手创作，人家就要把他的拳头塞他的嘴——毋宁

① 郭绍虞著：《宋诗话考》，北京：中华书局，1979年，第92页。

② 翁方纲《石洲诗话》卷四。郭绍虞编选，富寿荪校点：《清诗话续编》，上海：上海古籍出版社，1983年，第1430页。

说，使他的嘴咬他的手”[①]。唯有姜夔的诗歌，几乎得到了众口一词的称赞。如杨万里《进退格寄张功父、姜尧章》：“尤萧范陆四诗翁，此后谁当第一功？新拜南湖为上将，更差白石作先锋。”[②]周密《齐东野语》：“内翰梁公……，爱其（姜夔）诗似唐人，……待制杨公以为于文无所不工，甚似陆天随。”[③]陈郁《藏一话腴》：“白石姜尧章，奇声逸响，卒多天然，自成一家，不随近体。”[④]王士禛《香祖笔记》：“余于宋南渡后诗，自陆放翁之外，最喜姜夔尧章。”[⑤]朱庭珍《筱园诗话》：“南宋人诗，……姜白石在宋末元初，独为翘楚。其诗甚有格韵，雅洁可传。”[⑥]李慈铭《越缦堂读书记》：“夜寒甚，坐床头拥衾爇烛看《白石道人诗》，清绝如啖冰雪也。……然其诗颇可诵，《江湖小集》中之最佳者。”[⑦]

从这个意义上看，《白石道人诗说》之所以能够有着这样出色的成就，就不仅与姜夔具有杰出的理论功底，善于总结前代，尤其是宋代的诗歌发展有关，而且也和他有着杰出的艺术创造能力有关。他所提出的不少命题，既是诗歌发展的一般规律，也是他自己创作的切身体验。本章即主要从他对宋代诗坛的观察入手，通过他和江西诗派入与出的关系，联系他本人的创作实践，思考其诗学理论的某些特点，进而指出，作为理论与创作同步发展的最好例证，他的《白石道人诗说》在宋代，乃至在中国文学批评史上，都有着鲜明的特色。

陆机《文赋》开宗明义就说：“余每观才士之所作，窃有以得其用心。

① 钱钟书著：《宋诗选注》，北京：生活·读书·新知三联书店，2002年，第436页。

② 杨万里：《诚斋集》卷四十一，商务印书馆《四部丛刊》本，第17页。

③ 周密撰，张茂鹏点校：《齐东野语》卷十二《姜尧章自叙》条，北京：中华书局，1983年，第211页。

④ 陈郁：《藏一话腴》外编卷下，《景印文渊阁四库全书》第865册，台北：台湾商务印书馆，1986年，第568页。

⑤ 王士禛撰，湛之点校：《香祖笔记》卷九，上海：上海古籍出版社，1985年，第167页。

⑥ 朱庭珍《筱园诗话》卷四。郭绍虞编选，富寿荪校点：《清诗话续编》，上海：上海古籍出版社，1983年，第2407-2408页。

⑦ 李慈铭撰，由云龙辑：《越缦堂读书记》，北京：中华书局，2006年，第911页。

夫其放言遣辞，良多变矣，妍蚩好恶，可得而言。每自属文，尤见其情。恒患意不称物，文不逮意，盖非知之难，能之难也。”[①]钱钟书先生评云：“‘余每观才士之所作，窃有以得其用心。’按下云：‘每自属文，尤见其情。’与开篇二语呼应，以己事印体他心，乃全《赋》眼目所在。盖此文自道甘苦，故于抽思呕心，琢词断髭，最能状难见之情，写无人之态，所谓‘得其用心’‘自见其情’也。”[②]而前引《白石道人诗说》最后也有这样一段话：“《诗说》之作，非为能诗者作也，为不能诗者作而使之能诗。能诗而后能尽吾之说，是亦为能诗者作也。虽然，以吾之说为尽，而不造乎自得，是足以为能诗哉？”[③]可以看出，姜夔的《白石道人诗说》，延续的正是陆机的脉络，但他又指出，虽然后学可以遵从其学说，在诗歌创作中得到发展，但仍然要“造乎自得”。这也就是为什么《白石道人诗说》中的不少精神都来自江西诗派及其所推重的资源，但姜夔仍然能够不囿于江西诗派而有所超越。

① 陆机《文赋》，金涛声点校：《陆机集》卷一，北京：中华书局，1982年，第1页。

② 钱钟书：《管锥编（补订重排本）》，北京：生活·读书·新知三联书店，2001年，第556页。

③ 姜夔著，夏承焘校辑：《白石诗词集》，北京：人民文学出版社，1959年，第69页。

第六章　白石新声：厉鹗对姜夔的接受

厉鹗是清代中期的一位重要词人，一直以来，清词史的研究者都对他给予了极大的关注。但是，他作为清代词史发展中的重要一环，到底有着什么样的意义，尤其是，他如何选择师法对象并进而表现出个人的创作特色，还并没有得到非常充分的解释。本章拟对此略加探讨。

一、朱彝尊近张而远姜

一般说来，厉鹗是作为浙派谱系中的重要代表人物出现在清代词史中的，是公认的朱彝尊的直接继承者。他们之所以能够这样前后呼应，在论者的眼里，重要的原因之一，就在于他们都以南宋姜、张词风为师法对象。如《续修四库全书》之《江湖载酒集》提要："有明一代，词最靡敝，宫谱沦亡，学无准则。逮至末年，浮夸纤绮，其风极矣。彝尊起而矫之，一以雅正为归，尊重姜、张……"① 郭麐论及厉鹗之词时也说："大抵樊榭之词，专学姜、张。"② 但是，类似的看法往往失于含糊，

① 类似看法实为不少人所共有，如卢前《望江南·饮虹簃论清词百家》："姜张裔，浙派溯先河。《蕃锦》《茶烟》无足取，《静居》《载酒》未容诃。朱十总贪多。"（陈乃乾辑：《清名家词》第10卷，上海：上海书店，1982年，第634页）

② 郭麐《灵芬馆词话》卷一。唐圭璋编：《词话丛编》第2册，北京：中华书局，1986年，第1509页。汪沆《樊榭山房文集序》也说："（厉鹗）尤工长短句，瓣香乎玉田、白石，习倚声者，共奉先生为圭臬焉。"（厉鹗著，董兆熊注，陈九思标校：《樊榭山房集》，上海：上海古籍出版社，1992年，第703页）

不仅见同忘异，而且本身即有值得推敲之处，因而应该有所辨析。

朱彝尊从事词的创作，有着非常明确的观念。从他的论词文字来看，他最推崇的作家是姜夔。如在标志其开宗立派的《词综》中，他即明确指出："世人言词，必称北宋。然词至南宋始极其工，至宋季而始极其变，姜尧章氏最为杰出……""填词最雅无过石帚，《草堂诗余》不登其只字，……可谓无目者也。"[①] 这一层意思，他在其他不同地方也反复表述过，如《黑蝶斋诗余序》云："词莫善于姜夔，宗之者张辑、卢祖皋、史达祖、吴文英、蒋捷、王沂孙、张炎、周密、陈允平、张翥、杨基，皆具夔之一体。"[②] 可是，他在反思自己的创作实践时，却给出了另外一条思路："不师秦七，不师黄九，倚新声，玉田差近。"[③] 明确地把原来仅仅认为是"具夔之一体"的张炎作为自己最高的师法对象。在中国文学史上，不乏创作主张和创作实际有所脱节的现象，可是作家的"夫子自道"仍然值得重视。

朱彝尊对自己创作取向的交代是其自题《江湖载酒集》时的"晚年论定"（《江湖载酒集》编成于康熙十一年，从作者的创作历程看当然不是最晚的，但人们公认该集最能代表他的创作成就），其中的思路应该联系词坛的发展状况以及他本人的创作来加以理解。晚明社会以不自居检为尚，世风既趋向浮靡，言情之作亦甚盛，在这方面，《倚声初集》堪称对当时词坛的一个总结[④]，流风所及，清初亦然。尤侗《南溪词序》云："近日词家，烘写闺襜，易流狎昵。"[⑤] 就是对这一方面的说明。而陈维崧之弟陈宗石对其伯兄少作的叙述，也可以看作对当时普遍创作风貌

① 朱彝尊、汪森编，李庆甲校点：《词综》，上海：上海古籍出版社，2005年，发凡第10页、第14页。

② 朱彝尊：《曝书亭集》卷四十，商务印书馆《四部丛刊》本，第2页。

③ 朱彝尊：《解佩令·自题词集》，《曝书亭集》卷二十五，商务印书馆《四部丛刊》本，第12页。

④ 参看拙著《清代词学的建构》第8章《选本：独特的批评方式》，南京：江苏古籍出版社，1998年。

⑤ 曹尔堪：《南溪词》卷首，康熙刊本。

的展示："伯兄少年，见家门烜赫，刻意读书，以为谢郎捉鼻，麈尾时挥，不无声华裙屐之好，多为旖旎语。"[①]只有从这个角度考虑，才能够理解"不师秦七，不师黄九"二句的意义。秦观是写情高手，后期虽有变化，但整体词风绮艳柔弱，尤其善于表现男女之情，所以明代张綖论词，即以其为婉约正宗[②]。至于黄庭坚，作为江西诗派的代表，词并不是他最有成就的文体，但当时也有盛名。黄氏之词有若干层面，不可一概而论，但从朱彝尊的论词角度来看，则无疑指的是他的俗艳。这一点，当时就有人指出了。如法秀和尚批评他败坏人心，"笔墨劝淫"[③]。而当朱彝尊指出"言情之作，易流于秽"的现象时，所举的例子也正是黄庭坚[④]。当然，"秦七""黄九"之说只是沿用前人的成句[⑤]，实则以他们代表某种现象，这应该是不辨而自明的[⑥]。我们知道，朱彝尊的词

① 陈宗石：《迦陵词全集·跋》，载《陈迦陵文集》，商务印书馆《四部丛刊》本。

② 张綖《诗余图谱·凡例》云："词体大略有二，一体婉约，一体豪放。婉约者欲其词情蕴藉，豪放者欲其气象恢弘。盖亦存乎其人。如秦少游之作多是婉约，苏子瞻之作多是豪放。大抵词体以婉约为正。"（《续修四库全书》第1735册，上海：上海古籍出版社，第473页）

③ 黄庭坚《小山词序》云："余少时间作乐府以使酒玩世，道人法秀独罪余以笔墨劝淫，于我法中，当下犁舌地狱。"（施蛰存主编：《词籍序跋萃编》，北京：中国社会科学出版社，1994年，第51页）

④ 朱彝尊、汪森编，李庆甲校点：《词综》，上海：上海古籍出版社，2005年，卷首第14页。

⑤ 陈师道《后山诗话》有云："今代词手，惟秦七、黄九尔，唐诸人不迨也。"（何文焕辑：《历代诗话》，北京：中华书局，1981年，第309页）

⑥ 清人总结词坛的弊病，往往把靡和粗相提并论，如金应珪所指出的"三弊"（金氏《词选后序》云："近世为词，厥有三蔽：义非宋玉而独赋蓬发，谏谢淳于而唯陈履舄。揣摩床笫，污秽中冓，是谓淫词，其蔽一也；猛起奋末，分言析字，诙嘲则俳优之末流，叫啸则市侩之盛气。此犹巴人振喉以和阳春，黾蜮怒嗌以调疏越，是谓鄙词，其蔽二也；规模物类，依托歌舞，哀乐不衷其性，虑叹无与乎情。连章累篇，义不出乎花鸟；感物指事，理不外乎酬应。虽既雅而不艳，斯有句而无章，是谓游词，其蔽三也。"），但朱彝尊却只提到前者。这并不能说朱彝尊缺少识力，因为当时有着特定的情况。首先，那是一个悲怆的时代，人们对悲慨之风有一种期待；其次，不少追求粗豪词风的阳羡作家都是他的朋友。所以，尽管在实际创作中他并没有走阳羡一路（当然他的作品中也有个别受阳羡词派影响者），在理论上却也没有对这一种词风进行反省。金应珪语见张惠言、董毅、郑善长辑：《词选二卷续词选二卷附录一卷》，清宣统二年（1910年）上海扫叶山房刊本。

写艳情者并不在少数，除了《静志居琴趣》一集专写和寿常的一段情愫之外，更有多首咏美人之作，显然受时风影响，流于香艳[①]。对这些作品，他当然不是全面否定，但当晚年总结平生之时，显然也有特定的考虑。其实，所谓“不师”，只是一种更高的期待，从实际来看，当然他已经是“师”了的，这一方面是对创作内容的反省，另一方面也是对创作取向的反省，因为他在《词综》里明确说过：“世人言词，必称北宋。然词至南宋始极其工，至宋季而始极其变。”[②]秦、黄二人当然也有作为北宋之人的意思。

至于张炎，却确实是他自觉的师法对象，前人多有为之认可者，如吴梅《词学通论》第九章：“余尝谓竹垞自比玉田，故词多浏亮……而学玉田，盖独标南宋之帜耳。”[③]例如其著名的《长亭怨慢·雁》，就被陈廷焯评为“直逼玉田之作”[④]。考察朱彝尊如此青睐张炎的原因，似乎有如下几端。第一，有相同的身世之感。张炎出身于大官僚贵族之家，六世祖张俊是宋朝南渡之初的名臣，曾祖张镃门第豪富，园林、声伎之乐名倾一时，父亲张枢也过着“诗天酒地”“湖山清赏”的生活。所以，张炎“翩翩然飘阿锡之衣，乘纤离之马”，“自以为承平故家贵游少年不翅也”[⑤]。但是，随着宋王朝的覆灭，他的生活发生了天翻地覆的变化，只能到处流亡。朱彝尊的曾祖朱国祚明熹宗时官至大学士，赠太傅。虽然到了他父亲一辈，家道渐渐中落，但他的贵公子心态并没有丧失。至清朝初年，他“依人远游，南逾五岭，北出云朔，东泛沧海”[⑥]，生活动荡不安，难免怀有今昔盛衰之感，也很容易和张炎产生共鸣。第

① 参看拙著《清代词学的建构》第3章《艳词的发展和新变》，南京：江苏古籍出版社，1998年。

② 朱彝尊、汪森编，李庆甲校点：《词综》，上海：上海古籍出版社，2005年，卷首第10页。

③ 吴梅著：《词学通论》，上海：上海古籍出版社，2006年，第116页。

④ 陈廷焯《白雨斋词话》卷三。唐圭璋编：《词话丛编》第4册，北京：中华书局，1986年，第3835页。

⑤ 戴表元：《送张叔夏西游序》，《剡源集》卷十三，《丛书集成初编》第2056册，北京：中华书局，1985年，第201页。

⑥ 王士禛：《曝书亭集序》，载《曝书亭集》卷首，商务印书馆《四部丛刊》本。

二，张炎不仅是一个优秀词人，也是一个有见解的理论家，他提出的“醇雅”“清空”的理论，和朱氏的理论追求产生共鸣，启发了朱彝尊创立浙西词派。第三，“醇雅”“清空”的主要体现之一，或者说被他作为这一审美追求的主要体现之一，是咏物词。张炎不仅敏锐地发现了姜夔在咏物词创作上的贡献，而且循此思路进一步发展。宋亡之前的《南浦·春水》和宋亡之后的《解连环·孤雁》，都在后来清代浙西词派那里得到了直接的回响，而且，张炎也是《乐府补题》唱和的参加者之一——这个唱和对浙西词风的形成作用很大，因而不能不更多地进入朱彝尊的视野。

当然，朱彝尊的这一“夫子自道”也引起了不少人的质疑，如吴衡照云：“竹垞自云：‘倚新声，玉田差近。’其实玉田词疏，竹垞谨严；玉田词淡，竹垞精致。殊不相类。”[①] 又钱裴仲云：“吾乡朱竹垞先生自题其词曰：‘不师黄九，不师秦七，倚新声，玉田差近。’余窃以为未然。玉田词清高灵变，先生富于典籍，未免堆砌。”[②] 这些，说的都是有道理的。只是，朱彝尊并不是从理论上全面分析自己的创作，他的意见，应该是就一个整体倾向而言的。事实上，朱彝尊能够取得如此大的成绩，当然不是仅仅师法张炎一人的结果，作为一代宗师，他只有汇集前人之长，才能成就其大。吴、钱二人只谈张炎的某一个部分，未免太拘泥了。

其实，讨论朱彝尊和张炎的关系，主要是为了说明他和姜夔的关系。按理说，朱彝尊提倡姜、张，而且把姜夔放在前面，应该表示他对这位江湖词人的更深切的关注才是，可是，这一点却似乎没有得到后人的特别重视，尤其缺少具体的讨论。清代浙西词派的后起之秀郭麐曾经指出：“本朝词人，以竹垞为至，一废《草堂》之陋，首阐白石之风。《词综》一书，鉴别精审，殆无遗憾。其所自为，则才力既富，采择又精，佐以积学，运以灵思，直欲平视《花间》，奴隶周、柳。姜、张诸子，神韵

① 吴衡照《莲子居词话》卷二。唐圭璋编：《词话丛编》第3册，北京：中华书局，1986年，第2426页。

② 钱裴仲《雨华盦词话》。唐圭璋编：《词话丛编》第4册，北京：中华书局，1986年，第3013页。

相同，至下字之典雅，出语之浑成，非其比也。”[①] 从这段话中，人们很难看出朱彝尊在创作上是怎样“首阐白石之风”的，只能理解为在《词综》的理论探讨上对姜夔给予了重大关注。事实也是如此。流行于明代的《草堂诗余》是人们学习填词的重要参考，可是未收一首姜词，而姜词也确实流失散佚不少。朱彝尊在其《词综》中收录了他所能见到的全部姜夔词二十多首，对人们认识姜夔词风，并进而向这位南宋词人学习，起了重要的作用。至于朱彝尊自己的创作，则由于他的身世处境，以及他特定的取向，和姜夔相去甚远。这一点，夏承焘先生已经指出来了，他说：“阅《曝书亭词》，朱氏倡姜张，间有似玉田者，但断非白石。”[②] 夏先生的观察是敏锐的。当然所谓似与不似，也并不完全看行迹，比如朱彝尊提倡“醇雅”，他的《静志居琴趣》在艳词中吹进了一股清风，也可以视为这一精神的体现，或许自觉不自觉地也受到姜夔的影响，但，这已是另外一个问题了。

朱彝尊提倡姜夔，给词坛的建设提供了新鲜的资源，也得到了追随者们的热烈响应，造成了“家白石而户玉田”的局面。尽管理解有深浅，成就有高低，但对姜夔诸子的体认却已经成为共识。于是，就像文学史上经常见到的现象一样，朱彝尊所提出而没有完全实践的审美追求，就被他的后继者敏感地接了过来——浙派的中期代表厉鹗身体力行，取法白石，为浙派的发展开辟了一个新局面。

二、取径白石之思路与策略

朱彝尊号称学姜夔，虽然并没有完全实现在他的创作中，但作为一

① 郭麐《灵芬馆词话》卷一。唐圭璋编：《词话丛编》第 2 册，北京：中华书局，1986 年，第 1503 页。

②《天风阁学词日记》1936 年 9 月 20 日，夏承焘著：《夏承焘集》第 5 册，杭州：浙江古籍出版社、浙江教育出版社，1998 年，第 464 页。按：厉鹗在谈到浙西六家词时曾经指出：“近日言词者，推浙西六家，独柘水沈岸登善学白石老仙。”（厉鹗《红兰阁词序》，《樊榭山房文集》卷四，厉鹗著，董兆熊注，陈九思标校：《樊榭山房集》，上海：上海古籍出版社，1992 年，第 752 页）这说明，厉鹗也认为朱彝尊在实际创作上并不如其他浙西诸子善学姜夔。

种审美追求，仍然起到了预期的效果，对浙西词风的形成有着重要的作用，而在实际创作方面，则为他的继承者提供了进一步开拓的空间。厉鹗是中期浙西词派的代表人物，他之所以能够开创浙派发展的新局面，除了他本人多方面的素质之外，接过朱彝尊提倡的尊姜口号，并给以实际的阐发，无疑是重要的原因之一。

朱彝尊论词“崇尔雅，斥淫哇”，这些看法都被厉鹗全盘接了过去，而且作了发挥：“雅者，《风》之所由美，《颂》之所由成。由《诗》而乐府而词，必企夫雅之一言，而可以卓然自命为作者……词之为体，委曲啴缓，非纬之以雅，鲜有不与波俱靡，而失其正者矣。”[①]这在自称“心折小长芦钓师”[②]的厉鹗来说也是非常自然的。事实上，厉鹗的创作直接承续朱彝尊的地方非常明显，特别是咏物词的创作，更加突出。

词的咏物之作在唐五代就已经出现，至北宋渐成规模，而到了南宋姜夔诸人之手，才真正确立了一种新的审美观念。延至宋末，咏物之风更为兴盛，《乐府补题》一书虽然别有怀抱，但结社咏物，仍然是南宋一般风气的体现。朱彝尊开创浙西词风的一个重要契机，就是借助《乐府补题》的重现于世，兴起了“后《补题》”的大规模唱和。尽管唱和中往往抽离了《乐府补题》的精神，更多注意的是体物本身，但却也为词史的发展提供了新鲜的因素[③]。朱彝尊比厉鹗大六十多岁，他所倡导的这种以体物为主的词风在厉鹗词中仍然有着非常突出的表现，可见当时盛行的情况。厉鹗曾对《乐府补题》进行过考证，说明他也从这里用过功[④]。他的词为其本人所编集，共分三个集子，其中《秋林琴雅》一集，

① 厉鹗《群雅词集序》，《樊榭山房文集》卷四。厉鹗著，董兆熊注，陈九思标校：《樊榭山房集》，上海：上海古籍出版社，1992年，第755页。

② 厉鹗《论词绝句十二首》之十，《樊榭山房诗词集》卷七。厉鹗著，董兆熊注，陈九思标校：《樊榭山房集》，上海：上海古籍出版社，1992年，第513页。

③ 参看拙著《清代词学的建构》第2章《咏物词的传承与开拓》，南京：江苏古籍出版社，1998年。

④ 厉鹗有《书〈乐府补题〉练恕可名下》一文，考证蒋景祁所刻之《乐府补题》及朱彝尊在《词综》中所引录的练恕可应为陈恕可之误。文见《樊榭山房续集·集外文》。厉鹗著，董兆熊注，陈九思标校：《樊榭山房集》，上海：上海古籍出版社，1992年，第1718页。

多咏物之作，可以视为朱氏所倡导的咏物之风的直接延续。对于朱彝尊追求形似的宗旨，他也心领神会。如《天香》咏烟草云：

> 瀛屿沙空，星槎翠翦，耕龙罢种瑶草。秋叶频翻，春丝细吐，寄与绣囊函小。荷筒漫试，正一点、温馨相恼。才近朱樱破处，堪怜蕙风初袅。　　娇寒战回料峭，胜槟榔、为销残饱。旅枕半欹熏透，梦阑人悄。几缕巫云尚在，溅唾袖、余花未忘了。唤别春灯，暗萦醉抱。

在词的小序里，他讲述了自己的创作缘由："烟草，《神农经》不载，出于明季。自闽海外之吕宋国移种中土，名淡巴菰，又名金丝薰。见姚旅《露书》。食之之法，细切如缕，灼以管而吸之，令人如醉。祛寒破寂，风味在麹生之外。今日伟男髫女，无人不嗜，而予好之尤至。恨题咏者少，令异卉之湮郁也。"[①]这种咏僻事之举正是来自朱彝尊，而厉鹗自称此词是"颇尽体物之旨"[②]，可见他对"体物"的理解，原是由来有自。所以，后来谭献批评说："《乐府补题》，别有怀抱，后来巧构形似之言，渐忘古意，竹垞、樊榭不得辞其过。"[③]也是看出了厉鹗和朱彝尊的相同之处。

不过，之所以"雍正、乾隆间，词学奉樊榭为赤帜"[④]，显然并不仅仅是由于厉鹗对朱彝尊亦步亦趋的缘故，个中原因仍要从更广泛的层面去找。

自张炎把姜夔词的艺术特征总结为"清空"，朱彝尊也接了过来，加以提倡。但我们看被浙西词派悬为鹄的的《乐府补题》中的不少作品，

① 厉鹗《樊榭山房诗词集》卷十。厉鹗著，董兆熊注，陈九思标校：《樊榭山房集》，上海：上海古籍出版社，1992 年，第 698 页。

② 厉鹗《跋烟草次韵诗》，《樊榭山房续集·集外文》。厉鹗著，董兆熊注，陈九思标校：《樊榭山房集》，上海：上海古籍出版社，1992 年，第 1721 页。

③ 谭献《复堂词话》。唐圭璋编：《词话丛编》第 4 册，北京：中华书局，1986 年，第 4008 页。

④ 谢章铤《赌棋山庄词话》卷十一。唐圭璋编：《词话丛编》第 4 册，北京：中华书局，1986 年，第 3458 页。

似乎很难和“清空”相联系，至于朱彝尊本人的大量征典獭祭之作，包括厉鹗的学步之作，当然也都只能排除在“清空”的范围之外。张炎以“清空”评价姜夔的词，不少是咏物之作，如《暗香》《疏影》，在这一传统中，朱彝尊和厉鹗的许多作品无疑是不相符合的。王国维曾经批评姜夔的《暗香》咏梅是“无一语道着”[①]，虽然是否定意见，但大致可以了解前人对“清空”的体认。不过，按照张炎所说，“清空”又并不局限在咏物词，如姜夔的《扬州慢》《一萼红》《琵琶仙》《淡黄柳》，多写羁旅情怀，抒发身世之感，体现出一种特殊的“幽独”之绪、清刚之风。这样一种情调和风格，在后来张炎的作品中固然不多，朱彝尊也是心向往之而未能完全做到，只有厉鹗继承了下来。所以，郭麐《梦绿庵词序》说：“樊榭之词，其往复自道，不及竹垞；清微幽渺，间或过之。白石、玉田之旨，竹垞开之，樊榭濬而深之。”[②]

类似的情形还表现在许多方面，即如对于词的声律，张炎原十分重视，提出“雅词协音，虽一字亦不放过”[③]，朱彝尊虽然也强调醇雅，可没有把音乐提到适当的位置，只是要求“审音”炼字[④]，而厉鹗则特别指出了声律的重要性。如其《吴尺凫玲珑帘词序》云：“予素有是好，与尺凫倡和，见其掐谱寻声，不失忖度，且兢兢于去上二字之分，若宋人鬲指、正平诸调，遗论犹未坠者，亦可见其使才之工矣。”[⑤]吴焯（字尺凫）的趋向，当然也就是厉鹗的追求。联系姜夔当年所进《大乐议》和《琴瑟考古图》，曾经谈到雅俗乐高下不一，应该权衡度量，以为弹奏乐器之准[⑥]。夏承焘先生认为，这一建议是针对当时流弊的，因为当时乐曲仅知以七律为一调，不知度曲之义；仅知以一律配一字，不知永

① 王国维著：《人间词话》，北京：中国人民大学出版社，2004 年，第 12 页。
② 郭麐：《灵芬馆杂著》卷二，光绪九年花雨楼校本，第 24 页。
③ 张炎《词源》卷下。唐圭璋编：《词话丛编》第 1 册，北京：中华书局，1986 年，第 256 页。
④ 朱彝尊、汪森编，李庆甲校点：《词综》，上海：上海古籍出版社，2005 年，卷首第 13 页。
⑤ 厉鹗《樊榭山房文集》卷四。厉鹗著，董兆熊注，陈九思标校：《樊榭山房集》，上海：上海古籍出版社，1992 年，第 754 页。
⑥ 夏承焘笺校：《姜白石词编年笺校》，上海：上海古籍出版社，1981 年，第 1-2 页。

言之旨；仅知以平、入配重、浊，以上、去配轻、清，使得奏之多不协调[①]。考虑到厉鹗对姜夔的推崇，他在声律上的主张，无疑是接续了这位前辈[②]。

厉鹗和姜夔能够异代发生共鸣，当然有很多原因，但其中一个非常独特的方面可能是别人所没有的，即厉鹗和姜夔有着非常相似的身世经历，甚至品格也相似。姜夔一生漂流江湖，生活困踬，先后依附多人，如范成大、张镃等，但其“翰墨人品，皆似晋、宋之雅士”[③]，不像当时一般江湖游士的卑微。厉鹗家贫，虽然曾经考中举人，但此后铨选均不利，四处坐馆为生，亦相当于漂流江湖的游士，尤其在扬州依附马曰琯、马曰璐兄弟，使他有了相对安定的栖止之地。尽管如此，他的品格仍然清刚方正，受到时人的极大尊敬。所以，厉鹗能够发扬姜夔的词风，除了特定的审美追求之外，也和他自身的经历和气质等因素密切相关。

三、师法与创造

刘熙载《艺概・词曲概》评姜夔词云：“姜白石词幽韵冷香，令人挹之无尽。”[④]讨论厉鹗词，也应该从这一点入手。正如厉鹗本人经常对“清婉深秀”[⑤]“深窈空凉”[⑥]一路词风的倡导一样，他本人的词风也主要体现在幽隽上，这一点，确实是对姜夔的继承。他的朋友们或说他是“一

① 夏承焘笺校：《姜白石词编年笺校》，上海：上海古籍出版社，1981年，第2页。

② 司徒秀英著：《清代词人厉鹗研究》，香港：莲峰书社，1994年，第81页。

③ 周密撰，张茂鹏点校：《齐东野语》卷十二，北京：中华书局，1983年，第211页。

④刘熙载《词概》。唐圭璋编：《词话丛编》第4册，北京：中华书局，1986年，第3694页。

⑤ 厉鹗《红兰阁词序》，《樊榭山房文集》卷四。厉鹗著，董兆熊注，陈九思标校：《樊榭山房集》，上海：上海古籍出版社，1992年，第752页。

⑥ 厉鹗《陆南香白蕉词序》，《樊榭山房文集》卷四。厉鹗著，董兆熊注，陈九思标校：《樊榭山房集》，上海：上海古籍出版社，1992年，第753页。

代词人姜白石”[①]，或说他“抔土合依姜白石”[②]，或将他比之为“乐章姜白石”[③]，都是对他在这一方面的体认。

当然，厉鹗对姜夔的学习主要是得其神，因而在继承的同时，也写出了自己的某些特色。

首先，通过表现特定区域的山水来写人物感情，并体现出特定的美学感受。

审美客体的特色无疑对作品风格有着重要的作用。谢灵运描写浙东山水之作雄奇而峭刻，杜甫入蜀诸作奇险而巉刻，都和所描写的对象有关。姜夔写词，非常重视物象，山水的描写往往是作为情感抒发的载体，而并非刻意表现的对象。如《湘月》一词：

> 五湖旧约，问经年底事，长负清景。暝入西山，渐唤我、一叶夷犹乘兴。倦网都收，归禽时度，月上汀洲冷。中流容与，画桡不点清镜。　　谁解唤起湘灵，烟鬟雾鬓，理哀弦鸿阵。玉麈谈玄，叹坐客、多少风流名胜。暗柳萧萧，飞星冉冉，夜久知秋信。鲈鱼应好，旧家乐事谁省？[④]

陈廷焯评其中词句有云：“写夜景高绝，点缀之工，意味之永，他手亦不能到。”[⑤]这位晚清批评家的感觉是对的，因为人们从这样的作品里更多感受到的是“意味”，却把所描写的景忽略了。厉鹗则不然，他往往能够使读者非常真切地感受到他笔下的山水，而且借此创造出浓重的

① 丁敬《挽樊榭先生诗》。厉鹗著，董兆熊注，陈九思标校：《樊榭山房集》附录二，上海：上海古籍出版社，1992年，第1733页。

② 方士庶《挽樊榭先生诗》。厉鹗著，董兆熊注，陈九思标校：《樊榭山房集》附录二，上海：上海古籍出版社，1992年，第1735页。

③ 陆钟辉《挽樊榭先生诗》。厉鹗著，董兆熊注，陈九思标校：《樊榭山房集》附录二，上海：上海古籍出版社，1992年，第1738页。

④ 夏承焘笺校：《姜白石词编年笺校》卷一，上海：上海古籍出版社，1981年，第9页。

⑤ 陈廷焯《白雨斋词话》卷二。唐圭璋编：《词话丛编》第4册，北京：中华书局，1986年，第3799页。

氛围，如《齐天乐·吴山望隔江霁雪》：

> 瘦筇如唤登临去，江平雪晴风小。湿粉楼台，酽寒城阙，不见春红吹到。微茫越峤。但半沍云根，半销沙草。为问鸥边，而今可有晋时棹。　　清愁几番自遣，故人稀笑语，相忆多少。寂寂寥寥，朝朝暮暮，吟得梅花俱恼。将花插帽。向第一峰头，倚空长啸。忽展斜阳，玉龙天际绕。①

清寒之景更加衬托了清寂之情，堪称“大谢”山水诗在词中的体现，在词史上是一个创造。而句法上每出于清刚之笔，颇有“顿挫跌宕”②之势，和姜夔渊源很深。

其次，以写历史人物来营造氛围。历史人物代表着一种历史的记忆，把自然环境变成人文环境，并使得作者的选择带有更多的心灵隐曲。在词里写历史人物，如果不是作为咏古或怀古的话，则辛弃疾的作品非常突出。但仔细考察，他往往把历史人物作为典故来使用，而不是贯穿作品的情调。如著名的《水龙吟·登建康赏心亭》，其下片有这样一段描写：“休说鲈鱼堪脍，尽西风、季鹰归未。求田问舍，怕应羞见，刘郎才气。可惜流年，忧愁风雨，树犹如此。”③这段描写用了三个典故，分别与三个历史人物有关，但作者的重点却是借这几个历史人物的事迹表达自己心灵的矛盾，他们本身并不构成作品的基调。姜夔的创作曾经受到辛弃疾一定的影响，但他在引入历史情境方面并未做出太多的努力，他的词作中自然景观多，人文景观少，难免也是影响其视野的一个因素。而厉鹗在这方面就有所弥补。如他的《百字令》（月夜过七里滩，光景奇绝。

① 厉鹗《樊榭山房诗词集》卷九。厉鹗著，董兆熊注，陈九思标校：《樊榭山房集》，上海：上海古籍出版社，1992年，第657-658页。

② 谭献：《箧中词》卷二，《续修四库全书》第1732册，上海：上海古籍出版社，2002年，第641页。

③ 唐圭璋编：《全宋词》第3册，北京：中华书局，1965年，第1869页。

歌此调，几令众山皆响）：

秋光今夜，向桐江、为写当年高躅。风露皆非人世有，自坐船头吹竹。万籁生山，一星在水，鹤梦疑重续。拏音遥去，西岩渔父初宿。　　心忆汐社沉埋，清狂不见，使我形容独。寂寂冷萤三四点，穿破前湾茅屋。林净藏烟，峰危限月，帆影摇空绿。随风飘荡，白云还卧深谷。①

这首词里的历史人物有弃荣华富贵如敝屣的隐士严光，有坚持民族气节的志士谢翱，他们或清高，或清狂，已经被赋予了明晰的历史定位。厉鹗把他们写到作品里，使得他们的品格和气节与山水的色调完全融为一体，形成互相生发的关系，这不仅是个人主观心境的自然化，也是对主观和客观的关系的一个非常好的演绎，在此之前，非常少见。

再次，强化了宁静清寂之境。词的大为盛行，本是在“绮宴公子，绣幌佳人，递叶叶之花笺，文抽丽锦；举纤纤之素手，按拍香檀”②的背景中形成的，因而对于这种文体，人们往往有着被历史所规定的创作期待。朱彝尊在《紫云词序》中曾经提出一个观点：“昌黎子曰：‘欢愉之言难工，愁苦之言易好。’斯亦善言诗矣。至于词或不然，大都欢愉之辞工者十九，而言愁苦者十一焉耳。故诗际兵戈俶扰、流离琐尾而作者愈工，词则宜于宴嬉逸乐以歌咏太平，此学士大夫并存焉而不废也。”③对于这一观点，论者往往认为是由于民族矛盾和阶级矛盾趋于缓和而发出的歌咏太平之声，当然是有道理的。但朱彝尊并非不知道“善言词者，假闺房儿女子之言，通之于《离骚》、变雅之义，此尤不得志

① 厉鹗《樊榭山房诗词集》卷九。厉鹗著，董兆熊注，陈九思标校：《樊榭山房集》，上海：上海古籍出版社，1992年，第671页。

② 欧阳炯《花间集序》。施蛰存主编：《词籍序跋萃编》，北京：中国社会科学出版社，1994年，第631页。

③ 朱彝尊：《曝书亭集》卷四十，商务印书馆《四部丛刊》本，第3页。

于时者所宜寄情焉耳”①的道理，所以，这似乎也表明了他对“花间词风”作为词在形成过程中的一个重要阶段的历史认定，仍然是开阔词境不够彻底的表现。从词史发展来看，虽然在不同时代都有作家致力于词境的拓展，但是，词毕竟还是有着一定的历史规定性，和诗境相比，仍然是较为狭窄的，特别是有些境界，如清寂枯淡等，长时间以来都缺少涉及。这其实也可以理解，因为清寂枯淡之风更多是在佛教传入中国，被士大夫接过来之后，融入诗歌创作中的一种体现。从士大夫的创作风格上来说，香艳华贵的词风定势当然与此相去甚远，失意之后的长短句表现，也以香草美人的寄兴为主，一般并不涉及山林，即使是僧人介入词的创作，也基本上向着士大夫靠拢，所以北宋僧人写词竟有非常香艳者，却也并不奇怪。随着词的进一步雅化，和宋代求雅的文化精神紧密呼应，这种创作境界越来越得到人们关注，至姜夔，终于在词作中有所展开，特别是咏梅诸作，描写“幽独”心态，非常细腻真切。但是，真正在这种境界中注入一种出世般的体悟，从而表现出清而彻骨的精神，姜夔固然还没有尝试，他的两个继承者张炎和朱彝尊处在时代大变动的生活中，也不可能做到，所以，这一境界的开拓就有待于厉鹗来实现了。如下面两篇作品，《忆旧游》（辛丑九月既望，风日清霁，唤艇自西堰桥，沿秦亭、法华湾洄，以达于河渚。时秋芦作花，远近缟目。回望诸峰，苍然如出晴雪之上。庵以秋雪名，不虚也。乃假僧榻，偃仰终日。唯闻棹声掠波往来，使人绝去世俗营竞所在。向晚宿西溪田舍，以长短句纪之）：

溯溪流云去，树约风来，山翦秋眉。一片寻秋意，是凉花载雪，人在芦漪。楚天旧愁多少，飘作鬓边丝。正浦溆苍茫，闲随野色，行到禅扉。　　忘机。悄无语，坐雁底焚香，蛩外弦诗。又送萧萧响，尽平沙霜信，吹上僧衣。凭高一声弹指，天地入斜晖。

①朱彝尊：《陈纬云红盐词序》，《曝书亭集》卷四十，商务印书馆《四部丛刊》本，第2页。

已隔断尘喧，门前弄月渔艇归。[①]

《齐天乐·秋声馆赋秋声》：

簟凄灯暗眠还起，清商几处催发。碎竹虚廊，枯莲浅渚，不辨声来何叶。桐飙又接。尽吹入潘郎，一簪愁发。已是难听，中宵无用怨离别。　阴虫还更切切。玉窗挑锦倦，惊响檐铁。漏断高城，钟疏野寺，遥送凉潮呜咽。微吟渐怯。讶篱豆花间，雨筛时节。独自开门，满庭都是月。[②]

前者写清冷之境，虽不能完全忘情，但心地澄澈，一片空明，“胸中本无些子俗意，落笔自与他人不同。”[③]这种淡远情怀，是姜夔以来的作家有所体认的，但并没有充分挖掘出来，所以谭献认为“白石却步”。[④]后者写秋声，堪抵欧阳修一篇《秋声赋》。然秋花秋草，触目伤怀，原是古来的抒情传统，秋不感人，人自有感，所谓秋声，也是人心的感知罢了。可是作品最后扬弃一切所感，似由虚而实，化实为虚，虚实转换之间写出一种更为超脱的境界，不仅有“月印万川”的感悟，更有无住其心的透彻，这种写法，从杜甫“鸡虫得失无了时，注目寒江倚山阁”[⑤]

① 厉鹗《樊榭山房诗词集》卷九。厉鹗著，董兆熊注，陈九思标校：《樊榭山房集》，上海：上海古籍出版社，1992 年，第 671-672 页。

② 厉鹗《樊榭山房诗词集》卷九。厉鹗著，董兆熊注，陈九思标校：《樊榭山房集》，上海：上海古籍出版社，1992 年，第 673 页。

③ 陈廷焯《云韶集》卷十八评姜夔《忆旧游》语，此借用。陈廷焯撰，孙克强主编，孙克强等辑校：《白雨斋词话全编》，北京：中华书局，2013 年，第 440 页。

④ 谭献：《箧中词》卷二，《续修四库全书》第 1732 册，上海：上海古籍出版社，2002 年，第 642 页。

⑤ 杜甫《缚鸡行》。杜甫著，杨伦笺注：《杜诗镜铨》卷十五，上海：上海古籍出版社，1980 年，第 735 页。

和黄庭坚“坐对真成被花恼，出门一笑大江横”[①]来，但境界更为幽深曲折，思致更加空灵，所以谭献认为是“词禅”[②]。词而为禅，也是以往未有之境。[③]

四、厉鹗咏物词之特征

朱彝尊提倡姜、张词风，咏物词既成为他本人创作的重点之一，也成为他开宗立派的重要依据之一，不仅当时浙西诸子多从此入手，后来浙西追随者亦在这方面痛下功夫，以至于对浙西词派的批评也往往集中在这一点。这当然都是很有道理的，但又不可一概而论。朱彝尊创作咏物词的动机我以前曾经有过论述[④]，对于厉鹗来说，既然“心折小长芦钓师”，肯定也会包括这方面的内容，不过从具体的创作过程来看，厉鹗仍然有着自己的考虑。

厉鹗今存词计《樊榭山房词》二卷、《秋林琴雅》四卷、《樊榭山房词续集》一卷、《樊榭山房集外词》一卷。其中《集外词》十五首系

① 黄庭坚《王充道送水仙花五十枝欣然会心为之作咏》，《山谷诗集注》卷十五。黄庭坚撰，任渊、史容、史季温注，刘尚荣校点：《黄庭坚诗集注》，北京：中华书局，2003年，第546页。

② 谭献：《箧中词》卷二，《续修四库全书》第1732册，上海：上海古籍出版社，2002年，第642页。

③ 厉鹗论诗提倡“清”，其《双清阁诗集序》云：“昔吉甫作《颂》，其自评则曰‘穆如清风’。晋人论诗，辄标举此语，以为微眇。唐僧齐己则曰：‘乾坤有清气，散入诗人脾。’盖自庙廊风谕以及山泽之臞所吟谣，未有不至于清而可以言诗者，亦未有不本乎性情而可以言清者。”（《樊榭山房文集》卷三，《樊榭山房集》，第737页）他自己的诗也很追求这种境界，陶篁村《凫亭诗话》曾摘其诗句：“樊榭《宝石山》云：‘林气暖时濛似雨，湖光空处淡如僧。’此真善于领略西湖也。其他如《游智果寺》云：‘竹阴入寺绿无暑，荷叶绕门香胜花。’《元日对雪》云：‘无人可造真闲日，有雪相娱此老翁。’《山庄即事》云：‘蔬圃鸟鸣秋境界，竹房人语佛家风。’《南湖秋望》云：‘横塘秋水明菰叶，老屋残阳上藓花。’皆佳句也。”（《樊榭山房集》附录四，第1747页）所以，他的词里面往往有清寂之气，也是一个合理的逻辑。

④ 参看拙著《清代词学的建构》第2章《咏物词的传承与开拓》，南京：江苏古籍出版社，1998年。

从郭麐《灵芬馆词话》中所辑，或为厉鹗本人删削之作，可以忽略不计。从其他三个集子中，可以看出厉鹗的一些创作状况。《秋林琴雅》四卷共有词104首，是厉鹗三十岁以前所作，题材以怀古咏物为多，其中咏物词有33首，可见他在从事创作之初，即有意识地在这个方面发展，如《天香·咏龙涎香》《摸鱼儿·咏莼》《齐天乐·咏蝉》《水龙吟·咏白莲》《桂枝香·咏蟹》等，显然从《乐府补题》来，是对朱彝尊倡导的咏物之风的直接承传；而《沁园春·咏尘》《三部乐·咏流求纸》《摸鱼子·咏窝丝糖》等，则喜用僻事僻典，可见倾向明显，师承有自。《秋林琴雅》中的作品当时颇受好评，如徐逢吉云："回环读之，如入空山，如闻流泉，真沐浴于白石、梅溪而出之者。"①吴允嘉云："声谐律叶，骨秀神闲，当于豪苏、腻柳之间，别置一席。至于琢句之隽，选字之新，直与梅溪、草窗争雄长矣。"②可是，《秋林琴雅》于光绪十年才被汪曾唯刻入《樊榭山房集》中，此前虽然可能单行，却并不被厉鹗所重视，或许厉鹗曾经有意刊落此集，也未可知。耐人寻味的是，乾隆四年厉鹗手订《樊榭山房集》，收词二卷，凡110首，其中从《秋林琴雅》中挑出56首，录入集中③。乾隆四年已是《秋林琴雅》编定以后的19年了，厉鹗48岁，已经进入创作的成熟期。他亲手编定的这个集子意味着对自己创作历程的总结，也是对自己创作优劣的选择。显然，他认为《秋林琴雅》中的大部分作品并不能代表自己的成就，因此才有这样的"悔其少作"之举④。

---

① 徐逢吉《秋林琴雅题辞》。厉鹗著，董兆熊注，陈九思标校：《樊榭山房集》，上海：上海古籍出版社，1992年，第879页。

② 吴允嘉《秋林琴雅题辞》。厉鹗著，董兆熊注，陈九思标校：《樊榭山房集》，上海：上海古籍出版社，1992年，第880页。

③ 汪曾唯《秋林琴雅题辞》。厉鹗著，董兆熊注，陈九思标校：《樊榭山房集》，上海：上海古籍出版社，1992年，第882页。

④ 按：《樊榭山房词续集》一卷是继《樊榭山房词》之后十二年间所作，共收词32首，其中咏物词10首。从这个数字来看，似乎厉鹗晚年对词的创作已经不太在意，事实上，他这一卷词中传世名篇也确实不多，因此存而不论。

考察《樊榭山房词》，可以看出，上举那些模仿《乐府补题》的作品都没有收入，这应该是厉鹗在总结自己创作时的“晚年定论”，因为他认为这样的徒事追风之作只能是学习过程中的一个阶段，待到进入自由状态，就应该体现出自己的特色。事实上，厉鹗的那些被后人公认为名篇佳作的词多收录在这个集子中，如《齐天乐·吴山望隔江积雪》、《百字令》（月夜过七里滩，光景奇绝，歌此调，几令众山皆响）、《忆旧游》（辛丑九月既望……）等，这说明，他对自己的创作成就体现在什么地方，已经有了比较清楚的看法。这个集子里共收录了21首咏物词，虽然和《秋林琴雅》比起来，比例有所降低，但也不能认为他忽略了这方面的创作，只是其中又有了一些新的因素，表现在他写了一些清新的咏物小品，如《桃源忆故人·萤》：“夜凉那更秋情独，冷焰雨余轻扑。坠处湿黏帘竹，瞥见因风逐。　　穿烟照水犹难足，小簟窥人新浴。残月刚移桐屋，一个墙阴绿。”[①] 又如《长相思·绿萼梅》：“生九疑，住九疑，自小山光染玉姿。碧罗天上飞。　　春到时，雪到时，独向花中咏绿衣。断魂烟月知。”[②] 即使写长调，也是以情相绾，一气贯注，如前引《齐天乐·秋声馆赋秋声》。这些，都是他早期的咏物词中少见的。当然，全力征典用事之作在《樊榭山房词》里不仅有，而且代表着厉鹗在这方面的登峰造极，如《雪狮儿》咏猫，至再四题咏，每一首更详细罗列出处，比起朱彝尊的争奇斗胜有过之而无不及。

对于这样的一意征典用事之作，文学史上的评价是不高的，谢章铤下面的这段话很有代表性：“宋人咏物，高者摹神，次者赋形，而题中有寄托，题外有感慨，虽词，实无愧于六义焉。至国朝小长芦出，始创为征典之作，继之者樊榭山房。长芦腹笥浩博，樊榭又熟于说部，无处

① 厉鹗《樊榭山房诗词集》卷九。厉鹗著，董兆熊注，陈九思标校：《樊榭山房集》，上海：上海古籍出版社，1992年，第659页。

② 厉鹗《樊榭山房诗词集》卷九。厉鹗著，董兆熊注，陈九思标校：《樊榭山房集》，上海：上海古籍出版社，1992年，第672页。

展布，借此以抒其丛杂。然实一时游戏，不足为标准也。”[①]宋人是否完全像他说的那样，是另外一个问题，但宋词中很少有像朱彝尊、厉鹗这样的咏物词，却也是事实。不过，创作时的文学环境和文学史评论时的角度，往往是两个不同的问题。“即如咏猫一事，自葆酚、竹垞、太鸿、绣谷而外，和作不下十数家。”[②]而“厉樊榭倚《天香》调赋烟草，先后和者数十家”[③]。这么多人关注这种创作样态，难道都偏离了摹神或重形的文学思想？评论任何一种文学现象都必须把它放到特定的历史背景中去。首先，文学本身就具有游戏的功能，在一定的条件下，对技巧的展布会更为热衷；其次，在文学意识越来越自觉的情况下，文学的群体观念也愈益增强，以文学的方式表达彼此倾慕、赏识、交谊等情形非常自然；第三，清代以来，学人介入词的创作者越来越多，他们的学问当然要寻找一个适当的途径加以表现。如果说前两点还比较笼统的话，那么后一点在清代词人中非常突出。以厉鹗而言，他是清代的著名学人，著作等身，先后著有《辽史拾遗》《东城杂记》《南宋院画录》《宋诗纪事》《南宋杂事诗》《绝妙好词笺》《樊榭山房集》等。作为清代宋诗派的主要代表之一，他在宋诗的研究上用功甚深，这不仅在诗的创作上表现出来，在词的创作上也能表现出来。即如他的《雪狮儿》咏猫四首，号称凡朱彝尊和钱芳标用过的典故，一概不再用。从他本人注出的语典来看，在诗歌方面，共用叶绍翁、张良臣、吴仲孚、王良臣、徐集孙、元好问、钱惟善、卢延逊、张至龙、刘克庄、柳贯、袁桷、程钜夫、陆游、李之纯诸作，其中唐代 1 人、宋代 8 人、金代 3 人、元代 3 人，这很能看出他的知识背景和创作动机。宋代的 8 个诗人中，以南宋为多，

① 谢章铤《赌棋山庄词话》卷九。唐圭璋编：《词话丛编》第 4 册，北京：中华书局，1986 年，第 3443 页。

② 谢章铤《赌棋山庄词话》卷九。唐圭璋编：《词话丛编》第 4 册，北京：中华书局，1986 年，第 3443 页。

③ 丁绍仪《听秋声馆词话》卷十七。唐圭璋编：《词话丛编》第 3 册，北京：中华书局，1986 年，第 2798 页。

而在南宋也多为中小诗人。这说明，他对宋代的文献确实很熟，写作时自然会用到作品中，当然也不排除炫耀的可能。一般说来，学人之词的最高境界当然是将学问酝酿在胸襟之中，自然而然地体现出来，如谭献对张惠言《水调歌头》五首的评价[①]，但那种分寸感本来就不容易把握，在理解上也存在见仁见智的问题，因此单纯表现学问也很自然。尤其考虑到前人的文学创作往往是一种“活动”，是一种普通的生活状态，则他们以作品的方式交流读书心得，显示争胜心理等，原是可以理解的，尽管这并不是创作的高境。如果我们可以接受这样一个事实，即词的发展有越来越诗化的趋势，则不能不承认，征典用事一路的出现，是符合这一趋势的，如果排除它，那就意味着在承认扩大词境的必要性的同时，实际上仍然对词的表现范围予以限制。任何一种事物的发展都不可能只有一个路向，泥沙俱下是永远的规律。

厉鹗提倡学习姜夔，人们也公认他像姜夔，但是，他的那些最得姜夔词风的作品，在实际创作的层面得到的呼应却是不明显的[②]，远远不如他的那些刻意征典用事的作品那么得到直接的效法。这一现象告诉我们，姜夔所体现的，是一种精神，一种意度，所谓“清空”，也不完全是技术层面的东西，没有一定的生活经历，没有一定的学养积累，没有

① 谭献的评价是：“胸襟学问，酝酿喷薄而出，赋手文心，开倚声家未有之境。”《箧中词》卷三，《续修四库全书》第1732册，上海：上海古籍出版社，2002年，第654页。

② 道光年间的陈澧有一篇《百字令》（夏日过七里泷，飞雨忽来，凉沁肌骨。推篷看山，新黛如沐，岚影入水，扁舟如行绿颇黎中。临流洗笔，赋成此阕。倘与樊榭老仙倚笛歌之，当令众山皆响也），是学习厉鹗的，不妨引录如下：“江流千里，是山痕寸寸，染成浓碧。两岸画眉声不断，催送蒲帆风急。叠石皴烟，明波蘸树，小李将军笔。飞来山雨，满船凉翠吹入。　　便欲舣棹芦花，渔翁借我，一领闲蓑笠。不为鲈香兼酒美，只爱岚光呼吸。野水投竿，高台啸月，何代无狂客？晚来新霁，一星云外犹湿。”（龙榆生编选：《近三百年名家词选》，上海：上海古籍出版社，1979年，第121-122页）

一定的襟怀思致，是无法简单模仿的[①]。说到底，姜夔所代表的是一种“雅”的精神。在中国文学史上，诗歌的发展已经把“雅”的精神注入诗人的生活层面之中，实现了完整的发展过程。相比之下，词还有相当大的发展空间，而随着词的士大夫化的不断展开，这个问题越来越明显，于是，选择恰当的切入点，就成为迫切需要解决的问题。词的创作者，虽然既有显宦，亦有寒士，但他们可以在精神的层面达成统一，因此姜夔这个一生不仕却又受到达官显贵高度尊敬的寒士，不仅未在自己的处境中沉沦，反而表现出一种超越现实的清气，一种不受生活羁绊的高雅，因此，他当然要成为在词的创作中的一个典范。所谓典范，如果能够轻易达到，也就失去了意义，这或许可以说明为何虽然朱彝尊以后已经“家白石而户玉田”了，真正能够得其神髓并在文学史上立住脚的却不多，对于这个问题，当另外撰文予以讨论。至于厉鹗周围的作家，纷纷师法他那些征典用事的咏物词，其实也很容易理解，就是这样的作品容易进入，从根本上说，只是技术层面的东西，而和精神品格无关。[②]

① 如浙西词派的重要成员之一沈皞日曾有一段自述：“余少从秀水游，学为倚声之学，好读玉田、白石诸作，偶有所作，按拍而讴。”（《瓜庐词序》）但他虽然号称学姜夔、张炎，实际创作中更多却是像张炎诸人，如龚翔麟《柘西精舍词序》所说：“况之古人，殆类王中仙、张叔夏。”而他的《解连环·寄家书用张玉田韵》诸作确实也神似张炎。参看严迪昌著：《清词史》，北京：人民文学出版社，2011 年，第 268-269 页。

② 应该指出的是，探讨厉鹗的师法对象，虽然谈得比较多的是姜夔和张炎，但并不意味着厉词渊源在这里固定了范围。作为一个学识渊博的作家，他的词学渊源应该是一个更为开放的系统，比如他曾经多次表示对周邦彦的推崇，《张今涪红螺词序》云：“尝以词譬之画，画家以南宗胜北宗，稼轩、后村诸人，词之北宗也；清真、白石诸人，词之南宗也。”（《樊榭山房文集》卷四，《樊榭山房集》，第 753-754 页）《吴尺凫玲珑帘词序》云：“南宗词派，推吾乡周清真，婉约隐秀，律吕谐协，为倚声家所宗。”（《樊榭山房文集》卷四，《樊榭山房集》，第 754 页）郭麐为了推崇朱彝尊，说“樊榭之于词，专学姜、张，竹垞则兼收众体也。”（《樊榭山房集》附录四，《樊榭山房集》，第 1753 页），看法不够持平。因此，本文讨论厉鹗和姜夔、张炎关系，也是就大体而言，不能看得太拘谨。

第七章　战争记忆：姜夔《扬州慢》及其对后世的影响

南宋淳熙三年（1176 年），姜夔行迹到达扬州，感慨兵燹后的景象，写下一首自度曲《扬州慢》。这篇作品在词史上地位甚高，好评如潮。前人所论，大多推重其善写“废池乔木之感”[①]，“（‘犹厌言兵’四字）包括无限伤乱语，他人累千百言，亦无此韵味”[②]，通篇写得“不惟清空，又且骚雅”[③]，确实能抓住此词特色。但是对于这篇作品，在词的创作领域中，开创了将城市记忆与战争描写相结合的模式，以及这种模式对后世，尤其是对清人词体创作产生重大影响的状况，却较少有人讨论。本文拟对此略述管见。

一、姜夔《扬州慢》的基本模式及其在宋末的影响

姜夔《扬州慢》云：

淮左名都，竹西佳处，解鞍少驻初程。过春风十里，尽荠

---

① 郑文焯《郑校白石道人歌曲》。吴熊和主编：《唐宋词汇评（两宋卷）》第 3 册，杭州：浙江教育出版社，2004 年，第 2767 页。

② 陈廷焯《白雨斋词话》卷二。唐圭璋编：《词话丛编》第 4 册，北京：中华书局，1986 年，第 3798 页。

③ 张炎《词源》卷下。唐圭璋编：《词话丛编》第 1 册，北京：中华书局，1986 年，第 259 页。

> 麦青青。自胡马窥江去后，废池乔木，犹厌言兵。渐黄昏，清角吹寒，都在空城。　　杜郎俊赏，算而今、重到须惊。纵豆蔻词工，青楼梦好，难赋深情。二十四桥仍在，波心荡、冷月无声。念桥边红药，年年知为谁生。[①]

词前有小序，介绍了作词缘由："淳熙丙申至日，予过维扬。夜雪初霁，荠麦弥望。入其城则四顾萧条，寒水自碧。暮色渐起，戍角悲吟。予怀怆然，感慨今昔，因自度此曲。千岩老人以为有《黍离》之悲也。"从中可以了解，这是由于宋室南渡之际，战火燃烧，扬州受到摧残，以往的繁荣不再，勾起了词人的满腔感慨，因此写下的作品。由此确立了这篇作品的两个基本因素：战争背景和今昔盛衰。

战争背景很简单，是指建炎二年（1128年），金兵攻陷扬州，给这座繁华的城市造成了极大的破坏。而从今昔盛衰的角度看，这篇作品蕴含着明暗两个结构。

从明的方面看，是唐宋的对比。这是宋人常常体现出来的倾向，因为那是一个令不少人都为之骄傲和留恋的盛世，而又由于身世经历的相似，姜夔对晚唐诗人杜牧表示了特别的兴趣。词中对于唐代繁华的书写，都是以杜牧及其作品加以支撑的，"竹西佳处""春风十里""豆蔻词工""青楼梦好"句，就分别出自杜牧之手。杜牧《题扬州禅智寺》："雨过一蝉噪，飘萧松桂秋。青苔满阶砌，白鸟故迟留。暮霭生深树，斜阳下小楼。谁知竹西路，歌吹是扬州。"《赠别》二首之一："娉娉袅袅十三余，豆蔻梢头二月初。春风十里扬州路，卷上珠帘总不如。"《遣怀》："落魄江湖载酒行，楚腰纤细掌中轻。十年一觉扬州梦，赢得青楼薄幸名。"《寄扬州韩绰判官》："青山隐隐水迢迢，秋尽江南草木

① 唐圭璋编：《全宋词》第3册，北京：中华书局，1965年，第2180-2181页。

凋。二十四桥明月夜，玉人何处教吹箫。”[①] 在唐代，扬州是长江中下游最繁华的城市之一。“扬州，胜地也。每重城向夕，倡楼之上，常有绛纱灯万数，辉罗耀烈空中，九里三十步街中，珠翠填咽，邈若仙境。”[②] 唐文宗大和（827—835）年间，杜牧曾在扬州住过几年，对扬州的繁华有亲身体会，形诸笔墨，非常真切。正如清代诗歌批评家袁枚所说：“杜司勋诗‘谁家唱水调，明月满扬州’‘谁知竹西路，歌吹是扬州’‘扬州尘土试回首，不惜千金借与君’‘二十四桥明月夜，玉人何处教吹箫’‘春风十里扬州路，卷上珠帘总不如’‘十年一觉扬州梦，赢得青楼薄幸名’，何其善言扬州也！”[③] 这是以杜牧眼中的盛，来映衬姜夔自己眼中的衰。

从暗的方面看，则里面又隐含着鲍照《芜城赋》的结构。芜城即扬州，从西汉开始，就非常富庶，一片繁荣。但经过吴楚七国之乱，拓跋焘南侵时的破坏，特别是竟陵王刘诞起兵叛乱，被宋孝武帝讨平，有屠城之举，更受摧残。这些，都对鲍照心灵造成极大的冲击，因而他写下这篇杰出的赋作。全文明显分成两个部分，前面写盛：“当昔全盛之时，车挂轊，人驾肩，廛闬扑地，歌吹沸天。孳货盐田，铲利铜山。才力雄富，士马精妍。……是以板筑雉堞之殷，井干烽橹之勤，格高五岳，袤广三坟，崪若断岸，矗似长云。”后面写衰：“泽葵依井，荒葛罥途。坛罗虺蜮，阶斗麏鼯。木魅山鬼，野鼠城狐。风嗥雨啸，昏见晨趋。饥鹰砺吻，寒鸱吓雏。伏暴藏虎，乳血餐肤。崩榛塞路，峥嵘古馗。白杨早落，塞草前衰。稜稜霜气，蔌蔌风威。孤蓬自振，惊沙坐飞。灌莽杳而无际，丛薄纷其相依。通池既已夷，峻隅又已颓。直视千里外，唯见起黄埃。”[④]

---

① 吴在庆校注：《杜牧集系年校注》，北京：中华书局，2008 年，第 344 页、614 页、1214 页、545 页。

② 李昉等编：《太平广记》卷二百七十三《妇人》四，北京：中华书局，1961 年，第 2151 页。

③ 余成教《石园诗话》卷二。郭绍虞编选，富寿荪校点：《清诗话续编》，上海：上海古籍出版社，1983 年，第 1771 页。

④ 鲍照著，丁福林、丛玲玲校注：《鲍照集校注》卷一，北京：中华书局，2012 年，第 22-23 页。

两相映衬，对比鲜明，反映了非常深沉的思想。这种写法，无疑影响到了姜夔。以今视昔，今日犹昔，这正是一个非常合理的思路，和对杜牧诗的借用，相得益彰。

就文学创作而言，在南宋以前的其他文体中，这种结构模式并不算太新鲜，但在词里，围绕着一个城市去写，还比较特别。所以，自姜夔之后，这种写法就引起了作家们非常浓厚的兴趣。在《全宋词》中，除姜作外，还有《扬州慢》六首，今昔盛衰的对比和感慨，也是其主要的模式。值得注意的是，这六首词中，绝大部分是写琼花的。题材如此相同，其中应有一定的群体意识，但《扬州慢》本就是姜夔的自度曲，珠玉在前，受其影响也是自然。不过若从他们选择此一词调而又在题材上有所立异来看，则也不排除其中的争胜心态。如赵以夫《扬州慢》：

> 十里春风，二分明月，蕊仙飞下琼楼。看冰花翦翦，拥碎玉成球。想长日、云阶伫立，太真肌骨，飞燕风流。敛群芳、清丽精神，都付扬州。　　雨窗数朵，梦惊回、天际香浮。似阆苑花神，怜人冷落，骑鹤来游。为问竹西风景，长空淡、烟水悠悠。又黄昏羌管，孤城吹起新愁。①

词前有序：“琼花唯扬州后土殿前一本，比聚八仙大率相类，而不同者有三：琼花大而瓣厚，其色淡黄，聚八仙花小而瓣薄，其色微青，不同者一也。琼花叶柔而莹泽，聚八仙叶粗而有芒，不同者二也。琼花蕊与花平，不结子而香，聚八仙蕊低于花，结子而不香，不同者三也。友人折赠数枝，云移根自鄱阳之洪氏。赋而感之，其调曰《扬州慢》。”琼花以产于扬州者为贵，韩琦曾有诗：“维扬一株花，四海无同类。年年后土祠，独此琼瑶贵。中含冰麝芳，外团蝴蝶戏。酴醿不见香，芍药惭

① 唐圭璋编：《全宋词》第 4 册，北京：中华书局，1965 年，第 2664 页。

多媚。扶疏翠盖围，散乱真珠缀。不从众格繁，自守幽姿粹。”[①]词的上片盛赞琼花的美丽和风神，以美女作比，则有杨贵妃的丰腴，赵飞燕的轻盈，千般姿态，万种娇媚，都集于一身。下片则宕开一笔，回到序中所写友人赠花事。花香撩人，亦似慰人，所以花神骑鹤而至，怜人冷落孤寂。不过，琼花若从扬州来，词人当然就要急切地询问扬州的情况，那毕竟是一个多年来繁华富庶的地方。可惜，那里只有“长空淡，烟水悠悠”。最后一句，明显从姜夔而来，是姜夔“渐黄昏，清角吹寒，都在空城”的另一种写法。由此，可以看出，赵作确实受到姜夔的影响，但又根据当时的情境，做了调整。作为咏物词，写得不粘不脱，当然也是接受了姜夔词体创作的另一种传统。值得注意的是，琼花身上，也寄托着家国之思。据记载，南宋初年，“金兵渡淮，趋扬州，直入观，揭花本去，其小者剪而诛之。”有一老道在被毁坏的琼花旁觅一小根，“默祷后土，移植之他处，日往护之。越明年，二月既望，夜中天大雷雨，某诘朝起视两庑，蚯蚓布地皆满，往所植根旁，则勃然三蘖，从根发出矣。自是遂条达不已。”[②]如此，则其中的今昔之感，也能和姜夔原作，有所接续。赵以夫生于宋孝宗淳熙十六年（1189年），卒于宝祐四年（1256年），他的感慨，有其特定的时代性。

同是写琼花，其中的立意，随着时代的变化，也会有一些不同。如李莱老《扬州慢·琼花次韵》：

玉倚风轻，粉凝冰薄，土花祠冷无人。听吹箫月底，传暮草金城。笑红紫、纷纷成雨，溯空如蝶，恐堕珠尘。叹而今、杜郎还见，应赋悲春。　　佩环何许，纵无情、莺燕犹惊。怅

① 陈景沂：《全芳备祖集》，《景印文渊阁四库全书》第935册，台北：台湾商务印书馆，1985年，第75页。

② 陈景沂：《全芳备祖集》，《景印文渊阁四库全书》第935册，台北：台湾商务印书馆，1985年，第73页。

朱槛香消，绿屏梦渺，肠断瑶琼。九曲迷楼依旧，沉沉夜、想觅行云。但荒烟幽翠，东风吹作秋声。[①]

李莱老是宋理宗景定前后的人，和周密的交往较为密切，大约经历了南宋的亡国。所以，他的这首词，可能写在宋亡之后。宋蒙战争中，扬州也是个非常重要的地点。临安陷落后，太皇太后降元，有诏书至扬州，劝守官李庭芝、姜才等投降，二人不为所动。由于元将阿术昼夜攻打，最后独木难支，李庭芝、姜才被俘身死。词中所写，或者和这个背景有关。上片用杜牧伤春事，尚是沿袭姜夔的写法，而下片谈到建筑，尤其是谈到隋炀帝的迷楼，则传达出更为深远的历史感。唐代冯贽《南部烟花记·迷楼》："迷楼，凡役夫数万，经岁而成。楼阁高下，轩窗掩映，幽房曲室，玉栏朱楯，互相连属。帝大喜，顾左右曰：'使真仙游其中，亦当自迷也。'故云。"[②] 北宋贺铸《思越人》："红尘十里扬州过，更上迷楼一借山。"[③] 迷楼，可见其盛，也可见其衰，描写中，有着反思之意，这一点，又是姜夔所没有写出的。而从描写上看，情调显得较赵作更为悲苦，或者也和创作的时代有关。

所以，从姜夔创调，到南宋诸人的继起之作，看得非常清楚，在描写战争的大背景中，历史记忆不断丰富，联想层面不断增强，这也构成了《扬州慢》的一种基调。

二、明清之际《扬州慢》的战争书写

元明两代，姜夔的影响较小，例如明代最为流行的词选《草堂诗余》中，连一首姜夔的词都没有选，总的来说，这一时期，姜夔较受冷落。不过，到了清初，在词学复兴的大背景下，由于朱彝尊等人的大力宣扬，

① 唐圭璋编：《全宋词》第 4 册，北京：中华书局，1965 年，第 2973 页。
② 冯贽《南部烟花记》。陶宗仪编：《说郛》卷六十六，顺治三年刻本，第 5 页。
③ 唐圭璋编：《全宋词》第 1 册，北京：中华书局，1965 年，第 526 页。

姜夔重回人们的视野。

从元明两代的情形看，由于姜夔的作品没有得到很好的保存，其整体文献流通状况不是很正常，但这首《扬州慢》却不大一样。这首词曾经被张炎的《词源》表彰，誉之为“平易中有句法”“不惟清空，又且骚雅”①，而且被收在了宋代赵闻礼的《阳春白雪》中。这些著作都是可以看到的。因此，这首作品仍然称得上是流传有序，在明清之际这个特殊的历史时期，其书写模式重又得到重视，也是理有必至。

首先，明清之际的词人在书写扬州时，将自己作为了姜夔的后来者，而且，将姜夔所描写的南渡，也加入自己的历史记忆中。如盛兆晋《扬州慢·游平山堂，用姜白石韵》：

隋苑杨花，红桥芍药，勾人且驻离程。望蜀冈高下，但柏翠松青。自嘉祐、才人去后，平山阑槛，几换刀兵。笑二分明月，如何独在芜城。　风流渺矣，诵当年、乐府堪惊。对北固山云，南徐水递，无限关情。帝子迷楼何在，空梁句、枉自吞声。看玉钩斜冷，年年芳草犹生。②

这首词将焦点聚集在文人身上。“嘉祐才人”指的是欧阳修。庆历八年（1048年），欧阳修任扬州知州时，曾在城西北五里的大明寺旁修筑了一座平山堂。由于地势高，在堂前远望，镇江、南京等地都隐隐在目，目及诸山与堂前的栏杆相平，所以叫“平山堂”。这个“当年乐府”，很明显的就是欧阳修在嘉祐元年（1056年）写赠新任扬州知州刘敞的《朝中措·送刘仲原甫出守维扬》：“平山阑槛倚晴空，山色有无中。手种

① 张炎《词源》卷下《句法》《清空》。唐圭璋编：《词话丛编》第1册，北京：中华书局，1986年，第258-259页。

② 南京大学中国语言文学系全清词编纂委员会编：《全清词·顺康卷》第17册，北京：中华书局，2002年，第9919页。

堂前垂柳，别来几度春风。　文章太守，挥毫万字，一饮千钟。行乐直须年少，尊前看取衰翁。”[①]但由于“平山阑槛，几换刀兵”，则“堪惊”的，就又不仅仅是从欧阳修而来的今昔之异，而是蕴涵着巨大的沧桑之变，其中当然也包括姜夔《扬州慢》所展示的怆痛。所以，这首词也就将从欧阳修到姜夔的文学书写，都添加在一起了。“空梁”，隋代薛道衡《昔昔盐》中有名句：“暗牖悬蛛网，空梁落燕泥。”传说大业五年（609 年），隋炀帝将薛处死，处死前曾问：“更能作‘空梁落燕泥’否？”[②]将隋炀帝迷楼事和薛道衡命运联系在一起，也是服务于以文人为中心的描写。在这里，作者似乎是有意地将文人（此处是作为城市繁华的代表）与刀兵、帝王等（此处是作为外在的历史力量的代表）对立起来，揭示文采风流终究敌不过无情历史的残酷现实。将城市的特征物与外在的历史力量对立，或者也是姜夔以来《扬州慢》词所蕴含的一种富有张力的结构。

其次，明清之际的词人填上了姜夔词中富有暗示性的记忆，如江上质《扬州慢·广陵怀古》：

> 殿脚征歌，楼头劝酒，风流天子争名。骤惊涛入梦，已踏月无声。记往日、文选楼空，竹西歌罢，都付闲评。剩参军、一吊荒祠，再赋芜城。　迷离风景，算而今、鹤驭何轻。笑中散哀弹，分司俊赏，转眼成尘。底用平窥今古，兴亡恨、徒结青磷。只堤前芳草，年年多为愁生。[③]

姜夔的《扬州慢》主要是唐宋对比，但里面又隐含着《芜城赋》的结构，江上质此词就将这种记忆明确化。词一开始写“风流天子”隋炀帝的奢

① 唐圭璋编：《全宋词》第 1 册，北京：中华书局，1965 年，第 122 页。

② 刘𫗧著：《隋唐嘉话》卷上，上海：古典文学出版社，1957 年，第 2 页。

③ 南京大学中国语言文学系全清词编纂委员会编：《全清词·顺康卷》第 2 册，北京：中华书局，2002 年，第 863-864 页。

靡生活，这个“记往日”，既可以是今日之追溯，当然也可以是从隋朝往回看。所以有萧统的文选楼和嵇康的《广陵散》。词从六朝写到隋代，又贯穿唐宋，一直延续到当今的“兴亡恨”，今昔感，记忆叠加，内涵丰厚。最后一结，呼应开头，以隋炀帝搜集萤火虫满足游玩之欲，以及萤火虫与磷火并举（磷火也多在坟墓之间），将过往的战争串联到一起，写出浓郁的悲哀之情。

第三，如果说，江上质的词是以古代的记忆为主，屈大均的《扬州慢》则主要写当代：

> 萤苑烟寒，雁池霜老，一秋懒吊隋宫。念梅花小岭，有碧血犹红。自元老、金陵不救，六朝春色，都入回中。剩无情垂柳，依依犹弄东风。　　君臣一掷，早知他、孤注江东。恨燕子新笺，牟泥旧合，歌曲难终。二十四桥如叶，笳声苦、卷去匆匆。问雷塘磷火，光含多少英雄。[①]

词写于顺治十七年（1660年），是对南明往事的追思。开篇和江上质一样，也从隋炀帝写起，言其在江都建筑离宫，夜晚游玩，捕捉萤火虫，放之为其照明事。但马上就转为史可法死难后，当地人不胜痛悼，乃为其设衣冠冢，葬于梅花岭下，接着又点出其殉国的原因，在于困守孤城，周边诸将领，各自保存实力，不相救援，导致不可收拾。下片发议论，说这是南明王朝最后的机会，孤注一掷，或有机会，但弘光皇帝重用阮大铖，只知佚乐，遂致无可挽回。雷塘在扬州市北，隋炀帝葬于此，但这句只是点出地点，实际上是写当时扬州城破后，将士、官吏、人民殉难者无数，如此，也和历史记载，如宋末坚守扬州的李庭芝等，呼应起来。

---

① 南京大学中国语言文学系全清词编纂委员会编：《全清词·顺康卷》第10册，北京：中华书局，2002年，第5682页。

这首词虽然用了一些历史的意象，但主要还是书写时事，其意义在于，作者在历史的铺展中，增添了新的内容，为扬州的文学历史记忆，添加了一笔，使得历史得以贯通。

但是，考察清代初年以《扬州慢》一调描写扬州的词，也可以发现，其中基本上没有对南明弘光元年、清顺治二年（1645 年）“扬州十日”的直接记载，上面屈大均的词，写史可法殉国事，可算得上是有一定关系，但毕竟还不太直接。康熙元年（1662 年）王士禛司理扬州，倡红桥唱和，也只有淡淡的故国之思。或者，这在当时，还是一个应该避忌的话题。事实上，在后来清人的《扬州慢》书写中，这一段也往往被有意无意地忽略，政治考虑可能是重要的原因之一。

三、太平天国时期《扬州慢》的写实特征

清朝建立以后，经过一段时间的休养生息，康熙以后，特别是到了乾隆年间，扬州各方面都得到发展，繁荣昌盛，欣欣向荣，重新恢复了生机。但是，到了太平天国时期，扬州又遭到了严重破坏。据历史学家研究，“咸丰三年（1853 年）4 月初，太平军占领扬州，4 月中旬，太平军退出扬州。随后钦差大臣琦善、提督陈金绶、内阁学士胜保率军占领扬州。在这个过程中扬州城经历了极大的破坏：人口大量死亡，财产遭到巨大损失，建筑毁坏殆尽。”“太平天国运动对扬州衰落的影响是巨大的，它使得扬州依托运河的交通优势彻底丧失，漕运大受影响。作为扬州重要经济支撑的两淮盐业遭受重大打击，扬州的其他商业部门也因长江航路受阻而大受影响。作为扬州商人中资本最为雄厚的徽商在战争中丧失了大量资本，从业人员也大量死亡，使得扬州商业后继无人。”[①]正所谓“国家不幸诗家幸”，在这一过程中，《扬州慢》的书写又形成一个小高潮。

① 薛冠愚：《太平天国运动对扬州衰落的影响》，《淮阴工学院学报》，2012 年第 4 期。

太平天国战争中的《扬州慢》书写，最大的特点之一，就是以写实事为主，怀古的要素大大降低，因而是以当下的记忆，融入传统的记忆，使自六朝以来扬州的战争记忆，不断增加新的内容，使得《扬州慢》的战争记忆传统，进一步得到延续。如袁学澜的《扬州慢》二首：

> 井废胭红，钩埋苔碧，暝烟暗遍芜城。瞥陈隋冶梦，只鬼闪磷青。话仙阁、迷楼往事，乱蛩衰草，凄咽秋情。不堪听幽怨，红桥何处箫声。　　樊川载酒，怅寻春、迟到心惊。纵玉局琵琶，金瓶芍药，都付飘零。翠色蜀冈依旧，风流尽、野墓田平。更钞关灯火，繁华空逐云行。

> 险扼金焦，堑分吴越，百年阻隘犹存。数邗沟变乱，又几见孙恩。蓦兵舰、乘潮压垒，绮窗珠户，惊碎花魂。尽摧残歌舞，凄凉风月乾坤。　　红羊劫换，渐淮商、盐榷牢盆。剩寂寞池台，阑珊士女，难醒春痕。箫鼓锦帆何处，余斜日，草掩朱门。问颓垣荒蔓，几多金谷名园。[①]

词前有序："扬州为六朝胜地，十里珠帘，二分明月。富擅盐策，艳吐琼花。自来乐易生殃，屡遭兵燹。壬寅、癸丑间，夷寇内讧，粤氛继起。红楼翠馆，都烬烽烟；玉柱金觞，委为尘土。香埋玉殉，吁可慨矣。运际中兴，平夷大难，城郭犹是，人民已非。休养生息，未逮百年；富庶殷繁，难期一旦。平山栏槛，莽作邱墟；巨室池台，稀闻钟鼓。歌姬乞食，名将归田。酒市筑声，无非变徵；花船弦索，尽是清商。对此螺桑，怆焉欲绝。为谱石帚此调，得词二阕，以继明远赋怨而已。"点明创作缘由，同时明确将姜夔原作中明暗两个部分串联在一起。第一首尚是交织了多种记忆，

① 袁学澜：《零锦集词稿》卷二，同治苏州护龙街中文学山房刊本，第13–14页。

从陈后主和张丽华的胭脂井，到隋炀帝的江都之行，迷楼往事，杜牧游春，欧阳修建平山堂，王士禛红桥修禊，跨越很大，都笼罩着一层哀伤的色彩，以见出当下的凄凉。蜀冈地势本高，这个历来有着杀伐之气的地方，现在已是“野墓田平”，和当年的“山与堂齐”对读，更加显得触目惊心。如果说第一首是今古并写，还是以往书写模式的翻版的话，第二首则主要是写目前的状况。其中有两处描写，特别值得注意。第一处是写兵舰。扬州是清代的水路交通要地，攻守扬州，和船都有密切关系。1853 年 5 月，太平天国北伐，即从扬州出发乘船到浦口登陆。1856 年 4 月 1 日，秦日纲率太平军从金山渡河，兵分二路，夜袭江北大营，也和船有关。第二，词中写“红羊劫换，渐淮商、盐榷牢盆”，这是带有美化的写法。古人认为，丙午和丁未这两个年份国家将有灾祸。由于天干的“丙”“丁”和地支的“午”“未”在阴阳五行里都属火，火为红色；而“未”的生肖为羊，故就将“丙午”“丁未”出现的灾祸称为“红羊劫”。太平天国起事虽然并不在这两个年份，但由于其领袖洪秀全和杨秀清的姓氏，也就被称为“红羊劫”。事实上，“太平天国运动之后，原本资本雄厚的扬州盐商开始出现了资本不足的现象，商人们只得‘借力于钱铺，以支持弥补’。所以，当时有俗谚称‘钱行通，盐务松，钱行塞，盐务息’。与全盛时期相比，情形恰好相反。扬州盐务既衰，商利脆薄，于是钱业日疲，弊端日甚，买空卖空，积弊莫除。光绪年间，扬州钱铺‘半患资本短绌，故一经转运不及，即有倒闭之虞’。光绪二十五年（ 1899 年），淮南盐业极滞，‘扬州钱铺殷实可靠者，不过数家，市上现在银时虑不敷周转，全赖上海镇江等处通融挹注’。这种银根紧缺的窘境，制约着清代后期淮南盐场恢复生产的能力。盐务衰落后，扬州城市也日趋萧条。”[①] 但无论如何，词中特别写了“淮商盐榷”，即两淮的盐业，可见这个问题的重要。这也是写实，也是重要的历史记忆。

① 薛冠愚：《太平天国运动对扬州衰落的影响》，《淮阴工学院学报》，2012 年第 4 期。

就写实性而言，蒋春霖更为突出。蒋春霖是江阴人，道光二十八年（1848年）后曾先后在两淮地区任盐官，咸丰末年曾居东台、泰州等地。这些地方和扬州距离很近，太平天国在扬州一带的战争，他算得上是亲历者，感触自然也很多。因此，这位被誉为“词中老杜”的词人，就用自己的史笔，作了细致的描写。他集子中有不止一首《扬州慢》，写扬州的兵火。如《扬州慢·癸丑十一月二十七日，贼趋京口，报官军收扬州》：

野幕巢乌，旗门噪鹊，谯楼吹断笳声。过沧桑一霎，又旧日芜城。怕双燕、归来恨晚，斜阳颓阁，不忍重登。但红桥风雨，梅花开落空营。　　劫灰到处，便司空、见惯都惊。问障扇遮尘，围棋赌墅，可奈苍生？月黑流萤何处？西风黯、鬼火星星。更伤心南望，隔江无数峰青。[①]

词写于咸丰三年（1853年），这年十一月，“金陵逆遣江西败退之贼援扬州，又令安徽湾沚之众由芜湖泊高淳湖，图窥东坝。兵勇击胜之。是时向大臣驻金陵，派兵围镇江。琦大臣营扬州，督攻均急。镇、扬二城之贼久困，金陵首逆遣伪丞相赖汉英等领江西败回之众，奔夺江北三汊河，纠合仪征贼党同援扬城。副都统萨炳阿率马队，总兵瞿腾龙、都司毛三元率步队冲其前，副将松龄等由中路水道截其后。贼退踞仪征，困扬城如故……先是奉诏，以扬城围贼穷蹙，必歼除罄尽，无俾旁突滋扰。是月，赖汉英率贼党复由三汊河进扑，步步为营，死战不退，东路参将冯景尼之勇先溃，参将师长镳、盐知事张翊国等之勇亦骇散。扬城贼众于十一月二十六日夜全股突出，与赖汉英等同由东南窜赴瓜州。”[②]词题说“报官军收扬州”，可见蒋当时并不在城里，但扬州往日的兵火，可以调动

① 蒋春霖撰，刘勇刚笺注：《水云楼诗词笺注》，上海：上海古籍出版社，2011年，第50页。

② 杜文澜《平定粤匪纪略》卷二，同治十年京都聚珍斋本。沈云龙主编：《近代中国史料丛刊》第五辑第41册，台北：文海出版社，1967年，第103-106页。

他的历史记忆，并赋予现实感。“过沧桑一瞬，又旧日芜城”二句，写得意味深长。这个“沧桑一瞬”，是形容扬州在太平军占领下所经受的摧残，发生了沧海桑田般的变化。这个变化的结果，是“又旧日芜城”，于是使得历史记忆叠加到现实之中。所谓“芜城”，当然注入了六朝兴衰，“障扇遮尘，围棋赌墅”就是其具体的情形。但“红桥风雨”四个字，也隐约将清初扬州所遭到的劫难，点了出来，因为“红桥”始建于明末崇祯年间，至清初才暴得大名，王士禛司理扬州所倡导的红桥唱和，其中蕴有一定的兴亡之感，也是人们熟知的典故。由于涉及本朝之事，有所忌讳，故无法显言，但蒋春霖的写作有强烈的词史意识，他将本朝之史贯通起来写，并不意外。正是由于历史的相似性，使他不需要亲临其境，仍然能写出“野幕巢乌，旗门噪雀，谯楼吹断笳声”“斜阳颓阁”“梅花开落空营”，以及“月黑流萤何处？西风黯、鬼火星星”。末两句是神来之笔，将前一场战争的结束和后一场战争的开始交织在一起，预示着这一场浩劫尚要延续：“更伤心南望，隔江无数峰青。”战火又烧到镇江了，那里会不会又是一个芜城呢？这一结，既是写实，又开启了广阔的想象空间，体现了蒋春霖高超的写作功力。全篇书写真切，谭献曾给以高度评价，认为“赋体至此，转高于比兴矣”[①]。

太平天国乱后，扬州渐渐衰落，昔日繁华让位于上海。此时的扬州书写，又有别一番情调。如易顺鼎《扬州慢·舟泊广陵，用白石道人原韵赋感》：

远树髣烟，冻沟胶雪，过江第一邮程。叹隋家万柳，总未返春青。想前度、红桥战火，玉箫低哭，月也愁兵。让秋坟、诗鬼年年，来唱芜城。　竹西响寂，只黄昏、吹角还惊。甚

① 谭献：《箧中词》卷五，《续修四库全书》第1732册，上海：上海古籍出版社，2002年，第683页。

镜国居鹦，脂天过马，冷换柔情。大业繁华影子，如萤绿、堕水无声。怕樊川重到，珠帘旧路都生。[1]

这首词，交织了各种历史记忆，从六朝写起，贯穿了隋炀帝、杜牧之，而又和蒋春霖一样，用“红桥战火”，既暗示清初的劫难，又点出刚刚过去不久的战争。现在的扬州，在作者笔下，已经一片冷寂，无声无息。其各种意象的色调之冷，令人感到万念皆空，这就预示着扬州的昔日繁华永远不会再回来了，不仅不会回来，而且一点踪迹都没有了。杜牧重来，找不到原来的道路，所有的扬州人也都找不到，因为，扬州的历史已经永远不可能再重复了。《扬州慢》一调在写扬州时，出现杜牧，是从姜夔以来旧有的传统，但如姜夔所写“杜郎俊赏，算而今、重到须惊”，袁学澜所写“樊川载酒，怅寻春、迟到心惊”，都还只是“惊”；即如曹溶所写“笑中散哀弹，分司俊赏，转眼成尘”，只是那些所欣赏的东西，已经化为尘烟。试比较易顺鼎的描写，“怕樊川重到，珠帘旧路都生”，就不仅是没有了具体的物，甚至连路都找不到了。这也就是说，整座城市，已经完全失去了原来的面貌。如此写法，更见沧桑巨变，刻骨铭心。因此，在某种程度上，这首词也就为清代《扬州慢》的历史书写，画上了一个句号。

四、《扬州慢》作为城市书写的丰富性

《扬州慢》是姜夔所创造的一种表现形式。作者之所以选择了扬州，在当时是受到了现实的震撼，而在文学史上之所以能够有那么大的影响，是因为扬州在中国的社会文化中，有着非常重要的地位，这造成了社会内容的连贯性，也造成了文学表现的连贯性。所以，以《扬州慢》一调来写扬州，才成为一个非常特别的现象。

---

① 易顺鼎：《楚颂亭词》，光绪甲申刊本，第27页。

当然，创作《扬州慢》，并不一定都要写扬州，但其内容确实往往都和城市有关，这也是姜夔创调之后产生的巨大影响力之一。显然，文学史的接受，已经将这个词牌划归城市书写的重要载体，在表现战乱之感时，尤其如此。

这一点，在姜夔创作此调后不久，就体现出来了。如前所述，南宋学习姜夔此调的，共有6篇作品，但已有作者跳出扬州，表达战乱。如罗志仁《扬州慢》：

> 危榭摧红，断砖埋玉，定王台下园林。听樯干燕子，诉别后惊心。尽江上、青峰好在，可怜曾是，野烧痕深。付潇湘渔笛，吹残今古销沉。　　妙奴不见，纵秦郎、谁更知音。正雁妾悲歌，雕奚醉舞，楚户停砧。化碧旧愁何处，魂归些、晚日阴阴。渺云平铁坝，凄凉天也沾襟。[①]

罗志仁是遗民词人，字寿可，号壶秋。宋度宗咸淳九年（1273年）预乡荐。他曾作诗赞颂文天祥，讥讽留梦炎。今《全宋词》仅存其词7首，但已在词史上建立了重要的地位。厉鹗《论词绝句十二首》之九就说："送春苦调刘须溪，吟到壶秋句绝奇。"[②]这首词是写长沙的，可算是对姜夔建立的模式的恰当移植。词写长沙被兵事。1275年10月，忽必烈派遣大将阿里海牙率领5万大军围攻长沙，长沙守将李芾能够调遣的军民仅有3千人，经过大小数十战，终于不支，全家赴难。词从汉景帝第十子，即被分封长沙的定王刘发写起，其当年所居之蓼园，经过战乱，已经是断壁颓垣，破败不堪，连燕子归来，也见之惊心，更何况是作为万物灵长的人！纵然是青峰依然，但野烧痕深，战争的烙印难以消失。

---

① 唐圭璋编：《全宋词》第5册，北京：中华书局，1965年，第3430页。

② 厉鹗著，董兆熊注，陈九思标校：《樊榭山房集》卷七，上海：上海古籍出版社，1992年，第513页。

在这种凄凉的氛围中，唱起招魂之曲，真是“天也沾襟”，所谓“天若有情天亦老”了。作者写出了长沙之战的惨烈，写出了元兵烧杀的残酷，也写出了自己深深的兴亡之感。

南宋之后，这一传统也一直保存下来。如清代太平天国时期，桂文耀《扬州慢·石帚此词为竹西作。辛丑春，闻吾乡兵燹，辄借此调写之》：

> 末丽鬟风，离支掌露，旧词多少芳妍。乍南来燕侣，说故里烽烟。记檐外、一星坠处，海珠忽热，惊损鲛眠。战春风半夜，潮声吹到花田。　　珠儿珠女，惜凌波、几幅裙湔。早山鹧将雏，花驹饷蕊，归在春先。怕有仙云娇堕，凭谁与、问讯梅边。怪客窗鹦鹉，朝来偏唱游仙。①

作者特别点出，姜夔的词是“为竹西作”，即扬州蜀冈的竹西亭，自己则是模仿其形式，为自己的家乡而作。桂氏是广东南海人，这首词写于道光二十一年（1841年），时英军攻陷虎门，水师提督关天培战死。词作上片言岭南女子鬟上喜戴茉莉花，岭南人士生活中喜食荔枝，这些经常被写入文学作品中。接着突然一转，写自己出门在外，家乡来客，告知战争之事，顺势引入关天培的战死，所谓大星坠落，现象异常：海里的珠石发热，南海的鲛人也被惊醒。下面继续想象，虽然春风和煦，却是战火不断，潮水无情，将战争的讯息带到花田（地名，在广州）。下片写自己的心情。广东女子，美丽轻盈，值此乱世，却已无湔裙之地。将雏之鹧鸪，嚼蕊之花驹，都已经回家，自己却他乡流落，无处可归。所以，听到笼中鹦鹉，吟唱游仙之词，展示想象中的自由空间，只能更使人增添无奈之感。这里，不仅有现实描写，不仅有今昔之感，更体现

① 桂文耀：《席月山房词钞》，清钞本。

出对未来的深深忧虑。

五、总结

当然，自姜夔创调，虽然写了扬州，后来也写了其他城市，使得城市书写成为《扬州慢》的重要内涵之一，但这并不意味着《扬州慢》只能进行城市书写，也不意味着《扬州慢》只和书写战争有关。事实上，和许多其他词调一样，创时的原初思路和发展中的情形并不能完全对应，所以，以《扬州慢》一调表达其他各种题材的作品也非常多，对此，当然不应拘泥看待，本章只是谈谈其中的一个典型性倾向而已。

就本章而言，作者主要希望达到这样几个目的：

第一，思考战争和文学的关系。在词体文学发展的过程中，战争是非常重要的催化剂，不少新的因素出现，都和战争有关。不同时期和战争相关的《扬州慢》，或许不一定有全新的变化，但战争的影响，仍然非常明显。

第二，思考文学创作中记忆的连续性。文学题材有其稳定性，也有其开放性。当某种特定的记忆成为人们共同感兴趣的素材，一方面，大家在创作中会围绕着它多元展开；另一方面，也会将与此相关的某些因素增加进去，不仅延续旧的记忆，而且增加了新的记忆，使其具有连贯性。

第三，思考在文学经典化的过程中，创作的重要性。一篇词作要成为经典，有很多方面的因素，选本、词话、评点、追和等，都值得重视。但清代的不少《扬州慢》，虽然里面都有姜夔的影子，却并不一定直接点明。这种情况，其实也是姜夔《扬州慢》经典化过程中的一个重要组成部分。清代的词人，实际上是以自己的创作，在向他们的这位前辈致敬。

第八章　接受策略：浙、常二派视野中的《暗香》《疏影》

《暗香》和《疏影》可以毫无疑义地归入姜夔最负盛名的词作之列。对于这两篇作品，历代评论家都给予了较大的注意，特别是对其内容主旨，歧见甚多。本章不拟对种种见解的得失作具体分析，而是希望从词学思想演变的角度，特别是从清代词学思想演变的角度，对这两篇作品的接受者所体现出来的不同策略，提出自己的认识。

为了便于展开论述，先将这两篇作品列之如下。

暗香

旧时月色，算几番照我，梅边吹笛。唤起玉人，不管清寒与攀摘。何逊而今渐老，都忘却、春风词笔。但怪得、竹外疏花，香冷入瑶席。　　江国，正寂寂。叹寄与路遥，夜雪初积。翠尊易泣，红萼无言耿相忆。长记曾携手处，千树压、西湖寒碧。又片片、吹尽也，几时见得。

疏影

苔枝缀玉，有翠禽小小，枝上同宿。客里相逢，篱角黄昏，无言自倚修竹。昭君不惯胡沙远，但暗忆、江南江北。想佩环、月夜归来，化作此花幽独。　　犹记深宫旧事，那人正睡里，飞近蛾绿。莫似春风，不管盈盈，早与安排金屋。还教一片随波去，又却怨、玉龙哀曲。等恁时、重觅幽香，已入小窗横幅。

这两篇作品前，姜夔的小序说明了创作缘由："辛亥之冬，予载雪诣石湖。止既月，授简索句，且征新声。作此两曲，石湖把玩不已，使工妓肄习之，音节谐婉，乃名之曰《暗香》《疏影》。"①

一、浙西词派中的评价和接受

《暗香》和《疏影》，据其小序说，作于辛亥之冬，即宋光宗绍熙二年（1191年）冬天。姜夔在世时，除了小序中提到范成大"把玩不已"，表示激赏之外，其他似乎没有多大反响。不过，大约在姜夔逝世之后不久，词坛就予以了关注，除了一些词人效之而创作之外，在词学批评中，黄昇的《花庵词选》共选姜夔词34首，其中就包括《暗香》《疏影》。黄昇论姜夔词有云："词极精妙，不减清真乐府，其间高处有美成所不能及。"②将姜夔与周邦彦放在一起加以考察，也开始关注了词史上的创作源流问题。不过，黄昇并没有具体提到《暗香》《疏影》二篇妙处何在③，一直要到宋元之际的张炎，才在其《词源》中予以大力赞扬，先是在《清空》条中将其与姜夔的其他作品如《扬州慢》《一萼红》《琵琶仙》《探春》《八归》《淡黄柳》等词并列而论，誉之为"不惟清空，又且骚雅"，后又在《意趣》条中评为"清空中有意趣"，在《杂论》

① 夏承焘笺校：《姜白石词编年笺校》卷三，上海：上海古籍出版社，1981年，第48页。

② 黄昇选编，蒋哲伦导读，云山整理辑评：《花庵词选》，上海：上海古籍出版社，2007年，第249页。

③ 至宋元之际，周密的《绝妙好词》也收入这两首，但这个选本却长期湮没无闻，在清以前的接受史上，影响似乎不大。

条中评为“前无古人，后无来者，自立新意，真为绝唱”[①]。张炎论词主“醇雅”“清空”，姜夔乃是其树立的主要标的。

元明两代，姜夔较受冷落，特别是明代词学，盛行《草堂诗余》，而《草堂诗余》并未选录姜夔之作，因而也就无法为社会提供学习的样板。明代有两部最有成就的词话，一部是陈霆《渚山堂词话》，一部是杨慎《升庵词话》，陈氏之作未有只字提及姜夔，杨氏之作有一条提及姜夔，但前半部完全抄撮黄昇《花庵词选》，主要谈姜夔与周邦彦的关系；后半部分提到姜夔的词当时已不能歌唱，是很重要的资料，而评价其词，只以“句之奇丽”一语带过，尚嫌平泛[②]。明清之际多沿明代之风，一直到朱彝尊的时代，姜夔才真正获得了崇高的地位。他所提出的“世人言词，必称北宋。然词至南宋始极其工，至宋季而始极其变，姜尧章氏最为杰出”[③]已经成为浙西词派重要的理论指标。

朱彝尊对姜夔的推崇，放在清初特定的文学背景中，也不是孤立的。比他稍早，或与他同时的一些批评家，已经开始对姜夔词的艺术有所认识。这种认识，大致上可以表现为以下几个方面。一是仿照四唐说，为宋词分期，将姜夔等人置于中唐，如刘体仁、尤侗所云[④]；二是突出姜夔等人在长调发展中的地位，如邹祗谟所云[⑤]；三是称赞姜夔词作的语

① 张炎《词源》卷下。唐圭璋编：《词话丛编》第1册，北京：中华书局，1986年，第259、261、266页。

② 杨慎《词品》卷四。唐圭璋编：《词话丛编》第1册，北京：中华书局，1986年，第491-492页。

③ 朱彝尊、汪森编，李庆甲校点：《词综》，上海：上海古籍出版社，2005年，卷首第10页。

④ 刘体仁《七颂堂词绎》：“至姜白石、史邦卿，则如唐之中。”（唐圭璋编：《词话丛编》第1册，北京：中华书局，1986年，第618页）尤侗《词苑丛谈序》：“然词之系宋，犹诗之系唐也。唐诗有初、盛、中、晚，宋词亦有之。……石帚、梦窗，似得其中。”（徐釚撰：《词苑丛谈》，北京：中华书局，2008年，第1页）

⑤ 王又华《古今词论》：“盖词至长调，变已极矣，南宋诸家，凡偏师取胜者，莫不以此见长。而梅溪、白石、竹山、梦窗诸家，丽情密藻，尽态极妍。”（唐圭璋编：《词话丛编》第1册，北京：中华书局，1986年，第603页）

言之工，如宋征璧所云[①]；四是称赞姜夔等人词的风格有"冲澹秀洁"之美，如顾咸三所云[②]；五是讨论姜夔咏物词之妙，如邹祇谟所云[③]；六是论姜夔词的结构之妙，如邹祇谟所云[④]。由此可见，朱彝尊以姜夔诸人为师法对象，予以大力表彰，正是总结和发展了清代初年词学建设的成果。

朱彝尊的《词综》确立了浙西词派的纲领，其中也选入了《暗香》《疏影》，不过并没有任何评论。朱彝尊同时代的人倒是有所讨论，或者指出其中句子与周邦彦之关系，如先著所云[⑤]；或者指出其题面与本体之间离合的关系，如毛先舒所云[⑥]；或表示对其中的句子费解，如刘体仁所云[⑦]。这些虽然比较零碎，也是接受史的重要组成部分。不过，朱彝尊在《词综》里虽然对《暗香》《疏影》没有具体表述，"姜尧章氏最为杰出"的判断实则已为此类作品定下了调子，况且，他的具体意见，

① 宋征璧曾称赞"姜白石之能琢句"。（徐釚撰：《词苑丛谈》卷四引，北京：中华书局，2008年，第89页）

② 高佑釲《湖海楼词序》引顾咸三语。（陈乃乾辑：《清名家词》第2卷《湖海楼词》，上海：上海书店，1982年，序第2页）

③ 邹祇谟《远志斋词衷》："咏物固不可不似，尤忌刻意太似。取形不如取神，用事不若用意。宋词至白石、梅溪，始得个中妙谛。"（唐圭璋编：《词话丛编》第1册，北京：中华书局，1986年，第653页）

④ 邹祇谟《远志斋词衷》："梅溪、白石、竹山、梦窗诸家，丽情密藻，尽态极妍。要其瑰琢处，无不有蛇灰蚓线之妙。"（唐圭璋编：《词话丛编》第1册，北京：中华书局，1986年，第650页）

⑤ 先著、程洪撰，胡念贻辑《词洁辑评》："美成《花犯》云：'人正在、空江烟浪里。'尧章云：'长记曾携手处，千树压，西湖寒碧。'尧章思路，却是从美成出，而能与之埒，由于用字高，炼句密，泯其来踪去迹矣。"（唐圭璋编：《词话丛编》第2册，北京：中华书局，1986年，第1359页）

⑥ 王又华《古今词论》引毛先舒语："沈伯时《乐府指迷》，论填词咏物，不宜说出题字，余谓此说虽是，然作哑谜亦可憎。须令在神情离即间，乃佳。如姜夔《暗香》咏梅云：'算几番照我，梅边吹笛。'岂害其佳。"（唐圭璋编：《词话丛编》第1册，北京：中华书局，1986年，第609-610页）

⑦ 刘体仁《七颂堂词绎》："咏物至词，更难于诗。即'昭君不惯风沙远，但暗忆、江南江北。'亦费解。"（唐圭璋编：《词话丛编》第1册，北京：中华书局，1986年，第621页）

后来也在很大程度上被许昂霄表达出来了。

许昂霄是浙派后人，他曾作《词综偶评》，对于《词综》中所选的一些作品具体作评，或许说出了朱彝尊想说而没有说出的话。其中是这样评《暗香》和《疏影》的：

> 二词绛云在霄，舒卷自如；又如琪树玲珑，金芝布护。“旧时月色”二句，倒装起法。“何逊而今渐老”二句，陡转。“但怪得竹外疏花”二句，陡落。“叹寄与路遥”三句，一层；“红萼无言耿相忆”，又一层。“长记曾携手处”二句，转。“又片片吹尽也”二句，收。《疏影》别有炉鞲熔铸之妙，不仅以隐括旧人诗句为能。“昭君不惯胡沙远”四句，能转法华，不为法华所转。宋人咏梅，例以弄玉、太真为比，不若以明妃拟之，尤有情致也。……“还教一片随波去”二句，用笔如龙。“但暗忆、江南江北”，借用法。“莫似春风”三句，翻案法。作词之法，贵倒装，贵借用，贵翻案。读此二阕，密钥已尽启矣。[①]

张炎评价姜夔的词是“醇雅”“清空”，这一观念被朱彝尊接过来，而许昂霄的评语，正是要具体指出这一观念的含义。张炎并没有具体解释什么叫“醇雅”“清空”，从许昂霄的话中可以看出，所谓“醇雅”，就是厚重，意思不要清浅见底；所谓“清空”，就是多用暗示、侧面描写的方式，显得笔致轻灵。这些，都是从创作方法上着眼的。

今以《暗香》为例，将许氏的意思加以具体说明。词作上片先写词人以往经常与佳人相携赏梅，即使天寒地冻，仍然共同攀摘。现在人已老去，渐渐懒散，但梅花却并未相忘，阵阵冷香，沁入瑶席，似在提醒

① 许昂霄《词综偶评》。唐圭璋编：《词话丛编》第2册，北京：中华书局，1986年，第1558页。按：《词话丛编》本仅至“用笔如龙”一语，“但暗忆”以下，引自吴熊和主编《唐宋词汇评（两宋卷）》第3册，杭州：浙江教育出版社，2004年，第2784页。

过去的日子[①]。下片写词人现在独处的寂寞，欲摘花寄远，却无由送达，于是感到酒杯似在哭泣，红花似在无言相忆。这不禁勾起词人对当年西湖赏梅的追想，而现在春色已深，梅就要凋落，什么时候能够再见呢？一语双关，既写梅，又写人，一起绾合。由上可知，姜夔虽是写咏梅词，但通篇并不直接写梅，全是暗示烘托，特别是以人的形象贯穿过去、现在和将来。这种写法，如果是小令，一般人尚能把握得住，作为长调，就非常困难。试比较同时高观国的词，这位在后代几乎可以作为姜夔羽翼的作家[②]，写了不少咏梅词，如《金人捧露盘·梅花》："念瑶姬，翻瑶佩，下瑶池。冷香梦、吹上南枝。罗浮梦杳，忆曾清晓见仙姿。天寒翠袖，可怜是、倚竹依依。　　溪痕浅，云痕冻，月痕澹，粉痕微。江楼怨、一笛休吹。芳音待寄，玉堂烟驿两凄迷。新愁万斛，为春瘦、却怕春知。"[③]这首词的描写非常工致。上片写梅并非凡间之物，所以有冷香阵阵，脱俗品格。下片以溪、云、月为梅花构建了一个清冷的背景，又写芳心寂寞，无人能晓，为迎春而不惜瘦损，却又不让春知，亦即无意争春之意。写梅之品，梅之香，梅之境，梅之意等，也能转换角度，堪称咏物高手，但跳荡性不是太大。在这一点上，姜夔的写法就与之完全不同，范成大肯定是发现了这一点，因而啧啧称赞，并不是没有道理的。事实上，范成大也写过一些咏梅词，我们看他的《霜天晓角》："晚晴风歇。一夜春威折。脉脉花疏天淡，云来去、数枝雪。　　胜绝。愁亦绝。此情谁共说。惟有两行低雁，知人倚、画楼月。"[④]《鹧

① 这一描写显然从周邦彦《六丑·中吕·落花》来，周词有"长条故惹行客，似牵衣待话，别情无极"，不写人惜花，偏说花恋人。但周邦彦词的脉络是写人本处于惜花的情境中，而姜夔则写人欲淡忘，而花偏多情，继承中又有发展。（唐圭璋编：《全宋词》第2册，北京：中华书局，1965年，第610页）

② 汪森《词综序》："鄱阳姜夔出，句琢字炼，归于醇雅。于是史达祖、高观国羽翼之……"（《词综》，卷首第1页）朱彝尊编《词综》，收高观国词20首，名列宋代词人的第12位，也可以说明这个问题。

③ 唐圭璋编：《全宋词》第4册，北京：中华书局，1965年，第2349-2350页。

④ 唐圭璋编：《全宋词》第3册，北京：中华书局，1965年，第1622-1623页。据《全宋词》编者按：此词出自《全芳备祖集》前集卷一《梅花门》，知为咏梅诗。

鸪天·雪梅》："压蕊拈须粉作团。疏香辛苦颤朝寒。须知风月寻常见，不似层层带雪看。　　春髻重，晓眉弯。一枝斜并缕金幡。酒红不解东风冻，惊怪钗头玉燕干。"[①]艺术上确实平平，和姜夔的作品放在一起，实在不能同日而语。

姜夔的这两首词都是一个写法，即多用侧面描写，多方烘托渲染，时间和空间跳荡都比较大，意象带有多义性。对此，王国维评价说，词虽然号称咏梅，却"无一语道着"[②]，虽然带有贬义，却也真是准确的观察。但这一点，恰恰为后来的阐释创造了比较大的空间。

至此可以作一总结：从宋代末年到清代初年，除了某些特定时段外，姜夔的《暗香》《疏影》一直是处在接受视野中的，但是，接受的重点主要是在技术层面，也就是表现手法层面。这种现象，至朱彝尊为代表的浙西词派出，更达到了一个高度，影响很大。康熙至乾隆词坛，模仿二作的词非常多，如顾澍《暗香》（竹初大令写赠梅边吹笛图，小词志谢，用白石道人韵）："谢他月色。恁天涯冷淡，照依吹笛。只少梅花，未许寒香试攀摘。旧事而今漫省，又乞取、钱郎仙笔。乍唤起、一夜相思，清梦散瑶席。　　花国，转凄寂。叹烟水路迷，香雪低积。水龙频泣。借得参差诉长忆。翠袖莫教寒却，修竹外、漫天空碧。便数尽、红豆也，怎生禁得。"[③]吴省钦《疏影》（用白石道人韵题顾伴檠孝廉梅边吹笛图）："半湖寒玉。趁一丸明月，橛头船宿。拍拍轻凫，点破疏烟，断续有人吹竹。年来懒踏孤山路，但携向、水南花北。听几回、裂石穿云，只似夜窗吟独。　　休把东风引到，惹绕堤芳草，烘染晴绿。仙骨如君，消受苍凉，莫管陆居非屋。自怜衣袖缁尘浣，久别了、鹤楼残曲。算恁时、香雪林边，扶老共欹巾幅。"[④]这两首词也都是按照这种思路去操作的。

① 唐圭璋编：《全宋词》第3册，北京：中华书局，1965年，第1619页。
② 王国维著：《人间词话》，北京：中国人民大学出版社，2004年，第12页。
③ 顾澍：《金粟影庵词初稿》，乾隆刻本，第26-27页。
④ 张宏生主编：《全清词·雍乾卷》第3册，南京：南京大学出版社，2012年，第1703页。

二、常州词派中的评价和接受

到了常州词派登上历史舞台，对这两篇作品的接受就进入了另一个层面。

嘉庆二年（1797 年），张惠言撰作《词选》，虽然选篇甚严，在唐五代两宋词中，仅取 116 篇，却也收入了姜夔的《暗香》和《疏影》，从而开创了两词接受史的新篇章。张惠言是这样评价这两篇作品的：

> 此为石湖作也。时石湖盖有隐遁之志，故作此二词以沮之。白石《石湖仙》云："须信石湖仙，似鸱吏飘然引去。"末云："闻好语，明年定在槐府。"此与同意。首章言己尝有用世之志，今老无能，但望之石湖也。……此章（《疏影》）更以二帝之愤发之，故有"昭君"之句。[①]

张惠言将这两篇作品看成互相呼应的一个整体：前一首言自己用世之志不泯，而望之于石湖；后一首言二帝被掳之事，而寄托恢复之志。张惠言的阐释思路是，必须入世，才能致力于恢复中原的大业；而致力于恢复中原的大业，也就不能隐遁不出。当然，姜夔的生卒年，是后来才考订清楚的，张惠言当时可能并不了解这些，从今天的观点看，他把几乎小范成大三十岁的姜夔说成是"今老无能，但望之石湖也"，是很荒唐的。不过，他显然是注意到姜夔曾经作《大乐议》和《琴瑟考古图》，上给朝廷，又进献《圣宋铙歌十二章》，得到"免得解"的待遇，可以参加进士考试，但却没有及第，因而显示出姜夔虽然以隐士、名士著称，仍然有用世之心。事实上，张惠言主要是想表达一种理念，考虑到这一点，我们当然也可以不必纠缠于历史的细节。常州词派的阐释方式

① 张惠言《张惠言论词》。唐圭璋编：《词话丛编》第 2 册，北京：中华书局，1986 年，第 1615 页。

主要是拈出具有社会情怀和政治情怀的寄托，从张惠言对这两篇作品的评价上，可以看得很清楚。

随着常州词派影响越来越深，声势越来越大，张惠言的这种社会性、政治性的解读，得到了较为广泛的呼应。如下面一些文献：

> 词家之有姜石帚，犹诗家之有杜少陵，继往开来，文中关键。其流落江湖，不忘君国，皆借托比兴，于长短句寄之。……《暗香》《疏影》，恨偏安也。盖意愈切，则辞愈微，屈宋之心，谁能见之，乃长短句中，复有白石道人也。
>
> ——宋翔凤《乐府余论》[①]
>
> 词原于诗，即小小咏物，亦贵得风人比兴之旨。唐、五代、北宋人词，不甚咏物，南渡诸公有之，皆有寄托。白石、石湖咏梅，暗指南北议和事。
>
> ——蒋敦复《芬陀利室词话》卷三[②]
>
> 《疏影》前阕之"昭君不惯胡沙远，但暗忆、江南江北。想佩环月下归来，化作此花幽独"，后阕之"还教一片随波去，又却怨、玉龙哀曲"，……乃为北庭后宫言之，则《卫风·燕燕》之旨也。
>
> ——邓廷桢《双砚斋词话》[③]
>
> 南渡以后，国势日非，白石目击心伤，多于词中寄慨，不独《暗香》《疏影》二章，发二帝之幽愤，伤在位之无人也。特感慨全在虚处，无迹可寻，人自不察耳。
>
> ——陈廷焯《白雨斋词话》卷二[④]

① 宋翔凤《乐府余论》。唐圭璋编：《词话丛编》第3册，北京：中华书局，1986年，第2503页。

②蒋敦复《芬陀利室词话》。唐圭璋编：《词话丛编》第4册，北京：中华书局，1986年，第3675页。

③邓廷桢《双砚斋词话》。唐圭璋编：《词话丛编》第3册，北京：中华书局，1986年，第2531页。

④ 陈廷焯《白雨斋词话》。唐圭璋编：《词话丛编》第4册，北京：中华书局，1986年，第3797页。

比起张惠言，诸家更加落到实处。第一，结合姜夔的生活状态来讨论他的作品，塑造出一个虽漂流江湖、但不忘家国之事的形象，从而将范仲淹在《岳阳楼记》中的“处江湖之远，则忧其君”印证在姜夔身上；第二，从词中“但暗忆、江南江北”句，具体将其意旨落实到“南北议和事”，意为批评偏安，点出作者的关注；第三，不仅点出词意是“为北庭后宫言之”，甚至进一步追溯其渊源，认为是从《诗・邶风・燕燕》而来。据《诗小序》：“《燕燕》，卫庄姜送归妾也。”郑玄《笺》：“庄姜无子，陈女戴妫生子名完，庄姜以为己子。庄公薨，完立，而州吁杀之，戴妫于是大归，庄姜远送之于野，作诗见己志。”孔颖达《疏》：“隐三年《左传》曰：‘卫庄公娶于齐东宫得臣之妹，曰庄姜，美而无子。又娶于陈，曰厉妫，生孝伯早死；其娣戴妫生桓公，庄姜以为己子。四年春，州吁杀桓公。经书弑其君完，是庄姜无子，完立，州吁杀之之事也。由其子见杀故，戴妫于是大归；庄姜养其子，与之相善，故越礼远送于野，作此诗以见庄姜之志也。’”[①]之所以能和《燕燕》结合起来，是因为《燕燕》是写后宫相送之事，而《疏影》中写到了王昭君，王昭君是宫女，因而就可以进一步联想金兵灭北宋之时，北宋后宫被掳北去之事。不管其中是否牵强，这样，就能与《诗经》的比兴寄托传统结合起来，推尊词体的意图也就更为明显。

常州词派的这种解读方式，晚清仍然影响很大，一直到现代词坛，仍然如此，如俞陛云、刘永济、唐圭璋诸家所论，与此一脉相承，不再一一述及。当然，常州词派内部对姜夔的评价有不一致之处，但对于这两篇，则几乎是众口一词地给予好评。

三、浙西、常州二派的阐释策略

在浙西词派的论述系统中，对《暗香》《疏影》的选择一开始就比较明确。周密的《绝妙好词》是朱彝尊非常欣赏的词选，朱曾在《书

① 孔颖达：《毛诗注疏》卷二之一，《四部备要》影中华书局据阮刻本校刊本，第52页。

〈绝妙好词〉后》中评价说："周公谨《绝妙好词》选本，虽未全醇，然中多俊语。方诸《草堂》所录，雅俗殊分。"[①]这个选本共选姜夔词13首，其中就有《暗香》《疏影》。不过，由于这个选本长期湮没无闻，而且，其中并无具体评语，因此，更容易加以认识的，是张炎的《词源》。朱彝尊等人对姜夔词的提倡，正是接续张炎的思路，在新的时代进行的发挥。

张炎在《词源》中对姜夔的肯定，主要是从咏物词着眼的，这一点正好被朱彝尊接过来，为清初的词坛建设服务。特别是康熙年间《乐府补题》重新问世，其文本本身固然是重要的经典，足以提供给词坛揣摩模仿，但是，正如中国古典美学一再证明的，追溯渊源与确立经典一样重要。《乐府补题》对所咏诸物的操作，从方法上看，多半虚实相间，重在侧面刻画，这也正是姜夔词的重要艺术手法之一。况且，《乐府补题》中也收录了张炎诸作，而从张炎逆推至姜夔，也正是朱彝尊的思路。在这个背景中，《暗香》《疏影》二作越来越受到重视，自然是题中应有之义。

如果说，在浙西词派的论述系统中，对《暗香》《疏影》的认识，服务于整体对姜夔的推重，越过了元明两代的词学批评，直接南宋，表达出词学建设正本清源的思想，有意无意批评元明词学之衰的话，那么常州词派则是充分体认到浙派词学话语的强大，为了本派的观念，也承接这一思路，但却做出了不同的诠释。

如前所述，自从张惠言《词选》选录了《暗香》《疏影》，而且予以社会政治上的阐释之后，常州词派的传人，或者受到常州词派影响的词家，往往都从这一思路予以发挥，而基本上很少再像浙西词派一样，从艺术描写的角度去加以探讨了。至于其中所寄托的内容，也是见仁见智，各有发挥。

张惠言认为姜夔《暗香》"有用世之志"，《疏影》写"二帝之愤"，

① 朱彝尊：《曝书亭集》卷四十三，商务印书馆《四部丛刊》本，第5页。

不知所据为何。从姜夔本人来看，他曾经有上书朝廷之事，当然是期望能够为朝廷所用，这或许就是张惠言的论据之所从来。至于“二帝之愤”，姜夔有《扬州慢》一词，序云：“淳熙丙申至日，予过维扬。夜雪初霁，荠麦弥望。入其城则四顾萧条，寒水自碧。暮色渐起，戍角悲吟。予怀怆然，感慨今昔，因自度此曲。千岩老人以为有《黍离》之悲也。”萧德藻以为其中有“《黍离》之悲”，证之词中“自胡马窥江去后，废池乔木，犹厌言兵”诸句，非常清楚。然而，《疏影》一篇的文字也能有所暗示，如“昭君不惯胡沙远，但暗忆、江南江北”，里面出现了前往匈奴和亲的王昭君，还特别指出其“不惯胡沙”，是则或许就能够引起二帝被掳、宫人北去的联想[①]。将梅花和美人结合在一起，在文学史上早就出现了，如萧纲《梅花赋》：“于是重闺佳丽，貌婉心娴。怜早花之惊节，讶春光之遣寒。袂衣始薄，罗袖初单。折此芳花，举兹轻袖。或插鬓而问人，或残枝而相授。恨鬟前之大空，嫌金钿之转旧。顾影丹墀，弄此娇姿。洞开春牖，四卷罗帷。春风吹梅畏落尽，贱妾为此敛蛾眉。花色持相比，恒愁恐失时。”[②]傅汉思解释说，这些句子“在形容梅花的时候间接地描绘了宫闱佳丽的形象，而在描绘宫闱佳丽的时候也间接地形容了梅树的形象”[③]。但如果直接探讨其语典，唐代王建就已经有《塞上梅》，提到昭君：“天山路傍一株梅，年年花发黄云下。昭君已殁汉使回，前后征人惟系马。”[④]是则将昭君与梅相联系，也是其来有自。只是该怎样理解，仍然可以有不同的角度，例如刘永济认为就是寄托二

① 夏承焘笺校：《姜白石词编年笺校》卷一，上海：上海古籍出版社，1981 年，第 1 页。

② 萧纲著，肖占鹏、董志广校注：《梁简文帝集校注》第 1 册，天津：南开大学出版社，2015 年，第 60 页。

③〔美〕傅汉思著：《梅花与宫闱佳丽：中国诗选译随谈》，王蓓译，北京：生活·读书·新知三联书店，2010 年，第 8 页。

④ 王建著，尹占华校注：《王建诗集校注》，成都：巴蜀书社，2006 年，第 15 页。

帝之愤[①]，夏承焘则不同意，虽然指出“白石感慨，泛指南宋时局，则未尝不可”，却仍然怀疑“此词亦与合肥别情有关”[②]。事实上，对于这一句的理解，也涉及咏物词的创作问题。一般来说，倘若拘泥于所咏之物，则作品不仅窒碍缺少灵动，而且境界也往往不够高，但若是纵笔写去，跨度太大，则与所咏之物的关系又往往引起质疑，所以刘体仁在《七颂堂词绎》中就说：“‘昭君不惯风沙远，但暗忆、江南江北’，亦费解”[③]。这恐怕也是不少读者共有的疑惑。对此，许昂霄用“借用法”三字来解释，寻绎其意，除了有王建的诗作为借鉴外，或者也是将塞外的苦寒、昭君的风骨与梅花的人文品格联系在一起，至于张惠言，则明显是将昭君的身份与北宋末年被掳的宫人联系在一起，而塞外是否有梅花，并不是阐释者考虑的重点。不过这也从一个方面看出，姜夔在词中创造了一个想象的空间，后人完全可以见仁见智，别创新解。

在常州词派走上词坛之后，可以非常明显地看出，对于《暗香》《疏影》二篇，讨论的中心就是寄托的问题，而且几乎所有重要的批评家都介入进来了。常州词派对浙西词派所建构的经典予以再阐释，取得了非常显著的效果，差不多将论述的倾向完全转变过来了[④]。

---

① 刘永济著：《微睇室说词》，上海：上海古籍出版社，1987 年，第 119-121 页。按：寄托二帝之愤说，早见于郑文焯所云：“此盖伤心二帝蒙尘，诸后妃相从北辕，沦落胡地，故以昭君托喻。考唐王建《塞上咏梅》诗曰……，白石词意当本此。”转引自《微睇室说词》第 119 页。

② 夏承焘笺校：《姜白石词编年笺校》卷三，上海：上海古籍出版社，1981 年，第 49 页。

③ 刘体仁《七颂堂词绎》。唐圭璋编：《词话丛编》第 1 册，北京：中华书局，1986 年，第 621 页。

④ 在张惠言的理论出现之后，不少著名词学批评家都是按着这一思路加以论述的，也许只有王国维是一个例外，他在《人间词话》中对《暗香》《疏影》二作非常不满，认为虽然是咏梅，却“无一语道着”，这就又接续了浙西词派的思路，只是立足点不一样罢了。见王国维著：《人间词话》，北京：中国人民大学出版社，2004 年，第 12 页。

四、结论：选择与更新

清词号称“中兴”，考察其建构理论、从事创作的过程，非常具有启发性。

浙西词派登上词坛，以朱彝尊编纂出版《词综》为重要标志。《词综》的一个重要特点，就是向学界展示了一些一直被公共阅读所忽视的文献，从某种意义上说，也是新材料的发现，从而转换了读者长期以来的惯性思维。《词综·发凡》云：“周公谨、陈君衡、王圣与，集虽抄传，公谨赋《西湖十景》，当日属和者甚众，而今集无之；《花草粹编》载有君衡二词，陆辅之《词旨》载有圣与《霜天晓角》等调中语，均今集所无。至张叔夏词集，晋贤所购，合之牧仲员外、雪客上舍所抄，暨常熟吴氏《百家词》本，较对无异，以为完书，顷吴门钱进士宫声相遇都亭，谓家有藏本，乃陶南村手书，多至三百阕，则予所见，犹未及半。”[①]这段文字充分说明，像周密、陈君衡、王沂孙这样的后世比较知名的词人，其作品的情况在清初却是非常混乱。卓回在《古今词汇缘起》中也说，他在建康时，有朋友“出藏书数种，皆目不经见，且获蠹余钞本，有碧山、草窗、玉田诸家……”[②]例如，其中所提到的张炎词集的行世，就和朱彝尊的努力分不开。李符《龚刻山中白云词序》这样写道：“予曩客都亭，从宋员外牧仲借抄玉田词，仅一百五十三阕。越数年，复睹《山中白云》全卷，则吾乡朱检讨竹垞录钱编修庸亭所藏本也。累楮百翻，多至三百首。始识向购特半豹耳。”[③]龚翔麟是著名藏书家，他刊刻张炎的词，也要有赖于朱彝尊从钱曾处过录的全本。朱彝尊、李符和龚翔麟同在“浙西六家”之列，他们致力于宋人词集再问世的努力，可以代表浙西词派当时的思路。

① 朱彝尊、汪森编，李庆甲校点：《词综》，上海：上海古籍出版社，2005年，卷首第10-11页。

② 赵尊岳辑：《明词汇刊》，上海：上海古籍出版社，1992年，第1544页。

③ 张炎撰，吴则虞校辑：《山中白云词·序录》，北京：中华书局，1983年，第167页。

浙西词派中不乏藏书家，他们致力于发掘词学文献，对于扭转词风起到了重要的作用。顺康年间，可以说是清代对前代词籍进行大规模整理的一个时期，虽然姜夔的《暗香》《疏影》一直还在词坛的视野之内，但整个明代，《草堂诗余》特别盛行，而《草堂诗余》之中却并无姜夔的一点影子，因此，浙西词派在发掘词学文献的过程中，大力表彰姜夔，仍然有着让读者耳目一新的作用，也能提供一个典型的创作范例。朱彝尊清理词坛统序，特别表彰浙地，其《孟彦林词序》云："宋以词名家者，浙东、西为多。"① 但是他在真正建构浙西统序时，则引入了姜夔等："夫浙之词，岂得以六家限哉……在昔鄱阳姜石帚、张东泽，弁阳周草窗，西秦张玉田，咸非浙产，然言浙词者必称焉。是则浙词之盛，亦由侨居者为之助。犹夫豫章诗派，不必皆江西人，亦取其同调焉尔矣。"② 于是，他就建构了这样的统序："鄱阳姜夔出，句琢字炼，归于醇雅。于是史达祖、高观国羽翼之，张辑、吴文英师之于前，赵以夫、蒋捷、周密、陈允衡、王沂孙、张炎、张翥效之于后。"③ 通过将以往文学材料的重新组合，构成了其理论展开的逻辑。至于其后，经过乾隆年间开四库馆，唐宋两代的词籍文献已经得到了比较充分的整理，等到常州词派走上词坛，在文献发现上留给他们的空间已经不大了。因此，他们主要是采取对原有文献进行再阐释的方式来建构其词学论述的④。

在另外一篇文章中，我曾经讨论王沂孙在词学接受史上的升沉起伏，指出自朱彝尊《词综》给予其崇高地位之后，张惠言《词选》选其作4首，

---

① 朱彝尊：《曝书亭集》卷四十，商务印书馆《四部丛刊》本，第4页。

② 朱彝尊：《鱼计庄词序》，《曝书亭集》卷四十，商务印书馆《四部丛刊》本，第5页。

③ 汪森《词综序》。朱彝尊、汪森编，李庆甲校点：《词综》，上海：上海古籍出版社，2005年，卷首第1页。

④ 当然，浙西词派也并不只是致力于挖掘新文献，他们也会对原有文献进行重新阐释，以建立自己的评价系统。例如，在明代中叶曾经红极一时的马洪，在朱彝尊的论述中，就给予了彻底的批判，显然是为了清除《草堂诗余》的影响。关于这一点，参看拙作《词学反思与强势选择——马洪的历史命运与朱彝尊的尊体策略》，《文学遗产》，2007年第4期。

也是非常重视，至周济将其列入宋词四家，以为领袖一代的人物，则更是非常尊崇。值得注意的是，周济所选的王沂孙词，完全见于朱彝尊的《词综》，连前后次序都一模一样，只是数量减少了十三首而已。很明显，周济是要将这个相同的选源，赋予崭新的内涵，以便向词坛宣示，自《词综》以来，词的阐释和词的创作颇有偏差，从而指出向上一路。不仅如此，从题材来看，周济所选基本上是咏物词，这个角度和早期浙西词派如朱彝尊，中期浙西词派如厉鹗等人也是互相接续的。但是，看他的评价，如《南浦·春水》（柳下碧粼粼），评云："碧山故国之思甚深，托意高，故能自尊其体。"《齐天乐·蝉》（绿槐千树西窗悄），评云："此身世之感。"又同题（一襟余恨宫魂断），评云："此家国之恨。"[①]这些都能看出他期望词作在立意上的提升。这一点，正是常州词派面对浙西词派所采取的策略[②]。

从这个角度去清理《暗香》《疏影》的流传过程与接受历史，我们可以看到大致相似的状况。在清代词史上，对这两篇作品的评价，为什么浙西词派和常州词派如此不同，也就可以得出比较平实的答案了。

①周济《宋四家词选》。黄苏、周济、谭献选评，尹志腾校点：《清人选评词集三种》，济南：齐鲁书社，1988年，第274、278、279页。

②参看拙作《创作的厚度与时代的选择——王沂孙词的后世接受与评价思路》，《词学》第23辑，上海：华东师范大学出版社，2010年。

第九章　带入现场：清词创作中的姜夔身影及其词风

在词史上，姜夔的命运非常奇特。他在宋末得到张炎的大力表彰，其创作也影响张炎、周密、王沂孙等一批词人，但进入明代，却近乎销声匿迹。明代词学盛行“花”（《花间集》）、“草”（《草堂诗余》）之风，特别是《草堂诗余》影响巨大，正如明末毛晋《草堂诗余跋》所总结的：“宋元间词林选本几屈百指。惟《草堂》一编，飞驰几百年来，凡歌栏酒榭，丝而竹之者，无不拊髀雀跃。及至寒窗腐儒，挑灯闲看，亦未尝欠伸鱼睨。”[①]但是，虽然姜夔“填词最雅”，《草堂诗余》却“不登其只字”[②]，其词在社会上流传甚少，这当然也就限制了其作品在明代的传播和接受。然而，到了清代，由于朱彝尊等人的搜求，姜夔的词作重新得到了刊布，较为广泛地流传于世，朱彝尊等人更在理论上大加提倡，指出“世人言词，必称北宋。然词至南宋，始极其工，至宋季而始极其变，姜尧章氏最为杰出”[③]，并身体力行，在创作上予以鼓扬，

① 毛晋《草堂诗余·跋》。载施蛰存主编：《词籍序跋萃编》，北京：中国社会科学出版社，1994 年，第 670-671 页。

② 朱彝尊《词综·发凡》。朱彝尊、汪森编，李庆甲校点：《词综》，上海：上海古籍出版社，2005 年，卷首第 14 页。

③ 朱彝尊《词综·发凡》。朱彝尊、汪森编，李庆甲校点：《词综》，上海：上海古籍出版社，2005 年，卷首第 10 页。

终于使得姜夔词成为重要的创作楷模。这种状况在清代一直延续，即使嘉道年间常州词派登上词坛，表面上看，浙西词风受到清算，但是，姜夔的影响力仍然巨大。这个影响力表现在许多方面，除了批评性的著述外，还在具体的创作中大量展示出来。翻阅清词文献，白石的身影几乎无所不在。本章拟从几个特定的方面，探讨一下这个问题。

一、创作的偶像

朱彝尊曾经总结清初词风："数十年来，浙西填词者，家白石而户玉田。"① 谢章铤又总结其后雍乾年间的词坛："雍正、乾隆间，词学奉樊榭为赤帜，家白石而户梅溪矣。"② 这可以说是康熙至乾隆的词坛大势，在并列的两个师法对象中，后面一个（张炎或史达祖）随着时代变化，可能有所不同，但姜夔始终屹立不动。

在本书第六章中，我曾经指出，虽然朱彝尊提倡学习姜夔，但他自己的创作却更接近于张炎，和他的夫子自道"倚新声，玉田差近"相符合，而真正以姜夔为师法对象，则集中体现在雍乾年间的厉鹗身上。法国批评家丹纳曾经说过："要刺激人的才能尽量发挥，再没有比这种共同的观念、情感和嗜好更有效的了。我们已经注意到，要产生伟大的作品，必须具备两个条件：——第一，自发的，独特的感情必须非常强烈……第二，周围要有人同情，有近似的思想在外界时时刻刻帮助你，使你心中的一些渺茫的观念得到养料，受到鼓励，能孵化、成熟、繁殖。……人的心灵好比一个干草扎成的火把，要发生作用，必须它本身先燃烧，而周围还得有别的火种也在燃烧。两者接触之下，火势才更旺，而突然增长的热度才能引起

① 朱彝尊《静惕堂词序》。陈乃乾辑：《清名家词》第 1 卷《静惕堂词》，上海：上海书店，1982 年，序第 1 页。

② 谢章铤《赌棋山庄词话》卷十一。唐圭璋编：《词话丛编》第 4 册，北京：中华书局，1986 年，第 3458 页。

遍地的大火。”[①] 厉鹗一心学姜夔，从和他同时的作家身上也可以看得很清楚，因此，本节借助《全清词·雍乾卷》，对此略作叙述。

在雍乾年间，有的词人直接将姜夔奉为心目中的第一人，如王又曾《一萼红》（余爱中仙“一掬春情，斜月杏花屋”之句，属家镜香写斜月杏花屋填词图，自题此阕）：“也曾傍、梅溪竹屋，更心折、白石是吾师。”[②] 王氏是浙江秀水人，和朱彝尊是同乡。这种表述借鉴了朱氏的“不师秦七，不师黄九，倚新声，玉田差近”的表述方式，毫不拖泥带水，明确表达了自己的取向。

北宋年间的王禹偁有过这样一段轶事，为世人传诵：

> 元之本学白乐天诗，在商州尝赋《春日杂兴》云：“两株桃杏映篱斜，装点商州副使家。何事春风容不得，和莺吹折数枝花。”其子嘉祐云：“老杜尝有‘恰似春风相欺得，夜来吹折数枝花’之句，语颇相近。”因请易之。王元之忻然曰：“吾诗精诣，遂能暗合子美邪？”更为诗曰：“本与乐天为后进，敢期杜甫是前身。”卒不复易。[③]

宋代是杜诗价值得到充分认定的时代，而学杜之风的兴起，和王禹偁有着重要的关系。吴之振《宋诗钞》曾经指出：王虽“学杜而未至”，但“独开有宋风气，于是欧阳文忠得以承流接响”，“为杜诗于人所不为之时者也”[④]。上面的那段记载说他以能够暗合杜诗为荣，甚至以杜甫为前身，并不是无缘无故的。这样的情形，雍乾年间也能够在对待姜夔的态度上得到复制，如陈皋《清平乐·题程筠榭填词图》：

---

①〔法〕丹纳著：《艺术哲学》，傅雷译，北京：人民文学出版社，1963年，第136-137页。

② 张宏生主编：《全清词·雍乾卷》第2册，南京：南京大学出版社，2012年，第676页。

③ 胡仔纂集，廖德明校点：《苕溪渔隐丛话》前集卷二十五引《蔡宽夫诗话》，北京：人民文学出版社，1961年，第170页。

④ 吴之振等辑：《宋诗钞·宋诗钞补》，上海：生活·读书·新知三联书店上海分店，1988年，第5页。

偷声减字。细细含宫徵。多少周情兼柳思。镇日织绡泉底。

麝煤满砚玄云。谱来不语凝神。付与小红低唱，真成白石前身。①

填词图是清代特定的词学批评样式，自康熙年间《迦陵填词图》暴得大名之后，有清一代，一直绵绵不绝。虽然很多图本身已经看不到了，但在清词里面却保留着大量的记载。筠榭，歙县程名世，字令延，号筠榭，有《思纯堂集》行世。陈皋称赞程词有“周情柳思”，即周邦彦的情韵和柳永的思致，评价已经很高，最后尊为“白石前身”，更差不多是当时最高的评价了。当年姜夔到石湖访范成大，成《暗香》《疏影》二阕，受到范成大极端的爱赏，将小红赠与他，成为一段韵事，而这两首词，自张炎誉为“前无古人，后无来者”之后，也一直有很高的地位，所以，这里将程氏比为“白石前身”，就不是泛泛之言，可能是将类似于《暗香》《疏影》的创作成就也包括进去了。考察程名世的成就，可能最值得一提的就是他和江昉、吴烺等合辑《学宋斋词韵》。清人对词韵的研究非常重视，《学宋斋词韵》的出现正处于一个重要的过渡时期。江顺诒《词学集成》即指出：“学宋斋本，为世所重。”② 吴梅在其名著《词学通论》也有这样的评价：“当戈韵未出以前，词家奉为金科玉律者，莫如吴烺、程名世等所著之《学宋斋词韵》……”③ 所以，程名世也是对词学下过精深功夫的，以小红低唱，誉为白石前身，意指其声韵和情韵，和当时人的认识有一致性。

当然，“白石前身”毕竟是一个极高的评价，对于更多的人来说，能够写的像白石，就已经是很大的荣誉了。如下面何琪的这首《减字木兰花·题橙里石湖泛棹图》：

① 张宏生主编：《全清词·雍乾卷》第3册，南京：南京大学出版社，2012年，第1396页。

② 江顺诒辑，宗山参订《词学集成》卷四。唐圭璋编：《词话丛编》第4册，北京：中华书局，1986年，第3253页。

③ 吴梅著：《词学通论》第三章《论韵》，上海：上海古籍出版社，2006年，第16页。

春光无价。都在垂杨临水榭。桥影弯环。撑过吴娘六柱船。倚声按拍。箧有新词如白石。载得惊鸿。不是樵青是小红。①

樵青，颜真卿有《浪迹先生玄真子张志和碑铭》："肃宗尝赐奴婢各一，玄真配为夫妻，名夫曰渔僮，妻曰樵青。"②能够写出如同白石一样的词作，当然船上所载美人不会是素雅的樵青，而只能是风流妩媚的小红。以词作似白石作为标识，雍乾年间有很多，如詹肇堂《解连环·题倪米楼〈翦云词〉卷，即送之都门》："江城二分月近。展新词白石，笺锦盈寸。"③江藩《声声慢·题汪大饮泉〈秋隐莽填词图〉》："减字偷声。一瓣香熏白石，谱新词、笛怨琴清。"④邵玘《洞仙歌·读去年幻花主人和王孝廉礼堂韵赠先人寿词，凄然有感，次和二阕》之一："花洲月部，尽词坛遥领。组织风骚秀而整。喜年来、篇什题赠良多，清空笔，白石老仙佳境。"⑤田中仪《金缕曲·题都梁词》："浣手蔷薇露。把新词、一卷都梁，长篇短句。白石梅溪千古秀，澹沲差堪俦伍。"⑥

姜夔一生漫游江湖，他的生平经历能够引起不少下层知识分子的共鸣，而他访石湖而受到范成大的赏识，特别是和小红度曲吹箫的一段韵事，更是使不少人非常艳羡，因而写入作品。如詹肇堂《迈陂塘·题吴白庵石湖课耕图》：

问先生、几时归去，买田阳羡能遂。官闲终逊为农乐，跌宕平生豪气。须早计。但归兴、浓时不为鲈鱼味。营丘画里。指数笔山眉，一枝塔颖，梦绕石湖水。　　相依有，赤脚吴娃

① 张宏生主编：《全清词·雍乾卷》第3册，南京：南京大学出版社，2012年，第1687页。
② 董诰等编：《全唐文》卷三百四十，北京：中华书局，1983年，第3447-3448页。
③ 张宏生主编：《全清词·雍乾卷》第4册，南京：南京大学出版社，2012年，第1942页。
④ 江藩：《扁舟载酒词》，嘉庆二十年刻本，第6页。
⑤ 张宏生主编：《全清词·雍乾卷》第6册，南京：南京大学出版社，2012年，第3424页。
⑥ 张宏生主编：《全清词·雍乾卷》第7册，南京：南京大学出版社，2012年，第3672页。

妍丽。闲看牛饭松底。麻源谷口家园好，偏爱楞伽烟翠。乡信美。向万树梅花，选片扶犁地。范公高致。待白石吹箫，小红度曲，千载唤重起。①

吴氏正好也生活在石湖，环境中又有“万树梅花”，所以，想起当年“范公高致”，特别是“白石吹箫，小红度曲”，就觉得是重新回到了眼前。有时候，他们甚至将这段佳话加以移植，如张思孝作有《疏影》，小序记载了一段故事：

太守郡斋有抹丽数十本，皆自粤中携至者。予过杭下榻，每当晚凉浴罢，淡风入怀，月露初泫。涤雪瓯，煮佳茗，坐卧狂香皓雪堆中，真觉魂清骨冷也。因谓曰：“昔白石道人为石湖赋梅，《暗香》《疏影》，至今脍炙。子盍度新声，宠予是花乎？”遂圆豪成调，以为清美不减石帚，惜无俊妓娴歌者付之耳。明日以两株赠行，且云：“是虽不及小红，而冰肌玉骨，相伴过四桥边，亦不为寂寞矣！”相与一笑而别，时己丑七夕前二日也。偶于箧中简得残稿，窜易几字存之，并识一时佳兴云。②

姜夔是咏梅，这次却是咏“抹丽”，重要的是，当年姜夔为范成大作《暗香》《疏影》两首词，已经成为一种生活形态和精神境界，所以可以移植，可以再现。

二、正律的标准

词本是音乐文学，元代以来，当词乐渐渐失传后，不少人，包括作

① 张宏生主编：《全清词·雍乾卷》第4册，南京：南京大学出版社，2012年，第1943页。
② 张宏生主编：《全清词·雍乾卷》第11册，南京：南京大学出版社，2012年，第6025页。

家和批评家，都希望通过对格律声韵的探讨，来还原词的音乐性。这种探讨，往往与对古代经典作家的认识有关，而且，往往也体现在具体的创作过程中。这种状况，宋时已然，如姜夔《长亭怨慢》小序："予颇喜自制曲，初率意为长短句，然后协以律，故前后阕多不同。"① 清代词人师法白石，连这一点也学来了。不过，他们往往是从其所崇拜的姜夔出发，对现有的相关规范提出异议。

在清初词学复兴的过程中，万树《词律》的编纂出版是一件重要的事，标志着清人在词学探讨时，具有了创作、理论、格律三个方面并驾齐驱的意识，是词学建设进一步成熟的重要标志。

总的来说，清代的词学批评家对《词律》都给予较高的评价，在该书问世后不久，查涵作《莺啼序》一调，就有这样的看法："《莺啼序》商音成曲，曲凡三纵二拍。词调最长者唯此序，最难订正者亦唯此序。近见名贤多奉时下图谱为科律，失古人声音节奏，妄欲以新颖见长。是正万红友所云'天下未见眉目不全之女人，而以脂粉为绝色'者。"② 引万树语以批评时人，显然对其《词律》有正面评价。沈堡《长生乐》一词，其中的"泉自云岩，流下几瓣红蕤"句，自注："用韵依万红友《词律》改本。"③ 也说明此书较早就进入了人们的视野，成了重要的工具书。道光、咸丰年间的杜文澜特别赞赏万树《词律》对于转变清初词风的重要意义："元明以来，宫谱失传，作者腔每自度，音不求谐，于是词之体渐卑，词之学渐废，而词之律则更鲜有言之者。黄钟毁弃，瓦缶雷鸣，七百年古调元音，直欲与高筑嵇琴同成绝响。使非万氏红友以《词律》一书起而振之，则后之人群奉《啸余》《图谱》为准绳，日趋于错矩偭规，而不能自觉，又焉知词之有定律，律之必宜遵哉？"④ "词

① 夏承焘笺校：《姜白石词编年笺校》卷三，上海：上海古籍出版社，1981 年，第 36 页。
② 张宏生主编：《全清词·顺康卷补编》第 4 册，南京：南京大学出版社，2008 年，第 2498 页。
③ 张宏生主编：《全清词·顺康卷补编》第 4 册，南京：南京大学出版社，2008 年，第 2400 页。
④ 杜文澜：《词律校勘记》卷首《叙》，咸丰十一年刊本。

之有定律”在于格律化，万树以四声论词，尤重上、去，在很大程度上确立了填词标准。清人填词遂由传统的“倚声填词”转为“依律填词”，格律也就在某种意义上代表了词乐，故厉鹗在《论词绝句十二首》中这样说：“去上双声子细论，荆溪万树得专门。欲呼南渡诸公起，韵本重雕菉斐轩。”[①]清人在具体的创作中，也经常对万树表达赞赏。如凌廷堪《湘月·双调》的小序：

> 宜兴万氏专以四声论词，畏其严者多诋之，泸州先著尤甚，以为宋词宫调，必有秘传，不在乎四声。今按宋姜夔《白石集·满江红》云：“末句‘无心扑’，歌者将‘心’字融入去声，方谐音律。”《徵招》云：“正宫《齐天乐慢》前两拍是徵调，故足成之。”及考《徵招》起二句，平仄与《齐天乐》吻合。又《宋史·乐志》载：“白石《大乐议》云：‘七音之协四声，各有自然之理。’”王灼《碧鸡漫志》：“《杨柳枝》旧词起头有侧字、平字之别。”然则宋人皆以四声定宫调。而万氏之说与古暗合也。先著妄人，宁足哂乎。余恒谓推步必验诸天行，律吕必验诸人声，浅求之樵歌牧唱，亦有律吕。若舍人声而别寻所谓宫调者，则虽美言可市，终成郢书燕说而已。今秋舟过荆溪，感而赋此，以酹红友，即白石所云《念奴娇》鬲指声也。按鬲指，亦谓之过腔，《念奴娇》本大石调，今吹入双调，故曰过腔，谓以黄钟商过入夹钟商也。[②]

先著和程洪是康熙年间的词学批评家，他们在《词洁》一书中借《湘月》一调讨论四声的问题：

---

① 厉鹗《论词绝句十二首》之十二。厉鹗著，董兆熊注，陈九思标校：《樊榭山房集》卷七，上海：上海古籍出版社，1992年，第514页。

② 张宏生主编：《全清词·雍乾卷》第14册，南京：南京大学出版社，2012年，第7834页。

> 魏晋以前，无有四声，而汉之乐府自若，未闻其时协律者，鲜所依据也。故平仄一法，仅可为律诗言耳。至于词、曲，当论开阖、敛舒、抑扬、高下，一字之音，辨析入微，决非四声平仄可尽。……宋词久不谈宫调，既已失考，今之作者，取其长短淋漓、曲折尽致，小有出入，无损其佳。汤临川云："此案头之书，非台上之观。"传奇且持此论，况于词调去宋数百年，彼此同一不知，何必曲为之说。前此任意游移者，固为茫昧，近日以四声立谱者，尤属妄愚。彼自诧为精严，吾正笑其浅鄙。既历诋古人，尽扫时贤，皆谓之不合调，不知彼所自谓合调者，果能悉入歌喉，一一指陈其宫调乎？①

凌廷堪这一段正是针锋相对，回到万树，去纠正其说之谬。凌廷堪是在《湘月》一词的小序中谈这个问题，并用具体的创作加以验证，这就更具有现场感。

但是，词乐的发展是一个复杂的问题，即使是万树，对于正律也不一定能够总是能够尽善尽美。在具体实践中，人们固然往往以《词律》作为基本的工具书，按图索骥，进行创作，但是在创作过程中也会根据词史所提供的资源，对《词律》加以反思，而在反思时，姜夔正是一个重要的参照系。

第一种情况是根据姜夔原作纠正《词律》之误。如姜夔自度曲《凄凉犯》：

> 绿杨巷陌。西风起、边城一片离索。马嘶渐远，人归甚处，戍楼吹角。情怀正恶。更衰草、寒烟淡薄。似当时、将军部曲。

① 先著、程洪撰，胡念贻辑评《词洁辑评》。唐圭璋编：《词话丛编》第2册，北京：中华书局，1986年，第1363-1364页。

迤逦度沙漠。　　追念西湖上，小舫携歌，晚花行乐。旧游在否，想如今、翠凋红落。漫写羊裙，等新雁、来时系着。怕匆匆、不肯寄与误后约。[①]

以上是《词律》的断句。葛景莱有《凄凉犯·秋蝉》一词，篇末注云："白石旁谱'陌'字不起韵，《词律》注韵，误。'曲'字注叶，亦误。'斜'字用平（葛词第二句'凄凄斜照明灭'），从玉田作。"[②]认为第一句七字应该连读，而"曲"字不叶韵。葛氏是道光十一年（1831年）进士，和戈载相识，集中有《念奴娇·赠戈顺卿》[③]等作，言和戈载互通词学事。类似的看法，杜文澜也指出来了，他说："《白石道人歌曲》旁谱，'绿杨巷陌'句'陌'字，及'将军部曲'句'曲'字，均非叶韵。"[④]杜文澜生于嘉庆二十年（1815年），可能较葛景莱稍年轻，但他们是同时代人。杜氏对《词律》有专门的研究，曾著有《词律校勘记》，或许葛氏有所参考，还待细考[⑤]。宋末最能体现姜夔创作精神的张炎用此调创作，第一句第四字即不用韵，而"曲"亦不叶。张氏用此调写《北游道中寄怀》，上片云："萧疏野柳嘶寒马，芦花深、还见游猎。山势北来，

① 万树编著：《词律》卷十三，上海：上海古籍出版社，1984年，第306页。

② 葛景莱：《蕉梦词》卷一，清刻本，第17页。对《词律》有所斟酌，是葛景莱创作时的常态。又如《山亭宴·花阴，从张子野体》，对于此体的末句，他说："末句《词律》作五字句，误，依《子野集》改正。"（《蕉梦词》卷三，清刻本，第8页）万树所定格式见《词律》卷十七，上海：上海古籍出版社，1984年，第378页。

③ 葛景莱：《蕉梦词》卷三，清刻本，第21页。

④ 万树编著：《词律》卷十三，上海：上海古籍出版社，1984年，第307页。上海古籍出版社影印本《词律》，乃光绪二年江苏布政使恩锡所刊刻者，在万氏原书每调后，附以杜文澜的《校勘》。

⑤ 杜文澜《词律校勘记·叙》中说："昔吴县戈君顺卿（载）拟辑增订《词律》，又与高邮王君宽甫（敬之）议作《词律订》《词律补》，均未克成。余获见王君《词律》校本，亟加采录；又得戈君校刻《七家词选》，及江都秦君玉生（巘）所辑《词系》，其中可以校正《词律》者，亦附载焉。"由此可见，杜氏此书，也曾参考或采纳其他人的看法。杜序见该书咸丰十一年刊本。

甚时曾到，醉魂飞越。酸风自咽。拥吟鼻、征衣暗裂。正凄迷，天涯羁旅，不似灞桥雪。”[①]《过邻家见故园有感》，上片云：“西风暗剪荷衣碎，柔丝不解重缉。荒烟断浦，晴晖历乱，半江摇碧。悠悠望极。忍独听、秋声渐急。更怜他、萧条柳发，相与动秋色。”[②]都是如此。不过，《词律》讨论《凄凉犯》，以吴文英所作为正体，以姜夔所作为又一体，而吴作此二处却又押韵，因此，这或许也反映了不同的看法。

第二种情况是某一词牌，断句处各有歧义，作者创作时则径以姜夔为准。如费承勋《齐天乐》，小序云：

> 戊寅寓京师，药林先生嘱填此阕，效颦知所不免。按《齐天乐》，《词律》注：“前后起句有用韵者，乃偶合，不必叶也。”而白石以此调赋蟋蟀，起句、过腔前后俱叶。又按《樊榭山房词》，往往起句不叶，过腔仍叶。红友《词律》，樊榭以专门称之，而互异若此。兹阕意仿白石，故前后起句俱用韵，并记此以俟娴声律者订正焉。[③]

厉鹗称赞《词律》语，即前引《论词绝句》之十二所谓“荆溪万树得专门”，自注说万树的独特之处是“严去、上二声之辨”。费氏非常敏锐地看到《词律》中对《齐天乐》前后起句是否用韵也未下结论[④]，而厉鹗虽然称道《词律》，但自己的创作却又摇摆不定，从创作上看，这当然也不算错，只是从对《词律》的推崇来看，稍微打了一点折扣。所以，尽管此调的写作最早是北宋周邦彦，并不是姜夔，《词律》中所列诸作也

① 唐圭璋编：《全宋词》第 5 册，北京：中华书局，1965 年，第 3463 页。

② 唐圭璋编：《全宋词》第 5 册，北京：中华书局，1965 年，第 3478-3479 页。

③ 张宏生主编：《全清词·雍乾卷》第 8 册，南京：南京大学出版社，2012 年，第 4573-4574 页。

④ 万树编著：《词律》卷十七，上海：上海古籍出版社，1984 年，第 385-386 页。

没有姜夔的，但费氏根据自己的理解，却把姜作奉为正体，予以模仿。姜词如下：

> 庾郎先自吟愁赋。凄凄更闻私语。露湿铜铺，苔侵石井，都是曾听伊处。哀音似诉，正思妇无眠，起寻机杼。曲曲屏山，夜凉独自甚情绪。　　西窗又吹暗雨。为谁频断续，相和砧杵。候馆迎秋，离宫吊月，别有伤心无数。豳诗漫与。笑篱落呼灯，世间儿女。写入琴丝，一声声更苦。①

费承勋之作如下：

> 洗车雨过云成阵。疏帘晚风微紧。大火西流，斜河左界，吹落桐阴清润。相思一寸。记膏沐揉花，摘残篱槿。（杭俗七夕以槿叶濯发。）只恐飞篷，玉容销减有谁问。　　吴波遥隔芳信。料新裁翠被，凉怯灯晕。鹊架危梁，蛛缠小合，吟入潘郎愁鬓。双星自哂。甚嫩约人间，竟无凭准。经岁经年，怎教离梦稳。②

费承勋如此处理，与其说是出自理性的判断，不如说更具有感情的色彩。正是由于他对姜夔的尊崇，促使他做出了这样的选择。

万树《词律》有功词学甚大，是清人的共识，但由于种种原因，尚有不少疏失，因此，后人也多有订补。对《词律》批评，在该书问世不久就出现了，如王奕清等《钦定词谱》谈到万树将《千秋岁》列为八体，而又将《千秋岁引》别为一调，列为四体，即加以批评：“《词律》

① 夏承焘笺校：《姜白石词编年笺校》卷四，上海：上海古籍出版社，1981 年，第 59 页。
② 张宏生主编：《全清词·雍乾卷》第 8 册，南京：南京大学出版社，2012 年，第 4574 页。

疏于考据，类列于《千秋岁》后，而又云‘两调迥别’，故为两列而论之如此。”[①]吴衡照对《词律》评价甚高：“万红友当轇轕榛楛之时，为词宗护法，可谓功臣。旧谱编类排体，以及调同名异，调异名同，乖舛蒙混，无庸议矣。其于段落句读，韵脚平仄间，尤多模糊。红友《词律》，一一订正，辩驳极当。……均造微之论。”但在其《莲子居词话》中也有所批评：“红友《词律》，如《南歌子》《荷叶杯》等体，多注双调。西林先生云：双调乃唐宋燕乐二十八调、商声七之一曲之大段名也。词中《雨淋铃》《何满子》《翠楼吟》，皆入双调。万氏失考，误以再叠当之，有此卮言。”[②]江顺诒批评《词律》：“不明宫调，仅从四声斤斤比较，究非探源星宿耳。”[③]谢章铤在其《赌棋山庄词话》中也专门讨论《词律》的不少“失检”处[④]。至于杜文澜，更是专门作《词律校勘记》，发表不同的意见，受到俞樾的激赏：“咸丰中，秀水杜筱舫观察乃始有《词律校勘记》之作，万氏原文有误叶者，有失分段落者，有脱漏至廿余字者，有并作者姓名而误者，一一为之厘订，洵乎万氏之功臣矣。”[⑤]

这些，都可以让我们看到，万树的《词律》自刊行以来，受到了极大重视，人们往往在相关著述中予以回应，对其观点的讨论越来越精细化，而这种讨论若能够再加上具体的创作过程，就更为全面了。

三、对姜夔自度曲的追慕

按照词学界的看法，词乐有乐府旧曲、燕乐、民间音乐等来源。从

① 陈廷敬、王奕清等编：《康熙词谱》卷十九，长沙：岳麓书社，2000年，第572页。

② 吴衡照《莲子居词话》卷一。唐圭璋编：《词话丛编》第3册，北京：中华书局，1986年，第2403-2404页、第2424页。

③ 江顺诒辑，宗山参订《词学集成》卷一。唐圭璋编：《词话丛编》第4册，北京：中华书局，1986年，第3220页。

④ 谢章铤《赌棋山庄词话》卷十。唐圭璋编：《词话丛编》第4册，北京：中华书局，1986年，第3452-3454页。

⑤ 俞樾《校刊词律序》。万树编著：《词律》，上海：上海古籍出版社，1984年，第2-3页。

宋代开始，不少词人也喜欢写自度曲，其中，北宋较著者是柳永和周邦彦，南宋则主要是姜夔。

词学发展到清代，由宋代而来的词乐已经失传，但清人仍然努力还原词的音乐性，自度曲就是其中的一个途径。清代喜写自度曲者，根据现在了解的情况，有顾贞观、纳兰性德、陈世祥、毛先舒、沈谦等，总的趋势，是清初有名者较多，而至清中叶以后，虽然也还不断有人尝试，影响力大的则不多。

关于自度曲的创作方法，到底是先有曲，后填词，还是先有了词，然后协之以曲，历来都有争论，看法不一。但是，在晚清的词学讨论中，著名批评家况周颐指出："自度腔者，先随意为长短句，后协以律。"[①]这个看法，显然从姜夔来："予颇喜自制曲，初率意为长短句，然后协以律。"[②]事实上，清人对姜夔的自度曲非常重视，仅以《全清词·雍乾卷》中所展示的来看，这个时期的词人在创作中很喜欢用姜夔自度曲的调子，而且其中的绝大部分都是和韵，说明当时的词人是想从姜夔的自度曲中进行学习，尤其是从音乐、格律等方面进行学习的。

姜夔自度曲中最有名的作品之一是《暗香》和《疏影》，这两个词牌是清人非常喜欢使用的，相关的作品数量很多。而在创作时，对这两个词牌，他们也有讨论。如江藩以后人所变化的《暗香疏影》一调写咏梅词，先在小序中对词牌有所辨析：

> 白石老仙制《暗香》《疏影》二曲，本仙吕宫。考段安节《乐府杂录》论五音二十八调，仙吕在去声宫七调之内，则填此二曲，当用去声。而白石用入声者，北音入声，皆作去声读，今伶工

---

① 况周颐《蕙风词话》卷四。唐圭璋编：《词话丛编》第5册，北京：中华书局，1986年，第4488页。

② 姜夔《长亭怨慢》小序。夏承焘笺校：《姜白石词编年笺校》卷三，上海：上海古籍出版社，1981年，第36页。

歌北曲，所谓入作去也。盖二曲本用去声，以入代去，多缠声而流美矣。此梦窗、苹洲、玉田所以谨守成法而不变。又彭元逊《解佩环》调即《疏影》，用去声韵，亦一证也。张肯又采《暗香》前段、《疏影》后段合成《暗香疏影》一阕，变而为夹钟宫。夹钟即燕乐之中吕宫，亦有去声宫七调之内，当用去声，近入声之韵，斯为协律。仙吕宫下工字住，中吕宫下一字住，清上五字住，此曲用上五住也。春日，读《香研居词麈》，忽悟此理，乃填是曲，以继绝响。然自南宋以后三百年，世无知之者矣。嗟乎，倚声之难也如此。①

这里讨论的主要是押韵的问题，即是押入声韵，还是押去声韵。江藩认为，按照宫调，应该去声，但姜夔显然用的是入声，该怎样解释？在江藩看来，这是因为在北方口音中，入声都作去声读，这样就从本源上解决了问题。作者自称是读《香研居词麈》而悟出来的，发三百年未解之秘，因此，又感慨填词之难。填词之难，难点之一是规矩太多，这也就是袁枚基本上不写词的一个重要原因，可见在清代这并不是一个孤立的现象。

但这两首词中复杂的意蕴也是清人很关心的。孙原湘曾写此二调，分别是：

洞天白石。算未消万古，苕溪风月。不见老仙，只见寒磷马塍碧。南渡江山旧梦，存羽扇、风流如昔。怪几片、雪样疏花，吹上古衣褶。　　标格。尚奕奕。叹遁出冷灰，鬼也知惜。翠烟渐灭。明月无言自相识。招手青天似水，拚迓取、吹箫魂魄。听鹤唳、何处也，可真见得。

① 江藩：《扁舟载酒词》，嘉庆二十年刻本，第11–12页。

> 无由画出。那野云一片，来去无迹。只画当风，鹤氅如烟，英姿静寄萝碧。容台倡议成何事，但响落、空江残笛。想举朝、玉带金貂，一个布衣容得。　　如我萧闲故里。水波荡日去，竖卧岩石。花疗清愁，月洗雄心，作了寻常词客。芳尊手摘寒梅荐，自笑亦、满身香雪。染翠豪、细谱神弦，可有小红低拍。

小序云：

> 姜白石像，宋时白良玉笔也。二十三世孙恭寿拾诸灰烬之余，重装寄题，既为作诗，复同诸君泛梅荐醴于礼姜馆，谱《暗香》《疏影》二阕，以当迎神送神之曲。[①]

这是为姜夔画像题词，不可避免地会涉及姜夔的思想感情。我曾经指出，清代对于这两首词的接受，常州词派之后，多认为其浸润着家国之思。如张惠言认为："首章言己尝有用世之志，今老无能，但望之石湖也。……此章（《疏影》）更以二帝之愤发之，故有'昭君'之句。"[②]宋翔凤认为："《暗香》《疏影》，恨偏安也。"[③]蒋敦复认为："白石、石湖咏梅，暗指南北议和事。"[④]陈廷焯指出："《暗香》《疏影》二章，发二帝之幽愤，伤在位之无人。"[⑤]从这个脉络看孙氏的两首词，其中所谓"南渡江山旧梦""容台倡议（即上《大乐议》诸事）成何事""花疗清愁，

---

① 孙原湘：《销寒词》，清刊本，第 6-7 页。

② 张惠言《张惠言论词》。唐圭璋编：《词话丛编》第 2 册，北京：中华书局，1986 年，第 1615 页。

③ 宋翔凤《乐府余论》。唐圭璋编：《词话丛编》第 3 册，北京：中华书局，1986 年，第 2503 页。

④ 蒋敦复《芬陀利室词话》卷三。唐圭璋编：《词话丛编》第 4 册，北京：中华书局，1986 年，第 3675 页。

⑤ 陈廷焯《白雨斋词话》卷二。唐圭璋编：《词话丛编》第 4 册，北京：中华书局，1986 年，第 3739 页。

月洗雄心，作了寻常词客”都可以联系到姜夔的身世和当时的社会形势。孙原湘是和张惠言同时代的人，晚于张惠言二十多年去世，很可能是他把张惠言在《词选》中对姜夔的看法隐括到词里面了。如果真是如此的话，则我们对词论和词体文学创作的互动，当有新的认识。

《霓裳中序第一》也是清人很关注的一首姜夔自度曲。关于这首词的创作因缘，姜夔在小序中说：

> 丙午岁，留长沙，登祝融，因得其祠神之曲，曰《黄帝盐》《苏合香》。又于乐工故书中得《商调·霓裳曲》十八阕，皆虚谱无辞。按沈氏《乐律》，“霓裳道调”，此乃“商调”；乐天诗云：“散序六阕”，此特两阕。未知孰是？然音节闲雅，不类今曲。予不暇尽作，作“中序”一阕传于世。予方羁游，感此古音，不自知其辞之怨抑也。

姜夔自述是在南岳衡山最高峰祝融峰上得到《霓裳曲》，欣赏其“音节闲雅”，乃取其“中序”部分，填成此词。词曰：

> 亭皋正望极。乱落江莲归未得。多病却无气力。况纨扇渐疏，罗衣初索。流光过隙。叹杏梁双燕如客。人何在，一帘淡月，仿佛照颜色。　　幽寂。乱蛩吟壁。动庾信清愁似织。沉思年少浪迹。笛里关山，柳下坊陌。坠红无信息。漫暗水涓涓溜碧。漂零久，而今何意，醉卧酒垆侧。[①]

虽然姜夔在小序中说这个调子的特点是“音节闲雅”，但从作品的词情看，写羁旅愁怀，心绪凄苦，不知音乐该怎样搭配。沈祖棻先生曾特别指出：

① 夏承焘笺校：《姜白石词编年笺校》卷一，上海：上海古籍出版社，1981 年，第 5 页。

“此词多用杜诗。‘江莲’，出《巳上人茅斋》‘江莲摇白羽’。‘一帘’二句，出《梦李白》‘落月满屋梁，犹疑照颜色’。‘笛里关山’，出《洗兵马》‘三年笛里关山月’。‘坠红’，出《秋兴》‘露冷莲房坠粉红’，应上‘乱落江莲’。‘暗水’，出《夜宴左氏庄》‘暗水流花径。’”[①] 姜夔在小序中说：“予方羁游，感此古音。”这个“古音”，或许与此有点关系。而《霓裳羽衣曲》本与唐玄宗有关，沈先生引杜诗注此词，真是非常得体。

姜夔虽然对这个曲子有所描述，但对其具体作曲之法，却着墨甚少。江藩颇喜白石词，他曾依此调写了一首：

> 中秋海上月。遍地清光如水活。听夜半残漏彻。望天际彩云，依稀仙阙。星河半灭。何处歌声恁愁切。匆匆过，一年令节，此恨向谁说。　　愁绝。木樨香屑。引逗我、回肠百结。生涯真个鹘突。六十平头，世网难脱。学仙求秘诀。客梦里、飞身蟾窟。尘寰外，看冰轮满，万古不残缺。

写完后，可能觉得意犹未尽，因此加了一段按语，如下：

> 白石在衡岳，得商调《霓裳》十八阕，皆虚谱无字，乃填《中序》以传于世。则此调当以姜词为正，平仄宜参用个翁、草窗二家。个翁词有脱字，草窗下半阕“怅洛浦分绡，汉皋遗佩”，较之白石词多一“怅”字。《词律》谓之领句字，即今北曲之衬字。白石、个翁、草窗皆用入声韵，有用去声韵者，非正格矣[②]。

① 沈祖棻著：《宋词赏析》，上海：上海古籍出版社，1980年，第157页。

② 江藩：《扁舟载酒词》，嘉庆二十年刻本，第18页。

万树《词律》讨论此调，列姜个翁、周密、罗志仁诸体，而不及姜夔，杜文澜认为是“万氏未见白石词集耳”[①]。但江藩出生于乾隆二十六年（1761 年），年辈比杜文澜高很多，他指出“此调当以姜词为正”，可能是参考了《钦定词谱》[②]。不过他的看法很具体：此调应该以姜夔所作为正，但可以参照姜个翁和周密两家之作，并特别指出后二者有不够全面之处；更重要的是，他指出此词的用韵虽然为仄，但必须是入声，而不能是去声。看来，在词学的发展中，人们慢慢地有了自己处理问题的方式，以为既然是仄声，则用去声、用入声都无关紧要，这位词人显然是总结了一定时期的创作状况，而提出了如此鲜明的主张，对后世也应该有一定的影响。

类似的，还有《凄凉犯》。朱焘创作此词时说：“白石自度此腔，注云：‘使国工田正德以亚觱栗歌之，其韵极美。’是此调为老仙得意之笔。细按四声，确有不可移易之理。末句连用去上，尤极谨严。近人泛填平仄，殊失制谱之意。”[③]

姜夔创作的平调《满江红》是因旧曲而制新声，也是清人很感兴趣的，拟作者很多，这里也可以一并讨论。《满江红》一调，万树《词律》所收平韵者是吴文英所作，可能是由于朱彝尊《词综》未录姜夔这篇作品，万树当时尚未得见。至《词谱》，就已列姜夔此作，并指出：“平韵词只有姜词一体，宋元人俱如此填。”[④]到了编纂《钦定词谱》的时候，对姜夔作品的搜集已经相对完备，所以就有了如此清楚的介绍。姜夔撰平韵《满江红》，小序云：

---

① 万树编著：《词律》卷十六，上海：上海古籍出版社，1984 年，第 370 页。

②《词谱》卷二十九云：“此调始自此词，周、尹二词皆从此添字。填此调者应以此词为正体。”（陈廷敬、王奕清等编：《康熙词谱》，长沙：岳麓书社，2000 年，第 892 页）

③ 叶恭绰编：《全清词钞》卷二十六，北京：中华书局，2019 年，第 1363 页。

④ 陈廷敬、王奕清等编：《康熙词谱》卷二十二，长沙：岳麓书社，2000 年，第 665 页。

> 《满江红》旧调用仄韵，多不协律；如末句云“无心扑”三字，歌者将“心”字融入去声，方谐音律。予欲以平韵为之，久不能成。因泛巢湖，闻远岸箫鼓声，问之舟师，云：“居人为此湖神姥寿也。”予因祝曰：“得一席风径至居巢，当以平韵《满江红》为迎送神曲。”言讫，风与笔俱驶，顷刻而成。末句云：“闻佩环”，则协律矣。书以绿笺，沉于白浪。辛亥正月晦也。是岁六月，复过祠下，因刻之柱间。有客来自居巢云：“土人祠姥，辄能歌此词。”按曹操至濡须口，孙权遗操书曰：“春水方生，公宜速去。”操曰：“孙权不欺孤。”乃撤军还。濡须口与东关相近，江湖水之所出入；予意春水方生，必有司之者，故归其功于姥云。

词云：

> 仙姥来时，正一望、千顷翠澜。旌旗共、乱云俱下，依约前山。命驾群龙金作轭，相从诸娣玉为冠。向夜深、风定悄无人，闻佩环。　　神奇处，君试看。奠淮右，阻江南。遣六丁雷电，别守东关。却笑英雄无好手，一篙春水走曹瞒。又怎知、人在小红楼，帘影间。[①]

这是一个创造，而创造的因由是为了“协音律”。关于《满江红》的声情，龙榆生先生曾经指出：“一般例用入声韵，声情激越，宜抒豪壮情感和恢张襟抱。”[②] 至姜夔创作出平调《满江红》，批评家都认为将入声韵改成平声韵，声情有变，较为舒缓。这当然是有道理的。不过，词调对

① 夏承焘笺校：《姜白石词编年笺校》卷三，上海：上海古籍出版社，1981 年，第 32-33 页。
② 龙榆生著：《唐宋词格律》，上海：上海古籍出版社，2010 年，第 133 页。

声情的规定性，也是相对的，即如《贺新郎》一调，龙榆生先生曾经指出："大抵用入声部韵者较激壮，用上、去声部韵者较凄郁。"[①]这可能主要指宋代辛词一路。但如果看清代人的创作，用《贺新郎》一调写贺人新婚者，不胜枚举，而且用韵方面，入声、去声、上声皆有，都是表达喜庆的情绪。如此看来，执一以定万，对于特定的词调的用韵与声情予以严格规定，不一定符合多姿多彩的生活以及为反映这种生活进行的创作。清代词人对平调《满江红》有着浓厚的兴趣，可能也和这种心理状态相关。

从相关的创作来看，也确实如此。如江藩《满江红·雪夜渡江北上》：

> 衣带长江，恰一叶、双桨破潮。帆悬岸、阔明月夜，出积琼瑶。两点金焦浮翠色，千层云树浸寒涛。看玉龙、残甲满天飞，风怒号。　　孤蓬底，魂暗销。雪侵鬓，叹刁骚。那日饥驱了，世事全抛。却又风餐还水宿，客愁如海不能消。怅望家、山在有无间，难画描。

篇末有按语："平调《满江红》始于白石，谓仄调多不协律，末句第二字用去声，方谐音律。予细读姜词，玩其音节，第二句五字当用上声，六字当用去声，七句六字当用上声，下半曲第九句五字当用上声，始为合律，不拗歌喉矣。白石是曲押寒山韵，而'阻江南'句阑入侵覃，盖一时失于检点耳。"[②]从平仄声律的角度来加以讨论，意在为相关创作建立规范，而声情则激昂感慨，将大自然的变化和人物的心境自然合为一体。至于胡成浚的《满江红·岳忠武王祠墓》：

---

① 龙榆生著：《唐宋词格律》，上海：上海古籍出版社，2010年，第183页。

② 江藩：《扁舟载酒词》，嘉庆二十年刻本，第17页。

何处祠堂，试绁马、亭伞翠微。翠旂杂、红灯万点，神骑来归。怅望旧山松柏老，瑶琴弦断和人稀。想英雄、未了报恩情，堪涕洟。　　公心事，千秋知。奠金爵，荐江篱。便纷纷儿女，拜尽南枝。早建旌旄诸将少，一抔坟土宋家遗。看敕书、亲写意拳拳，三叹咨。

小序说：“韩昌黎作《拘幽操》，昔人以为善道文王心事。岳忠武王《满江红》词，和者多感愤激烈。至有专责高宗者，虽论史抉微，要非王心之所安也。因效姜白石平韵体，用抒一得之愚。”[①] 有意写得平缓，确实是对姜夔精神的继承。又如陈皋的《满江红》：

孤峤凌空，穿一径、新阴翠攒。崩崖似、乱云纷涌，望极孱颜。依岸野花香作雪，冲人山鹘去仍还。再共跻、高处啸天风，非世寰。　　涛声静，帆影宽。苍苔冷，白石闲。把八窗拓尽，放入晴岚。留看斜阳延倒影，半江金屑糁回澜。更狂呼、明月海门东，飞玉盘。

小序：“丁巳新夏，嶰谷、半查昆弟招同祓江、樊榭、家孟竹町买舟登焦山，拾级上双峰阁。于时西日衔山，倒影波上，光彩的烁，如卧金浮图然。清兴绝奇，遂以此调效白石过巢湖，用平韵谱之。”[②] 这是写和诸友人在镇江的焦山观景游玩，一片祥和清倩，这样，就确实体现出，以平调填《满江红》能够写出不一样的声情。探讨一个调子创造声情的多种可能性，在一致中体现出变化，可能就是最让清代词人着迷的。

① 张宏生主编：《全清词·雍乾卷》第15册，南京：南京大学出版社，2012年，第8411页。
② 张宏生主编：《全清词·雍乾卷》第3册，南京：南京大学出版社，2012年，第1369页。

四、对表现手法的学习

清人既如此仰慕姜夔，则当然会将一些表现手法加以吸纳，融入自己的创作。这里面，有一些是以模仿为主，如沈双承《凄凉犯·仙吕调犯商调，用白石韵，漫成却寄》：

> 羁人纵在繁华地，情怀也自萧索。夜来甚处，数声横笛，一声清角。情怀更恶。况又是、沽来酒薄。怎攻他、愁城万雉，广大过沙漠。　　回首当年事，暖处偷寒，苦中寻乐。恍然似梦，到而今、烟波摇落。待捡题封，更还去、牢牢记着。怕前言、久已担误，恁后约。①

姜夔自度曲《凄凉犯》一调，据陶友珍和钱锡生二位的调查，顺康时期尚无追和者，至雍乾始受到重视，分别有7人，创作了8首②。这一首是其中之一。姜夔所作，俞陛云《唐五代两宋词选释》云：

> 词在合肥秋夕作。上阕汴洛回看，慨收京之无望；下阕临安南望，叹俊赏之难追。合肥本属江淮腹地，以其时南北分疆，其地遂为防秋边徼，故“边城”“戍角”等句，宛如塞上也。度漠雄师，徒劳追念，则南朝之不振可知。下阕忆当日小舫清歌之乐，换客中西风画角之悲，情怀更劣矣。③

姜夔之作上片结束时写自己行经已是边城的合肥，当年繁华，全然不见，

① 张宏生主编：《全清词·雍乾卷》第6册，南京：南京大学出版社，2012年，第3377页。
② 陶友珍，钱锡生：《从追和词看唐宋词在清代前中期的传播和接受》，《古籍整理研究学刊》，2017年第5期。
③ 俞陛云撰：《唐五代两宋词选释》，上海：上海古籍出版社，1985年，第418页。

却似出塞戍卒，艰难行走在沙漠之中，一片萧条，到处“衰草寒烟”。而下片则是回忆往日西湖的美好生活，形成明显的今昔对比。作者的这首词也采用今昔合写的方式，上片结尾因次韵，也只能用“漠”字，但将无限愁怀比喻为万雉之城，而且比茫茫沙漠还要广大，也写出了自己的特点。至于这首词虚实交错，也和姜词颇有渊源。

如人们所熟知，姜夔爱情词多写清冷之境，这一点也被清代词人所接受。如姜词《踏莎行·自沔东来，丁未元日，至金陵，江上感梦而作》：

燕燕轻盈，莺莺娇软，分明又向华胥见。夜长争得薄情知？春初早被相思染。　别后书辞，别时针线，离魂暗逐郎行远。淮南皓月冷千山，冥冥归去无人管。①

试比较厉鹗《西江月》：

春浅初匀细黛，寒轻不上仙肌。玉梅花下见来迟。夜月深屏无睡。　心倚红笺能说，情除青镜难知。试香天子惜香时。人静街痕如水。②

用笔较为简淡，情热而色冷，和姜夔颇有神似。

姜夔词作，最为后世批评家称赞的特色之一是以健笔写柔情，如詹安泰先生即指出：“（姜词）力扫浮滥，运质实于清空，以健笔写柔情，自成一种风格。”③

姜夔以健笔写柔情的风格，体现在不同的作品中，其中比较突出的

① 夏承焘笺校：《姜白石词编年笺校》卷二，上海：上海古籍出版社，1981年，第20页。
② 张宏生主编：《全清词·雍乾卷》第1册，南京：南京大学出版社，2012年，第240页。
③ 詹安泰《风格、流派及其承传关系》。汤擎民整理：《詹安泰词学论稿》，广州：广东人民出版社，1984年，第449页。

是《长亭怨慢》（予颇喜自制曲，初率意为长短句，然后协以律，故前后阕多不同。桓大司马云："昔年种柳，依依汉南。今看摇落，凄怆江潭；树犹如此，人何以堪！"此语予深爱之）一词，词曰：

> 渐吹尽、枝头香絮，是处人家，绿深门户。远浦萦回，暮帆零乱向何许。阅人多矣，谁得似长亭树。树若有情时，不会得青青如此。　　日暮，望高城不见，只见乱山无数。韦郎去也，怎忘得玉环分付："第一是早早归来，怕红萼无人为主！"算空有并刀，难剪离愁千缕。[①]

上片咏柳树，下片道别情，其动人处，正如陈廷焯所评："哀怨无端，无中生有，海枯石烂之情。"[②]但仅此而言，也还不算奇特，文学史上类似的情怀，也并不鲜见。若说在词体文学的创作中体现出一定创造性的，是其笔法，特别是上片"阅人多矣，谁得似长亭树。树若有情时，不会得青青如此"数句，历来得到激赏。如清人孙麟趾《词径》："路已尽而复开出之，谓之转。如'谁得似长亭树，树若有情时，不会得青青如此'。"[③]陈廷焯《白雨斋词话》："'阅人多矣，谁得似长亭树。树若有情时，不会得青青如此。'白石诸词，惟此数语最沉痛迫烈。"[④]唐圭璋《唐宋词简释》："'阅人'两句，因见长亭树而生感，用《枯树赋》语。'树若'两句，翻'天若有情天亦老'意，措语亦俊。"[⑤]

---

① 夏承焘笺校：《姜白石词编年笺校》卷三，上海：上海古籍出版社，1981 年，第 36 页。

② 陈廷焯《词则·大雅集》卷三。陈廷焯撰，孙克强主编，孙克强等辑校：《白雨斋词话全编》，北京：中华书局，2013 年，第 732 页。按：此为陈廷焯评"阅人多矣"四句语。

③ 孙麟趾撰，陈凝远校《词径》。唐圭璋编：《词话丛编》第 3 册，北京：中华书局，1986 年，第 2556 页。

④ 陈廷焯《白雨斋词话》卷八。唐圭璋编：《词话丛编》第 4 册，北京：中华书局，1986 年，第 3966 页。

⑤ 唐圭璋选释：《唐宋词简释》，上海：上海古籍出版社，1981 年，第 191 页。

夏承焘、吴无闻《姜白石词校注》："以硬笔高调写柔情，是白石词的一个鲜明的特色。如《琵琶仙》云：'春渐远、汀洲自绿，更添了、几声啼鴂。'《解连环》云：'问后约、空指蔷薇，算如此溪山，甚时重至。'又如此词中的'阅人多矣，谁得似、长亭树。树若有情时，不会得、青青如此'，则转折拗怒，尤为奇作。"[①] 从这些评价中，不难看出，人们最赞赏的，是作者在写作过程中，似乎笔力已尽，但透过一层，又辟一境，如此力度，在以往词的发展史上罕见。这种手法，敏感的清人既已注意到，当然也就会用在自己的创作中。

对《长亭怨慢》一词的追和，顺康年间就开始了[②]，那个时候，相关作者对姜夔的这种写法就已经有所关注。如彭孙贻《长亭怨慢·别怨，和白石韵》：

> 是何处、流莺低语。不道高楼，有人闲倚。飞絮漫天，马蹄蹂碎暗尘里。青山江尾，堆积到、愁多处。山自不消愁，何苦两峰窝，云敛碧聚。　　春江非有泪，那只管、流难住。纵饶是泪，也和杂、楚天风雨。是不合、独自凭阑，见无限、江山如此。取次若重来，无杜鹃时方许。[③]

此篇多用进一层的写法。才说青山江尾，飘落的柳絮堆积在那里，也把愁堆积在那里，好像在那里能够消融掉，但接着又说山也难消愁，所以两峰之间，云气缭绕，绿色汇聚。下片仍然就这一层意思继续写，说春江之水不是泪，所以不管离人的感情，一如既往向东流去，但纵然是泪，

① 夏承焘校，吴无闻注释：《姜白石词校注》，广州：广东人民出版社，1983年，第71页。

② 陶友珍、钱锡生统计出顺康年间追和此篇者有9人，15篇，见其《从追和词看唐宋词在清代前中期的传播和接受》，《古籍整理研究学刊》，2017年第5期。

③ 南京大学中国语言文学系全清词编纂委员会编：《全清词·顺康卷》第2册，北京：中华书局，2002年，第1080页。

夹杂楚天风雨，也难以分清何者是水，何者是泪。这显然都是受到了姜夔的启发，写得很是跌宕。

雍乾年间，姜夔的这一笔法得到了更为广泛的接受。如下面二首：

孙原湘《长亭怨慢·柳如是印旁刻“癸未春楚秀镌赠”，癸未崇祯十六年也》：

> 问谁向、寒灰收取。两字绸缪，一方花乳。乳晕桃花，绛云人面在何许。玉纤摩抚，曾印遍、开元谱。纵使石能言，忍细说、前朝眉妩。　　孤墓。访垂杨昔梦，只剩翠条如故。苔华篆古。怎尚有、郁嫔呵护。最怕是、俗手流传，当红豆、秋风抛去。愿匣里旃檀，还供妆楼闲贮（今昭文县治东偏小楼，为河东君殉节之所，有小像供其上）。①

顾澍《长亭怨慢·甲辰送春》：

> 不须问、春归何处。一夜东风，满天飞絮。点点桃花，那堪零落似红雨。重来人面，恐未必、如前度。春若有情时，岂忍得、匆匆如此。　　别绪。想黯然销者，只有柔魂千缕。阳关待唱，肠断了、后庭玉树。有多少、燕挽莺留，怎敌得、杜鹃啼苦。梦里许相寻，赶上和春同住。②

可以看出，在姜夔原作“阅人多矣，谁得似、长亭树。树若有情时，不会得、青青如此”处，用的都是同一笔法，即进一层写。在这些地方，他们不一定会特别标识效白石，或用白石韵，说明这已经成为一种自觉的行为。

① 孙原湘：《天真阁集》卷三十六，《续修四库全书》第 1488 册，上海：上海古籍出版社，2002 年，第 282 页。

② 顾澍：《金粟影庵词初稿》，乾隆刻本，第 17-18 页。

到了嘉道年间，词人们仍然兴致不减。如张尔旦《长亭怨（慢）》（暮春出游，吴瘦青相就话别，辄赋此解）的上片：

正开遍、桃花千树。更向天涯，看飞红雨。买个乌篷，替摇诗梦渡湖去。已怜春好，奈人似、春风絮。絮便惯飘零，羡化作、池萍还聚。①

王嘉福《长亭怨慢·题京江顾弢厂一水相思图》的上片：

恨江水、滔滔瓜步。荡得扁舟，送人难住。况有东风，暝牵帆影悄然去。山长水远，空画出、相思苦。水倘阻行舟，那得有、相思如许。②

张作中的吴瘦青，待考。作品写人无法掌握自己的命运，二人之间，不能长相厮守，此日一别，就如柳絮一样飘零，不知去往何处，但柳絮纷纷扬扬，虽然惯于飘零，却还能在池中化萍，在此相聚，言下之意，二人别后，很可能已经相会无期了，是翻进一层写。王词也是类似的表达。作品是题图，写瓜步送别，江水东流，风送行舟，速度更快，所以词人感叹，山长水远中的一叶扁舟，在画家笔下，将这说不尽的离别相思之苦，生动地画了出来，却又忽发奇想，倘若无情的水变得有情，能够阻止行舟，则这画面中的相思也将顿时消失！以否定的句式翻进一层，也是一法。

王嘉福生于乾隆五十五年（1790年），以荫为武官，颇能文事，道光十四年蒋志凝序其《二波轩词选》，说他的词体文学创作“专意玉田

① 丁绍仪：《国朝词综补》，《续修四库全书》第1732册，上海：上海古籍出版社，2002年，第336页。

② 王嘉福：《二波轩词选》卷三，清嘉庆刻本，第16-17页。

生”[①]，实际上，他对姜夔的词也下过很大的功夫。即如这种写法，在他的作品中就屡见不一。如《长亭怨慢》：“忍重到、歌楼春暮。柱雁眠尘，镜鸾昏雾。碧水回阑，柳丝凋尽断肠缕。笛凉吹暝，添几点、消魂雨。雨果解消魂，又那肯、潇潇如许。”[②]又《长亭怨慢·刘牧人扪舌轩将属他人，有词见示，感赋此解》：“小桥畔、三椽皋庑。侣鹭盟鸥，卅年曾住。读画焚香，薜萝牵碧蔽风雨。药炉茶灶，禁一霎、轻抛去。去也是寻常，只负了、梅花几树。”[③]或写爱情，或写友情，都能看出渊源。当然，姜张一体，这也是很正常的事。

从以上这些方面看，清人学姜夔，就不仅体现在一般意义上的风格、意蕴等层面，同时也从具体的法度入手，显示出一种有门可入的追求，因而也能形成一种风气。

以健笔写柔情，并不始于姜夔，北宋的贺铸就已经有所尝试。贺氏有名篇《天香》：

烟络横林，山沉远照，逦迤黄昏钟鼓。烛映帘栊，蛩催机杼，共苦清秋风露。不眠思妇，齐应和、几声砧杵。惊动天涯倦宦，骎骎岁华行暮。　　当年酒狂自负。谓东君、以春相付。流浪征骖北道，客樯南浦。幽恨无人晤语。赖明月曾知旧游处。好伴云来，还将梦去。[④]

词写羁旅行役之思，落寞怀人之感，晚清词学领袖朱祖谋以“横空盘硬语”[⑤]论之，钟振振教授更具体指出其“以健笔写柔情，属辞峭拔，风

① 王嘉福：《二波轩词选》蒋志凝序，清嘉庆刻本，卷首。

② 王嘉福：《二波轩词选》卷三，清嘉庆刻本，第4页。

③ 王嘉福：《二波轩词选》卷三，清嘉庆刻本，第9页。

④ 唐圭璋编：《全宋词》第1册，北京：中华书局，1965年，第660页。按：词牌又作《伴云来》，《全宋词》收作《伴云来》。

⑤ 龙榆生编选：《唐宋名家词选》引，上海：古典文学出版社，1956年，第156页。

格与一般婉约词的软语旖旎大异其趣”[①]的特色，确实是开此种风格之先河。不过姜夔在这方面更有主观意识，有着更为具体的追求。由此也可以观察宋词的某些发展脉络。

五、总结

姜夔的词体文学创作在清代有着重大的影响力，在词话、序跋、评点等许多方面，都能看到对他的许多讨论，这些已经得到了历代批评家较为全面的关注。相对来说，对具体创作中对于姜夔的接受，以及姜夔在其中所展现出的影响力，则着笔较少。本章主要从清词文本出发，选择几个特定的角度，对此略事讨论。

清人写词时，心中往往有着姜夔的影子，也把姜夔作为崇高的目标，加以追求。姜夔在词乐上的成就是他们关注的重要焦点，因而他们往往以姜夔的创作来作为典范，无论平仄还是韵律，都以之为依傍，甚至以此纠正《词律》，其中又尤其以对其自度曲的效法最为突出，不仅体现了对姜夔的推崇，而且也有着清人试图恢复词乐的心理期待。同时，姜夔词中的情韵、意趣、字法、句法等也是他们关注的重点，并且他们总结出了姜夔最有标识性的写作特点，从而尽力去寻找师法学习的门径。从词史上看，这可能也是一个较为独特的现象，即在具体的创作过程中，以姜夔的作品为范本，而且是边创作、边讨论。

在中国文学的发展过程中，创作和理论有着互动的关系，很多作家也许不会专门写作理论著作，来表达其观念，但他们往往会通过创作加以实践。从清代词人对姜夔的师法中，也可以明确地看出这一点。

---

① 钟振振著：《词苑猎奇》，桂林：广西师范大学出版社，2007 年，第 92 页。

第十章 隔与不隔：谈王国维对姜夔的批评

在《人间词话》里，王国维对姜夔褒贬参半，其所贬者，有一个重要方面，就是姜夔的词“隔”。关于这个问题，学术界已经有了不少讨论，本章不拟具体涉及王国维此论的正误，而主要想探讨一下他为什么要提出这个问题。

一、王国维论姜夔之隔

王国维在《人间词话》中有这样的论述：

> 问“隔”与“不隔”之别……欧阳公《少年游》咏春草上半阕云：“阑干十二独凭春，晴碧远连云。千里万里，二月三月，行色苦愁人。”语语都在目前，便是不隔。至云“谢家池上，江淹浦畔”，则隔矣。白石《翠楼吟》：“此地。宜有词仙，拥素云黄鹤，与君游戏。玉梯凝望久，叹芳草、萋萋千里。”便是不隔。至“酒祓清愁，花消英气”，则隔矣。①

谈到“隔”，前一个例子说欧阳修写春草而用了谢灵运“池塘生春草，

① 王国维著：《人间词话》，北京：中国人民大学出版社，2004年，第12-13页。按：“千里万里，二月三月”两句欧词原倒置。

园柳变鸣禽”[①]，以及江淹“春草碧色，春水渌波。送君南浦，伤如之何”之典[②]；后一个例子说姜夔，姜词《翠楼吟》写武昌安远楼成，建筑非常壮观，登临其上，抚今思昔，感慨国事，自伤身世，情难自已。对于这首词，不少批评家给予较高评价，如杨慎“爱其句之奇丽”[③]，陈廷焯赞为“一纵一操，笔如游龙，意味深厚，是白石最高之作”[④]。至于“酒祓清愁，花消英气”二句，俞陛云非常推崇：“‘清愁’‘英气’二句隐有少陵‘看镜’‘倚楼’之感，句法倜傥而深郁，自是名句。”[⑤]这两句写登楼的感慨，从脉络上看，也还顺畅，但王国维认为是“隔”，或许觉得其中的转折稍嫌突然，一定程度上给读者造成了阅读障碍。

从这个角度，再看他对姜夔其他作品的批评：

> 美成《青玉案》[⑥]词：“叶上初阳干宿雨。水面清圆，一一风荷举。”此真能得荷之神理者。觉白石《念奴娇》《惜红衣》二词，犹有隔雾看花之恨。[⑦]

“隔雾看花”，朦胧而不清楚，当然是“隔”。王国维是以咏荷举例。周词中写荷的数句，既生动，又形象，如在眼前。与此相对照而受到王国维批评的姜夔词是两首，《念奴娇》：

---

① 谢灵运《登池上楼诗》。逯钦立辑校：《先秦汉魏晋南北朝诗·宋诗》卷二，北京：中华书局，1983 年，第 1161 页。

② 江淹《别赋》。胡之骥注，李长路、赵威点校：《江文通集汇注》卷一，北京：中华书局，1984 年，第 39 页。

③ 杨慎《词品》卷四。唐圭璋编：《词话丛编》第 1 册，北京：中华书局，1986 年，第 492 页。

④《白雨斋词话》卷二。唐圭璋编：《词话丛编》第 4 册，北京：中华书局，1986 年，第 3799 页。

⑤ 俞陛云撰：《唐五代两宋词选释》，上海：上海古籍出版社，1985 年，第 408 页。

⑥ 按：此词当作《苏幕遮》。

⑦ 王国维著：《人间词话》，北京：中国人民大学出版社，2004 年，第 11 页。

闹红一舸，记来时尝与鸳鸯为侣。三十六陂人未到，水佩风裳无数。翠叶吹凉，玉容销酒，更洒菰蒲雨。嫣然摇动，冷香飞上诗句。　　日暮青盖亭亭，情人不见，争忍凌波去。只恐舞衣寒易落，愁入西风南浦。高柳垂阴，老鱼吹浪，留我花间住。田田多少，几回沙际归路。[①]

《惜红衣》：

簟枕邀凉，琴书换日，睡余无力。细洒冰泉，并刀破甘碧。墙头唤酒，谁问讯城南诗客。岑寂。高柳晚蝉，说西风消息。　　虹梁水陌，鱼浪吹香，红衣半狼藉。维舟试望，故国眇天北。可惜渚边沙外，不共美人游历。问甚时同赋，三十六陂秋色。[②]

这两篇都是白石佳作，但写荷花有一个共同特点，即强调人的感受，通过写人来写荷花，即使涉及对荷花形象的描写，也带有比喻性质，而不是像周邦彦那样的直陈。这实际上是姜夔咏物词的一个重要特点，所以，在讨论咏物词时，王国维更具体指出：

咏物之词，自以东坡《水龙吟》为最工，邦卿《双双燕》次之。白石《暗香》《疏影》，格调虽高，然无一语道着，视古人“江边一树垂垂发”等句何如耶？[③]

姜夔的《暗香》《疏影》是咏梅名篇，什么叫“格调高”？王国维并没有解释，但是，基本上来说，按照古人较高的审美情趣，如果写物，徒

① 夏承焘笺校：《姜白石词编年笺校》卷二，上海：上海古籍出版社，1981 年，第 30 页。
② 夏承焘笺校：《姜白石词编年笺校》卷二，上海：上海古籍出版社，1981 年，第 21 页。
③ 王国维著：《人间词话》，北京：中国人民大学出版社，2004 年，第 12 页。

具形似，见物而不见人，是格调不高；即使有物有人，但是放不开，也是格调不高。诸如此类，在以往的文学批评中，已是较为普遍的观念。这两首词肯定都没有这些弊病，所以王国维承认其格调甚高，但却批评其“无一语道着”。所谓“无一语道着”，就是这两篇作品对于梅花没有正面的形象描写，都是通过写人来写梅，将梅的格调和人的格调融合在一起，需要仔细体味，才能够有所理解。像这样需要拐弯，需要绕圈子的阅读，是王国维所不赞赏的。换句话说，站在王国维的角度，既然是咏物，则仍然要有生动形象的“体物语”才是，过于隐晦，类似猜谜，就未免“隔”了。

二、对五代、北宋词的价值判断

从上述看，王国维主要是谈词的写景或咏物，在他看来，无论是写景，还是咏物，都必须如在耳目之间，不需要过多思忖，否则就是“隔”。要理解这个思路，首先要看一下他的文体论。

王国维论词，非常推崇五代和北宋，往往转换不同角度加以称赞。如：“词以境界为最上。有境界，则自成高格，自有名句。五代、北宋之词所以独绝者在此。”[①]“境界说”是《人间词话》的灵魂，他认为有境界、格调高者，以五代、北宋为独绝，态度非常鲜明。为了说明五代、北宋词的成就，他也会转换角度，如：“诗之三百篇、十九首，词之五代、北宋，皆无题也。非无题也，诗词中之意，不能以题尽之也。自《花庵》《草堂》，每调立题，并古人无题之词亦为之作题。如观一幅佳山水，而即曰此某山某河，可乎？诗有题而诗亡，词有题而词亡。”[②]从词史实际来看，五代词确乎无题，但至北宋就渐渐有题了，而且其中不乏佳作，王国维选择忽视，是认为那些有题之作，并不能代表从五代

① 王国维著：《人间词话》，北京：中国人民大学出版社，2004年，第1页。
② 王国维著：《人间词话》，北京：中国人民大学出版社，2004年，第17-18页。

发展而来的精华，虽然这个看法不一定正确。

王国维为什么如此推崇五代和北宋？这个问题要从清代词学复兴的角度去考察。

明清之际，词学酝酿着复兴，云间词派应运而生，以陈子龙为主的云间三子在从事词体文学创作和词学的探讨时，有着特定的追求。陈子龙《幽兰草词序》说：

> 词者，乐府之衰变，而歌曲之将启也。然就其本制，厥有盛衰。晚唐语多俊巧，而意鲜深至，比之于诗，犹齐梁对偶之开律也。自金陵二主以至靖康，代有作者。或秾纤婉丽，极哀艳之情，或流畅澹逸，穷盼倩之趣。然皆境由情生，辞随意启，天机偶发，元音自成，繁促之中尚存高浑，斯为最盛也。[①]

这里提到“金陵二主以至靖康”，涵盖了从晚唐五代一直到北宋的时间段，特别强调的是晚唐五代的发轫之功。这一点，在云间词派的其他成员那里，也能看得很清楚。如蒋平阶、沈亿年、周积贤等人合著词集《支机集》，沈亿年在《凡例》中就这样说：“词虽小道，亦风人余事。吾党持论，颇极谨严。五代犹有唐风，入宋便开元曲。故专意小令，冀复古音，屏去宋调，庶防流失。”[②]其“谨严”的程度，已经达到“五代犹有唐风，入宋便开元曲”，连北宋也在否定之列。曹尔堪序云间词人董俞的《玉凫词》则指出：“（董俞）偶以余暇，工为小词，无不抉髓《花间》，夺胎《兰畹》。”[③]这也是强调从晚唐五代而来的传统。

① 陈子龙《幽兰草词序》。陈子龙撰，孙启治校点：《安雅堂稿》卷五，沈阳：辽宁教育出版社，2003 年，第 73 页。

② 蒋平阶《支机集》。《词学》编辑委员会主编：《词学》第 2 辑，上海：华东师范大学出版社，1983 年，第 245 页。

③ 曹尔堪《玉凫词序》，载《玉凫词》卷首。张宏生编：《清词珍本丛刊》第 5 册，南京：凤凰出版社，2007 年，第 840-841 页。

云间词派注重晚唐五代，有其清楚的逻辑理路，即复兴词学，要从头做起。这一点被王国维继承了。王国维自己也对晚唐五代词下过非常深的功夫。李一氓先生捐赠给四川图书馆的图书，里面有一本王国维手稿《唐五代二十家词》（实际上是二十一家），说明他对这方面的特殊关注。所以我们可以看到，在开创性的层面，他往往特别指向了晚唐五代。如谈李后主："词至李后主而眼界始大，感慨遂深，遂变伶工之词而为士大夫之词。"① 论冯延巳："冯正中词虽不失五代风格，而堂庑特大，开北宋一代风气。"② 当然，在实际的词学探讨中，他也并未为晚唐五代所囿，赞赏的范围也包括了北宋，但也有从晚唐五代发展而来的倾向。

晚唐五代以迄北宋，词的创作虽然有着各种不同的风格，但颇为重要的一条，就是写景言情的直观性。这当然也有其特定的原因，就是主要为应歌的特点，决定了表达不能走向晦涩，而在文体上，小令这一特定的形式，也往往求显不求隐，求直不求曲。

王国维对小令情有独钟。他自己的创作，固然都是小令，他在《人间词话》里，所特别表彰的一些作品，很多也都是小令。他对于清代的词，重点表彰的是纳兰性德："纳兰容若以自然之眼观物，以自然之舌言情。此由初入中原，未染汉人风气，故能真切如此。北宋以来，一人而已。"③ 什么叫"以自然之眼观物，以自然之舌言情"？就是自然真切，直抒胸臆，即目所见，不假他求。这可以从他所欣赏的作品得到证明。"'明月照积雪''大江流日夜''中天悬明月''黄河落日圆'④，此种境界，可谓千古壮观。求之于词，唯纳兰容若塞上之作，如《长相思》之'夜深千帐灯'、《如梦令》之'万帐穹庐人醉，星影摇摇欲坠'差近之。"⑤

① 王国维著：《人间词话》，北京：中国人民大学出版社，2004 年，第 5 页。
② 王国维著：《人间词话》，北京：中国人民大学出版社，2004 年，第 6 页。
③ 王国维著：《人间词话》，北京：中国人民大学出版社，2004 年，第 16 页。
④ 按：此句应为"长河落日圆"。
⑤ 王国维著：《人间词话》，北京：中国人民大学出版社，2004 年，第 16 页。

这段话可以和钟嵘《诗品序》对读："至乎吟咏情性，亦何贵于用事？'思君如流水'，既是即目。'高台多悲风'，亦惟所见。'清晨登陇首'，羌无故实。'明月照积雪'，讵出经史。观古今胜语，多非补假，皆由直寻。"[①]二者都用了谢灵运《岁暮》诗中的"明月照积雪"一句，虽然王国维笼统地说是"千古壮观"，仍然就是"既是即目""亦惟所见""羌无故实""讵出经史"的意思，因此，尽管纳兰性德还有其他名篇，王国维却独取这两首小令，原因也许就在于此。

三、姜夔咏物词的形式和内容

从这个理路出发，姜夔的咏物词就引起他的非议。前面曾经说过，王国维特别拿姜夔享有盛名的《暗香》和《疏影》来做例子，说是"格调虽高，然无一语道着"[②]。我们可以回到宋代的语境中，来看看咏物词的发展。

咏物词，顾名思义，就是以物为写作对象，所以，传形的考虑是不能不提出的。当然，即使是传形，也有优劣，由于才情的不同，成就会有所区别。其中的佼佼者，如南宋曹邍《玲珑四犯·被召赋荼蘼》：

> 一架幽芳，自过了梅花，独占清绝。露叶檀心，香满万条晴雪。肌素净洗铅华，似弄玉、乍离瑶阙。看翠蛟、白凤飞舞，不管暮烟啼鴂。　　酒中风格天然别。记唐宫、赐樽芳冽。玉蕤唤得余春住，犹醉迷飞蝶。天气乍雨乍晴，长是伴、牡丹时节。夜散琼楼宴，金铺深掩，一庭香月。[③]

词作运用烘托和比喻、拟人等手法，将荼蘼写得非常生动形象，正如钟

①钟嵘《诗品》。何文焕辑：《历代诗话》，北京：中华书局，1981 年，第 4 页。

② 王国维著：《人间词话》，北京：中国人民大学出版社，2004 年，第 12 页。

③ 唐圭璋编：《全宋词》第 5 册，北京：中华书局，1965 年，第 3164 页。

振振教授所评："此词之于咏花，真可以说达到了穷妍极态的艺术境地。"不过，"太粘着于物象了，正如专尚形似、法度的宋代院画，纵然工到极处，毕竟缺少寄托，缺少情感，因而也就缺少激动人心的力量。"[①]虽然如此，能够善于传形，也是一种本事，后来朱彝尊的某些咏物词就努力向这一路发展，可见这也是一种艺术追求。

只是这一种追求形似之作，完全不入王国维的法眼，所以他提也没提。在他心目中，比较能成境界的是类似史达祖的《双双燕》：

> 过春社了，度帘幕中间，去年尘冷。差池欲住，试入旧巢相并。还相雕梁藻井。又软语、商量不定。飘然快拂花梢，翠尾分开红影。　　芳径。芹泥雨润。爱贴地争飞，竞夸轻俊。红楼归晚，看足柳昏花暝。应自栖香正稳。便忘了、天涯芳信。愁损翠黛双蛾，日日画阑独凭。[②]

对这首词，前人评价很高，如卓人月、徐士俊《古今词统》："不写形而写神，不取事而取意，白描高手。"[③]王士禛《花草蒙拾》："咏物至此，人巧极天工矣！"[④]黄苏《蓼园词选》："词旨倩丽，句句熨贴，匠心独造，不愧清新之目。"[⑤]俞陛云《唐五代两宋词选释》分析得更为细致："归来社燕，回忆去年，题前着笔，便留旋转之地。巢痕重拂，犹征人之返故居，咏燕亦隐含人事。欧阳永叔爱诵咏燕诗'晓窗惊梦语匆匆'句，此词云'商量不定'，为燕语传神尤妙。'芳径'四句赋题正面。'柳昏花暝'

① 钟振振著：《词苑猎奇》，桂林：广西师范大学出版社，2007 年，第 204 页。

② 唐圭璋编：《全宋词》第 4 册，北京：中华书局，1965 年，第 2326 页。

③ 卓人月汇选，徐士俊参评，谷辉之校点：《古今词统》卷十三，沈阳：辽宁教育出版社，2000 年，第 479 页。

④王士禛《花草蒙拾》。唐圭璋编：《词话丛编》第 1 册，北京：中华书局，1986 年，第 683 页。

⑤ 黄苏《蓼园词选》。黄苏、周济、谭献选评，尹志腾校点：《清人选评词集三种》，济南：齐鲁书社，1988 年，第 93 页。

传为名句，多少朱门兴废，皆在‘看足’两字之中。毛晋云：‘余幼读《双双燕》词，便心醉梅溪。’于刻《梅溪词》后，特标出之。结句因燕书未达，念及倚阑人，余韵悠然。”①诸如此类的评点大约总是从形神兼备的角度去加以评价。不过，尽管王国维认为这首词确实不错，但在境界上，还是推苏轼《水龙吟》为第一。苏轼《水龙吟·次韵章质夫杨花词》咏杨花：

似花还似非花，也无人惜从教坠。抛家傍路，思量却是，无情有思。萦损柔肠，困酣娇眼，欲开还闭。梦随风万里，寻郎去处，又还被、莺呼起。　不恨此花飞尽，恨西园、落红难缀。晓来雨过，遗踪何在，一池萍碎。春色三分，二分尘土，一分流水。细看来，不是杨花点点，是离人泪。②

王国维说这是咏物词中的“最工”之作，但没有说“工”在什么地方。在《人间词话》另一处所作的评论，也只是说：“东坡《水龙吟》咏杨花，和韵而似元唱；章质夫词，原唱而似和韵。”③至于原唱与和韵之间的区别，他也没有具体说。章、苏优劣，北宋就有讨论，如曾受业于陈师道的晁冲之曾这样说：“东坡如毛嫱、西施，净洗却面，与天下妇人斗好，质夫岂可比。”④这只是泛泛而论。至南宋朱弁《曲洧旧闻》“章楶质夫作《水龙吟》咏杨花，其命意用事，清丽可喜，东坡和之，若豪放不入律吕。徐而视之，声韵谐婉，便觉质夫词有织绣工夫”⑤就稍微具体了。说苏词“豪

① 俞陛云撰：《唐五代两宋词选释》，上海：上海古籍出版社，1985 年，第 426 页。
② 唐圭璋编：《全宋词》第 1 册，北京：中华书局，1965 年，第 277 页。
③ 王国维著：《人间词话》，北京：中国人民大学出版社，2004 年，第 12 页。
④ 朱弁《曲洧旧闻》卷五。龚明之、朱弁撰，孙菊园、王根林校点：《中吴纪闻·曲洧旧闻》，上海：上海古籍出版社，2012 年，第 129 页。
⑤ 朱弁《曲洧旧闻》卷五。龚明之、朱弁撰，孙菊园、王根林校点：《中吴纪闻·曲洧旧闻》，上海：上海古籍出版社，2012 年，第 129 页。

放不入律吕”，实际上就是说其跳出了一般咏物词的范畴，含有从传形变成拟人的意思。所以魏庆之引了上面晁冲之那段话之后，就接着说：“质夫词中，所谓‘傍珠帘散漫，垂垂欲下，依前被，风扶起’，亦可谓曲尽杨花妙处。东坡所和虽高，恐未能及。”[①]就主要是从传形的角度着眼的。唐圭璋对此词有更为具体的评判：“本词是和作。咏物拟人，缠绵多态。词中刻画了一个思妇的形象。萦损柔肠，困酣娇眼，随风万里，寻郎去处，是写杨花，亦是写思妇，可说是遗貌而得其神。而杨花飞尽化作‘离人泪’，更生动地写出她候人不归所产生的幽怨。王国维认为‘咏物自以东坡《水龙吟》为最工’，就是由于能以杨花喻人，在对杨花的描写过程中完成对人物形象的塑造。”[②]词是写杨花，也是写思妇，是一种对人物形象的塑造。这里，再明白不过地说明了这首词的特点。

正因为这首词实际上已经超越了一般咏物词的范畴，所以，张炎在《词源》中探讨咏物词时，就没有提到这一篇。事实上，在南宋人看来，北宋的咏物词或有缺陷，并不纯粹。但是，苏轼这首词感情真挚，写花就是写人，直抒胸臆，一气到底，能够以真感情打动人，也是事实。这正符合王国维的审美观，所以他给以崇高评价。

反过来看姜夔的《暗香》和《疏影》，其写法和以上都不同：

暗香

辛亥之冬，予载雪诣石湖。止既月，授简索句，且征新声。作此两曲，石湖把玩不已，使工妓肄习之，音节谐婉，乃名之曰《暗香》《疏影》。

旧时月色，算几番照我，梅边吹笛。唤起玉人，不管清寒与攀摘。何逊而今渐老，都忘却、春风词笔。但怪得、竹外疏花，

① 魏庆之编：《诗人玉屑》卷二十一，上海：上海古籍出版社，1978年，第476页。

② 唐圭璋，潘君昭，曹济平：《唐宋词选注》，北京：北京出版社，1982年，第208页。

香冷入瑶席。　　江国，正寂寂。叹寄与路遥，夜雪初积。翠尊易泣。红萼无言耿相忆。长记曾携手处，千树压、西湖寒碧。又片片、吹尽也，几时见得。

疏影

苔枝缀玉，有翠禽小小，枝上同宿。客里相逢，篱角黄昏，无言自倚修竹。昭君不惯胡沙远，但暗忆、江南江北。想佩环、月夜归来，化作此花幽独。　　犹记深宫旧事，那人正睡里，飞近蛾绿。莫似春风，不管盈盈，早与安排金屋。还教一片随波去，又却怨、玉龙哀曲。等恁时、重觅幽香，已入小窗横幅。[①]

这两首词写成后，“石湖把玩不已”，想是非常欣赏。到了晚宋，张炎更给予极高的评价：“词之赋梅，惟姜白石《暗香》《疏影》二曲，前无古人，后无来者，自立新意，真为绝唱。”[②]张炎的评价中，最根本的在“自立新意”四个字。所谓“自立新意”，新在何处，一个阐释角度是寄托，但在我看来，所谓“新”，更重要的是其打破了以往咏物词惯用的写法。第一首不断在过去、现在、未来之间往复，而又以抒情主体加以贯穿，是写梅，也是写人。第二首更写了五个女子，将不同时间、空间、命运的人物交织在一起，以此唤起对梅花的不同想象，虚实变化，起伏空灵。所以，从表现手法上看，正如许昂霄《词综偶评》所说的：“二词绛云在霄，舒卷自如；又如琪树玲珑，金芝布护。”[③]

但也正因为如此，这两首词就既不像曹邃之作，追求形似的刻画；

① 夏承焘笺校：《姜白石词编年笺校》卷三，上海：上海古籍出版社，1981 年，第 48 页。

② 张炎《词源》卷下《杂论》。唐圭璋编：《词话丛编》第 1 册，北京：中华书局，1986 年，第 266 页。

③ 许昂霄《词综偶评》。唐圭璋编：《词话丛编》第 2 册，北京：中华书局，1986 年，第 1558 页。

也不像史达祖之作，以形传神，或形神兼备。在写法上，和苏轼的《水龙吟》较为接近。但苏作是将物拟人化，人与物融为一体；姜作虽然也以写人加以贯穿，却上下纵横，不断跳动，在人与物之间建立不同的联想。这种以物见人，或以人寓物的写法，在重意的批评家看来，格调当然是高的，但是，其具体的写法跳动性太强，为阅读理解设置了障碍，所以，也会引致非议。如王闿运《湘绮楼词选》说："此二词最有名，然语高品下，以其贪用典故也。"又特别提到第一首的开头："如此起法，即不是咏梅矣。"[①]或许正是在这个意义上，王国维认为，这两首词"格调虽高，然无一语道着"[②]。

四、梦窗风与白石风

任何一种观念的提出，都可以在特定的时代中找到缘由。王国维以"不隔"作为自己的基本理论，和他对于当代词学风气的看法有关。

王国维所处的时代，词学非常发达，有所谓晚清四大词人之说，即朱祖谋、况周颐、郑文焯、王鹏运，再加上一位文廷式，基本上可以代表当时传统词坛发展的最高成就。这些词人，基本上都比王国维大二十多岁，最小的况周颐，也比王国维大十八岁，可以算作王国维的前辈。

这些代表性词人，当时大力推动的是吴文英的词风。吴文英的创作，在其生活的时代以迄宋末，就有一定的影响力，但褒贬参半。这一点在张炎身上表现得最为突出。他一方面称赞吴文英的词"善于炼字面"，"格调不侔，句法挺异，俱能特立清新之意，删削靡曼之词，自成一家，各名于世"；另一方面也批评其词"如七宝楼台，眩人眼目，碎拆下来，

① 王闿运：《湘绮楼词选》，《王闿运手批唐诗选·附湘绮楼词选》，上海：上海古籍出版社，1989年，第1468页。

② 王国维著：《人间词话》，北京：中国人民大学出版社，2004年，第12页。

不成片段"[1]。另一位批评家沈义父也批评吴词之失"在用事下语太晦处，人不可晓"[2]。有明一代，吴文英的影响力较小。至清代初年，在词学复兴的风潮中，不少资源得到重新检视，吴文英的价值也逐渐得到认识，特别是朱彝尊建构出浙西谱系，推崇姜夔，而将吴文英等作为"具夔之一体"者[3]，在浙西词风大盛的背景中，被推到了一个相当的高度。而等到常州词派走上历史舞台，张惠言《词选》不录吴词，并在序言中批评其"枝而不物"[4]，即枝蔓而不合逻辑，但常州词派的重要传人周济却从思致、力度、立意等方面，认为"梦窗思沉力厚"，"立意高，取径远，皆非余子所及"，并提出了一个"问涂碧山，历梦窗、稼轩，以返清真之浑化"[5]的学词途径。周济以后，常州词派得到进一步发展，影响力巨大，周对吴文英所作的定位，也渐渐深入人心。

先师程千帆先生一向对晚清词学评价甚高："自清季临桂王氏、归安朱氏昌明词学，昔贤校勘笺疏之术但以施诸经子史籍，少降亦仅及诗文而止者，乃始施之于词。"[6]"自晚清诸老以先儒研经之术治词，则笺疏表谱校勘辑佚之作次第问世。"[7]"近贤始以清儒治经史之术治词，于词之纂录、表谱、笺疏、校勘、辑佚、目录、版本诸端，皆有深入博

① 张炎《词源》卷下总论及《字面》《清空》。唐圭璋编：《词话丛编》第1册，北京：中华书局，1986年，第255页，第259页。

② 沈义父《乐府指迷》。唐圭璋编：《词话丛编》第1册，北京：中华书局，1986年，第278页。

③ 朱彝尊：《黑蝶斋诗余序》，《曝书亭集》卷四十，商务印书馆《四部丛刊》本，第2页。

④ 张惠言《张惠言论词》。唐圭璋编：《词话丛编》第2册，北京：中华书局，1988年，第1617页。

⑤ 周济《宋四家词选目录序论》。黄苏、周济、谭献选评，尹志腾校点：《清人选评词集三种》，济南：齐鲁书社，1988年，第205-207页。

⑥ 程千帆师：《唐宋词人年谱序》，《程千帆全集》第14卷《闲堂诗文合抄》，石家庄：河北教育出版社，2001年，第82页。

⑦ 程千帆师：《（唐玲玲）淮海词研究序》，《程千帆全集》第14卷《闲堂诗文合抄》，石家庄：河北教育出版社，2001年，第98页。

稽之功，此可总称之曰词学文献学。”[①] 程先生认为晚清诸老以朴学之法治词，词于是成为可以和经史之学相提并论的学问，地位空前提升。在这股热潮中，对吴文英《梦窗词》的校勘占有相当大的比重。晚清四大家全部都有校勘梦窗词的经历，其中朱祖谋、郑文焯更是付出了极大的心力，往往一校再校，并设定体例，指导后学。像杨铁夫就曾专门从香港来到上海，从朱祖谋治梦窗词。这么多词坛巨擘将精力投入到校勘《梦窗词》中，显然为当时的词作者提供了重要的创作样板和师法对象，所以梦窗风也大为盛行，“几若梦窗为词家韩、杜”[②]。师法梦窗词，主要还是出于尊体的目的，因此，努力在其中发掘比兴寄托之意，自然是常用的手段，但更重要的还是其创作本身，令人感到词体的郑重。正如朱祖谋《梦窗词集·跋》所说：“君特以隽上之才，举博丽之典，审音拈韵，习谙古谐。故其为词也，沉邃缜密，脉络井井，缒幽抉潜，开径自行。学者匪造次所能陈其义趣。”[③] 梦窗词在典故、声韵、脉络等方面都有极高的追求，这种境界，建立了一个标的，所谓“匪造次所能陈其义趣”。既然是创作，正不能“造次”，而应非常的敬业。于是，况周颐《蕙风词话》进一步将梦窗词的价值揭出：“重者，沉着之谓。在气格，不在字句。于梦窗词庶几见之。即其芬菲铿丽之作，中间隽句艳字，莫不有沉挚之思，灏瀚之气，挟之以流转。令人玩索而不能尽，则其中之所存者厚。沉着者，厚之发见乎外者也。欲学梦窗之致密，先学梦窗之沉着。即致密、即沉着，非出乎致密之外，超乎致密之上，别有沉着之一境也，梦窗与苏、辛二公，实殊流而同源。其所为不同，则梦窗致密其外耳。其至高至精处，虽拟议形容之，未易得其神似。颖慧

① 程千帆师：《圭翁杂忆》，《程千帆全集》第 14 卷《闲堂诗文合抄》，石家庄：河北教育出版社，2001 年，第 108 页。

② 沈曾植《菌阁琐谈》附录一《海日楼丛钞》。唐圭璋编：《词话丛编》第 4 册，北京：中华书局，1986 年，第 3613 页。

③ 吴文英撰，孙虹、谭学纯校笺：《梦窗词集校笺》附录三，北京：中华书局，2014 年，第 1842-1843 页。

之士，束发操觚，勿轻言学梦窗也。”[①] 朱祖谋和况周颐，表达了同样的意思。

但是，吴文英词毕竟有着特定的外在形式，况周颐的学生赵尊岳有这样一段话：“用字研炼，首推梦窗。梦窗有真情真意，以驱策此若干研炼之字面。”[②] 张尔田也说：“近之学梦窗者，其胸中本无真情真景，而但摹仿其字面，那得不被有识者所笑乎？”[③] 他们的意思是说，吴文英的词能够达到这样的高度，是由于有“真情真意”或“真情真景”，若无“真情真意”或“真情真景”，只学字面，就无法学到精髓。然而，在举世竞学梦窗词的大潮中，任何一个学习者，恐怕都不会承认自己无“真情真意”或“真情真景”，况且，是否有“真情真意”或“真情真景”，见仁见智，也是一个难以完全主观评判的事。无论有多么崇高的追求，要学习梦窗词，还是先要形似，而既然形似，就无法回避特定的意象、字法、脉络和结构。所以，学问有高下，笔力有浅深，一种现象，涉及的人多了，未免泥沙俱下，鱼龙混杂，在浓厚的梦窗风中，以往张炎所批评的“如七宝楼台，炫人眼目，碎拆下来，不成片段”，沈义父所批评的“用事下语太晦”，谢章铤所批评的“失之涩”[④]，就一一再现，于是，词坛多有“务填难调，用涩字，以诘曲聱牙相号召”[⑤]，以及“避熟就生，竞拈僻调”[⑥] 的现象，而为冒广生、龙榆生这些有识之士所批评。

① 况周颐《蕙风词话》卷二。唐圭璋编：《词话丛编》第 5 册，北京：中华书局，1986 年，第 4447-4448 页。

② 赵尊岳《填词丛话》卷三。屈兴国编：《词话丛编二编》第 5 册，杭州：浙江古籍出版社，2013 年，第 2742 页。

③ 张尔田：《与龙榆生论词书》，《同声月刊》，第 1 卷第 3 号，1941 年。

④ 谢章铤《赌棋山庄词话》卷十二。唐圭璋编：《词话丛编》第 4 册，北京：中华书局，1986 年，第 3470 页。

⑤ 冒广生《定巢词序》。冒广生著，冒怀辛整理：《冒鹤亭词曲论文集》，上海：上海古籍出版社，1992 年，第 494 页。

⑥ 龙榆生著：《晚近词风之转变》，《龙榆生词学论文集》，上海：上海古籍出版社，2009 年，第 419-420 页。

王国维的《人间词话》刊行于1908年，实际展开相关思考的时间还要向前推，因此，他本人从事词学的过程，也在这种风潮之下，当然感同身受。只是，他的反思并不是怎样去学吴，而是从根本上摒弃学吴，直接回到晚唐五代、北宋的“直寻”。那么，这和姜夔有什么关系呢？

文学流派的发展，有着非常丰富复杂的现象。常州词派登上历史舞台后，除了提出自己的创作理论和鉴赏理论外，也必须树立自己的创作经典。而在树立经典时，在很多种情况下，他们并不是推翻此前的经典，完全重起炉灶，而是接过前代其他流派所树立的经典，加以重新解释。所以，我们就能看到很有趣的现象：浙西词派和常州词派往往有着共同的经典作家。姜夔就是其中的一个。对此，我在本书的《接受策略：浙、常二派视野中的〈暗香〉〈疏影〉》一篇中有着较为详细的阐述。因此，在这个脉络中来看姜夔的后世接受，有些现象就非常清楚了。朱彝尊在确立浙西词派的谱系时，提到吴文英是“具夔之一体者”，这或许有着宏观概括时常常出现的不够严密之处，但是，如果从写作方法上看，一定程度上也能够自圆其说。因为，在空际回旋这一点上，他们颇为相似，尽管外表的感觉并不一样。

有清一代，姜夔有着极大的影响力。现在《全清词》尚未编完，具体的数字无法精确统计，但是，根据我从事编纂《全清词·顺康卷》《全清词·雍乾卷》和《全清词·嘉道卷》的了解以及对其后咸丰、同治、光绪、宣统四朝词坛的印象，在具体创作上，姜夔无疑是一个重要的楷模，步其词韵、拟其词题、仿其风格者，车载斗量，若从具体作品中所提到的信息加以统计，姜夔的影响因子一定在两宋词人中排在靠前的序列，只是，自朱彝尊之后，崇尚白石之风不再以热潮的形式出现，而多为细水长流，浸润无声，不像梦窗风，一下子就成为词界热点。王国维显然对此非常清楚，因此，他的提倡“直寻”的理论，名义上是被其所生活的时代的梦窗风所刺激，但作为一个有眼光的文学批评家，他仍然能够清醒地看到，姜夔的词风，特别是姜夔在咏物词中所表现出来的一些特色，和他所看到的梦窗风之弊有着千丝万缕的联系，所以，他才进行了这样的批评。王国维词学的根本是“境界说”，他对境界有一个看法：“能写真景物、真感情者谓之有境界，否则谓之无境界。”他指出：

> 白石写景之作，如“二十四桥仍在，波心荡、冷月无声”“数峰清苦，商略黄昏雨”“高树晚蝉，说西风消息”，虽格韵高绝，然如雾里看花，终隔一层。梅溪、梦窗诸家写景之病，皆在一隔字。北宋风流，渡江遂绝，抑真有运会存乎其间耶？[①]

这就看得很清楚，白石和梦窗，实际上是连为一体的。邹祗谟《远志斋词衷》：“咏物固不可不似，尤忌刻意太似。取形不如取神，用事不若用意。”[②]但在王国维看来，写景和咏物实为一体，先要求似。如果根本不似，如画家所谓“画牛作马”，只是空言神似，让读者猜谜，那也就失去了根本。

五、姜夔的为人与为词

在创作中，喜欢绕弯子写，表达不那么直截了当，可能有着作者本人特定的创作思考，但是就对姜夔词体文学的评价而言，在王国维看来，或许也与其人品和词品的分裂有关。

王国维指出：“‘纷吾既有此内美兮，又重之以修能。’文学之事，于此二者，不可缺一。然词乃抒情之作，故尤重内美。无内美而但有修能，则白石耳。”[③]“纷吾”二句出自屈原《离骚》，内美指内在品格，修能指外在修养。在王国维看来，词是非常纯粹的文体，创作主体和其

---

① 王国维著：《人间词话》，北京：中国人民大学出版社，2004年，第12页。

② 邹祗谟《远志斋词衷》。唐圭璋编：《词话丛编》第1册，北京：中华书局，1986年，第653页。

③ 王国维著：《人间词话》，北京：中国人民大学出版社，2004年，第35页。

所借助的文本必须高度统一，而姜夔则是分裂的。分裂在什么地方呢？王国维说："东坡之旷在神，白石之旷在貌。白石如王衍，口不言阿堵物，而暗中为营三窟之计，此其所以可鄙也。"[①] 王衍事，见《世说新语·规箴》："王夷甫（王衍）雅尚玄远，常嫉其妇贪浊，口未尝言'钱'字。妇欲试之，令婢以钱绕床，不得行。夷甫晨起，见钱阂行，呼婢曰：'举却阿堵物。'"[②] 这段话是表现王衍的清高，但后人也有视其为伪君子者，如秦观《财用上》就说："晋人王衍者，口不言钱而指以为阿堵物。臣窃笑之，以为此乃奸人故为矫亢，盗虚名于暗世也。"[③] 王衍之所以这样，就是因为他不尊重自己的内心，对自己不忠实。忠实二字，非常重要。"词人之忠实，不独对人事宜然。即对一草一木，亦须有忠实之意，否则所谓游词也。"[④] 何谓游词？金应珪《词选后序》："哀乐不衷其性，虑叹无与乎情。连章累篇，义不出乎花鸟；感物指事，理不外乎酬应。虽既雅而不艳，斯有句而无章。是谓游词。"词人要忠实，忠实就是真诚，不掩饰，就能有"内美"，有了"内美"，当然能够写出好的作品，否则，写出来的就是游词。在王国维看来，词品即人品，从词的写作上可以看出人品。所以他就说："读东坡、稼轩词，须观其雅量高致，有伯夷、柳下惠之风。白石虽似蝉蜕尘埃，然终不免局促辕下。"[⑤]

那么，王国维为什么会对姜夔有这样的酷评呢？这要从姜夔的生活状态说起。

姜夔一生没有做过官，他的身份就是个江湖游士。江湖游士是什么概念呢？宋元之际的方回有这样一段描述：

---

① 王国维著：《人间词话》，北京：中国人民大学出版社，2004 年，第 34 页。

② 余嘉锡撰，周祖谟、余淑宜整理：《世说新语笺疏》，北京：中华书局，1983 年，第 557-558 页。

③ 秦观撰，徐培均笺注：《淮海集笺注》，上海：上海古籍出版社，1994 年，第 594 页。

④ 王国维著：《人间词话》，北京：中国人民大学出版社，2004 年，第 34 页。

⑤ 王国维著：《人间词话》，北京：中国人民大学出版社，2004 年，第 14 页。

> 石屏戴复古，字式之，天台人。早年不甚读书，中年以诗游诸公间，颇有声。寿至八十余，以诗为生涯而成家。盖“江湖”游士，多以星命相卜，挟中朝尺书，奔走阃台郡县糊口耳。庆元、嘉定以来，乃有诗人为谒客者。龙洲刘过改之之徒不一人，石屏亦其一也。相率成风，至不务举子业，干求一二要路之书为介，谓之“阔匾”，副以诗篇，动获数千缗，以至万缗。如壶山宋谦父自逊，一谒贾似道，获楮币二十万缗以造华居是也。钱塘、湖山，此曹什伯为群，阮梅峰秀实、林可山洪、孙花翁季蕃、高菊涧九万，往往雌黄士大夫，口吻可畏，至于望门倒屣。石屏为人则否，每于广座中，口不谈世事，缙绅多之。[①]

他提到南宋庆元、嘉定以来，有诗人为谒客者，以诗为具，行走江湖，获得达官贵人的青睐，赖以为生。他特别指出，谒客有不同的类型，虽然没有提到姜夔，但姜夔也显然是其中的一个。陈造作为姜夔的朋友，曾有诗描述姜夔的生活方式：“姜郎未仕不求田，倚赖生涯九万笺。稇载珠玑肯分我，北关当有合肥船。”[②]“诗传侯王家，翰墨到省寺。姜郎粲然文，群蜚见孔翠。论交辱见予，卢马果同异。念君聚百指，一饱仰台馈。我亦多病过，忍口严酒戒。终胜柳柳州，吐水赋《解祟》。”[③]不管是“依赖生涯九万笺”，还是“一饱仰台馈”，都能使人想见姜夔的生活风貌。他先后曾依赖萧德藻、范成大和张鉴等人。据戴表元记载：“叔夏之先世高曾祖父，皆钟鸣鼎食。江湖高才词客姜夔尧章、孙季蕃花翁之徒，往往出入馆谷其门。千金之装，列驷之聘，谈笑得之，不以

---

①方回选评，李庆甲集评校点：《瀛奎律髓汇评》，上海：上海古籍出版社，2005年，第840页。

②陈造《次尧章饯徐南卿韵二首》之一。贾文昭编：《姜夔资料汇编》，北京：中华书局，2011年，第2-3页。

③陈造《次姜尧章赠诗卷中韵》之二。贾文昭编：《姜夔资料汇编》，北京：中华书局，2011年，第2页。

为异。”[①]至于他和范成大的关系，更是文学史上的美谈。陆友仁《研北杂志》卷下：“小红，顺阳公青衣也，有色艺。顺阳公之请老，姜尧章诣之。一日授简征新声，尧章制《暗香》《疏影》两曲，公使二妓肄习之，音节清婉。尧章归吴兴，公寻以小红赠之。”[②]

在当时及后世的很多人看来，姜夔虽然也是清客一类的江湖游士，但品格甚高。就像陆友仁所记述的那样：“近世以笔墨为事者，无如姜尧章、赵子固。二公人品高，故所录皆绝俗。”[③]张鉴曾“念其困踬场屋，至欲输资以拜爵”，“又欲割锡山之膏腴以养其山林无用之身”[④]，都被姜夔推辞，这就可以与一般的江湖谒客大大区别开来。

可是，王国维显然不这么看。他认为，人都应该是表里一致的。李后主和纳兰性德的词之所以写得那么好，就是因为他们有“赤子之心”，心里怎么想的，就怎么写。他曾指出：“吾人谓戏曲小说家为专门之诗人，非谓其以文学为职业也。以文学为职业，餔餟的文学也；职业的文学家以文学得生活；专门之文学家为文学而生活。今餔餟的文学之途盖已开矣，吾宁闻征夫思妇之声，而不屑使此等文学嚣然污吾耳也。”[⑤]在他看来，姜夔既然已经成为“职业文学者”，以文字谋生，有求于人，他当然不可能总是坚持自我，肯定会放弃自己的一些东西，以达到对方满意。《易·乾卦·文言》：“子曰：君子进德修业。忠信所以进德也；修辞立其诚，所以居业也。”孔颖达《正义》：“辞谓文教，诚谓诚实

① 戴表元：《送张叔夏西游序》，《剡源集》卷十三，《丛书集成初编》第 2056 册，北京：中华书局，1985 年，第 201 页。

② 陆友仁《研北杂志》，《景印文渊阁四库全书》第 866 册，台北：台湾商务印书馆，1986 年，第 605 页。

③ 陆友仁《研北杂志》，《景印文渊阁四库全书》第 866 册，台北：台湾商务印书馆，1986 年，第 605 页。

④ 周密撰，张茂鹏点校：《齐东野语》卷十二《姜尧章自叙》条，北京：中华书局，1983 年，第 212 页。

⑤ 王国维《文学小言》。谢维扬、房鑫亮主编，胡逢祥分卷主编：《王国维全集》第 14 卷，杭州：浙江教育出版社，2009 年，第 97 页。

也。外则修理文教，内则立其诚实，内外相成，则有功业可居。故云居业也。”[①]姜夔这样的生活方式，当然不可能“修辞立其诚”，这样，他的雅就未免刻意。他既然无法总是坦荡地说出自己之所思所想，那么为了掩饰自己，就会绕些圈子，就会有所“隔”。人既然是“隔”的，则艺术上的“隔”也是题中应有之义。当然，为人处世的“隔”和写作上的“隔”不一定是一回事，但王国维既然认为人品决定词品，通过对其人品的论定，将最被人称道的所谓“雅”推翻，那么将其表现手法上的“隔”予以否定，也似乎有了一定的根据，尽管这种根据可能是牵强的，因为它不建立在逻辑之上，而是努力塑造一种印象。

认为姜夔为人表里不一，不始于王国维，周济就曾这样说：“雅俗有辨，生死有辨，真伪有辨，真伪尤难辨。稼轩豪迈是真，竹山便伪。碧山恬退是真，姜、张皆伪。味在酸咸之外，未易为浅尝人道也。”[②]他还说：“白石脱胎稼轩，变雄健为清刚，变驰骤为疏宕。盖二公皆极热中，故气味吻合。”[③]周济说姜夔是假恬淡，真热中，大约也是从其生活状态立论的。尽管常州词派中不少人都从浙西词派那里借来姜夔这个资源，加以重新阐释，建构自己的经典，但常州词派也不是铁板一块，其中也有对之进行批判者，周济就是常州词派中对姜夔批判力度较大的人，他曾自述是“退苏进辛，纠弹姜、张”[④]，指出姜夔在浙西词派中虽“号为宗工，然亦有俗滥处、寒酸处、补凑处、敷衍处、支处、

① 王弼、韩康伯注，孔颖达等正义：《周易正义》卷一，阮元校刻：《十三经注疏》，北京：中华书局，1980年，第15-16页。

② 周济《宋四家词选目录序论》。黄苏、周济、谭献选评，尹志腾校点：《清人选评词集三种》，北京：中华书局，1988年，第207页。

③ 周济《宋四家词选目录序论》。黄苏、周济、谭献选评，尹志腾校点：《清人选评词集三种》，北京：中华书局，1988年，第206页。

④ 周济《宋四家词选目录序论》。黄苏、周济、谭献选评，尹志腾校点：《清人选评词集三种》，北京：中华书局，1988年，第208-209页。

复处”[①]，所以，他首先将朱彝尊以吴文英为“具夔之一体”的统序打破，大大提高其地位，然后去除姜夔的光环。王国维或许就是从这里获得的资源，尽管他对吴文英也是一样的不满。

六、余论

王国维论词有着强烈的个性，他往往是从所讨论的对象中抽出一些特定的现象，去谈自己的理论，而不是兼顾相关作家的方方面面。即以姜夔而言，他的有些作品，特别是小令，也写得简捷明快，直指人心，如《鹧鸪天·元夕有所梦》：“肥水东流无尽期，当初不合种相思。梦中未比丹青见，暗里忽惊山鸟啼。　　春未绿，鬓先丝，人间别久不成悲。谁教岁岁红莲夜，两处沉吟各自知。”[②]若按照王国维评价李后主和纳兰性德的标准，这篇作品也并不逊色，但王国维的目的是借词谈人，或者说是人词合一，因此，也就选择性地忽略了这些作品。

但是，王国维的《人间词话》虽然并不追求体系性，实际上还是有着明确的理路，即回到早期的词学生态，强调没有被污染过的词心，就好像他称赞纳兰性德的词之所以好，是因为作为少数民族的作家，初到中原，还没有沾染不良习气，因此能够心手相应。这是王国维以复古为革新的基本思路，因此，他对姜夔的酷评，包含着对晚清盛行梦窗词风的反思，在这个意义上，我们可以不必过分考虑其具体的评论是否偏颇，而是要理解他的动机，进而理解那个特定的时代。

① 周济《宋四家词选目录序论》。黄苏、周济、谭献选评，尹志腾校点：《清人选评词集三种》，北京：中华书局，1988年，第206页。

② 夏承焘笺校：《姜白石词编年笺校》卷五，上海：上海古籍出版社，1981年，第69页。

附　录

形式的张力：读林顺夫《中国抒情传统的转变——姜夔与南宋词》

虽然“全球化”这一概念在实际操作层面存在许多问题，也引起了不少疑虑，但它作为一种观念，无疑有着重要的价值。尤其是对于学术研究而言，即使研究的范围非常本土化，全球性的视野仍然很重要。具有参考价值的当然不仅是结论，思路和角度本身也有意义。我们应该很高兴看到同一种传统能够得到不同的阐释，用不同的方式处理相同的材料，可以提供智性的挑战。

林顺夫教授以研究词学著称，但实际上他的研究范围还要广阔一些。例如，他对小说《儒林外史》的结构就发表了独特的见解。20世纪以来，许多读者都认为《儒林外史》欠缺统一的结构。林顺夫指出，从晚清到民国初年都没有发现这样的指责，批评的产生是由于受到西方文学思想影响的结果，并不符合中国的实际。首先，传统的中国世界观把因果关系看作一个庞大、交织的网状关系或过程，事件不是按直线式的因果关系安排，而是相邻地并列或结合在一起，好像是同时发生的。在这种世界观的影响下，中国传统小说的作者很少选择一个人物或一桩事件作为小说里的统合角色，而是往往一会儿以这个人物为主，一会儿以另一个人物为主；一会儿以这桩事件为主，一会儿以另一桩事件为主。很少集中描写一个人物的发展，以及叙述一个社会现象的过程，而是交代人与人之间的丰富复杂的关系，读者因此只有读完全书，才能透视出一大幅儒林全图。其次，从描写的人物来看，《儒林外史》中的相当部分都具有对称性，因而作为一个整体，其内部是和谐的。所以，无论从内容上看，还是从形式上看，《儒林外史》的故事情节和人物出场次序都是作者精心安排的，体现了作者的世界观和完整的艺术构思。林顺夫从中国传统文化的实际出发，得出的结论就比较平实[①]。又如，他对庄子也颇有研究。他曾撰文讨论《逍遥游》中的“无何有之乡”，将其与乌托邦思想进行对比，指出中国人具有强烈的入世倾向，而在庄子想象“无何有之乡”数世纪之后，这种强烈的入世倾向将这种观念落实于中国园林之中了[②]。联想的思路颇为别致。不过，尽管如此，他的研究更多还是体现在词学上，尤其是《中国抒情传统的转变——姜夔与南宋词》，一直为人们所称道。

林顺夫的英文著作《中国抒情传统的转变——姜夔与南宋词》一书出版于 1978 年，实际的撰写时间当然要早些。如人们所熟知，那一时期，由于情况特殊，对姜夔这样的作家，当然不可能给予完全根据其历史风貌的学术研究。不过姜夔毕竟是一个在词史发展上非常重要的作家，对他的关注早已进入了现代学术史。特别是他的那些自度曲，是目前所知的唯一保存下来的宋代音乐，一直引起研究者的极大兴趣。对姜夔词的艺术讨论也在展开，最有代表性的是夏承焘先生，他对姜词的分析多有深造自得之言，如以下这段论述：“白石在婉约和豪放两派之外，另树‘清刚’一帜，以江西诗瘦硬之笔救周邦彦一派的软媚，又以晚唐诗的

① 林顺夫：《〈儒林外史〉中的礼及其叙事结构》，载《透过梦之窗口——中国古典文学与文艺理论论丛》，新竹：台湾“清华大学”出版社，2009 年。

② 林顺夫：《佳境奇应无何有：论六朝园林与乐园思想》，载《透过梦之窗口——中国古典文学与文艺理论论丛》，新竹：台湾“清华大学”出版社，2009 年。

绵邈风神救苏辛派粗犷的流弊。这样就吸引了一部分作家。我们看宋末柴望自序《凉州鼓吹》（即《秋堂诗余》）有云：‘……词起于唐而盛于宋，宋作尤莫盛于宣、靖间，美成、伯可各自堂奥，俱号作者；近世姜白石一洗而更之，《暗香》《疏影》等作，当别家数也。大抵词以隽永委婉为尚，组织涂泽次之，呼嗥叫嚣抑末也。惟白石词登高眺远，慨然感今悼往之趣，悠然托物寄兴之思，殆与古《西河》《桂枝香》同风致，视青楼歌红窗曲万万矣。……’柴氏于‘组织涂泽’‘呼嗥叫嚣’之外，特别拈出白石的‘隽永委婉’；虽然以‘隽永委婉’四字概括白石词风，未尽确切，但宋季词坛确有此一派。……所以我说，白石在苏辛、周吴两派之外，的确自成一个派系。”[①] 这段论述精辟地说明了姜夔作为一个在南宋转变风气的人物，其创作上的努力，对晚宋词坛所产生的重大影响。后来不少著述都首肯这个意见，如游国恩等所编的一度为中国众多高校中文系所广泛采用的教材《中国文学史》就这么说：“（姜夔词）在语言上多用单行散句，声律上间用拗句拗调，适当纠正向来婉约派词人平熟软媚的作风，给读者一种清新挺拔的感觉，这特别表现在他的自制曲上。姜词这些艺术成就是适当吸收晚唐诗人与江西诗人的手法，有批判地继承婉约派词人成就的结果，对后来词家的影响也大大超过了‘二晏’秦周诸家。”[②] 另一位在文学史研究上颇有贡献的学者刘大杰，虽然大体上从反面立论，却也涉及了姜夔在这方面的价值。他说：“我们读了（姜夔）这些词，可以看出格律词派的真实面貌。优点是技巧高，语言美，缺点是反映的生活面狭窄，过于注重形式与格律。但他这种作风，在南宋的词坛，发生很大的影响。许多人跟着他走，都变本加厉地只在字面形式上用功夫，极力讲究技巧，因音律而牺牲内容，因用典而模糊

① 夏承焘《论姜白石的词风》。夏承焘笺校：《姜白石词编年笺校》，上海：上海古籍出版社，1981 年，第 13-14 页。

② 游国恩、王起、萧涤非、季镇淮、费振刚主编：《中国文学史》第 3 册，北京：人民文学出版社，1964 年，第 126 页。

意义，因过于雕琢字句而损伤情趣，因咏物而变成无病呻吟的游戏。”[①]但是，考察不少文学史著作，我们同时也发现一个现象，即尽管往往能够提到一定的高度来认识姜夔词，可是在对他进行论述时，篇幅一般都比较少，特别是和宋代另外一些开风气的人相比，尤其突出。在相当长的一个时期里，古代文学研究中都有重内容、轻形式的倾向（当然，这种关于内容和形式的划分也值得推敲，形式和内容往往并不是可以如此截然划分为二的），这或许可以理解为原因之一。不过，艺术的分析显然比贴标签式的内容归类要难，需要比较、鉴别，也需要说明、表达，这或许也是对研究者的一个挑战。正是在这个意义上，林顺夫的这部著作体现出了其价值。

《中国抒情传统的转变——姜夔与南宋词》的正文共分三章，从三个不同的方面讨论姜夔词的特色，以及在中国抒情诗传统中的意义。具体的表述是由外而内，使结构、辨体等问题成为“有意味的形式”。

一、结构与思致

姜夔词的重要特色之一，就是词前经常有序。对于这些序，学术界通常称之为“小序”。“小”字也许并不是确切的命名，因为和某些诗歌相比，这些序可能算短的，可是放在词发展的背景中，则有些小序无疑已经是空前的长了。

关于姜夔词序的问题，批评家早已注意到了，如清代词学家周济在其《介存斋论词杂著》中即指出：“白石好为小序，序即是词，词仍是序，反复再现，如同嚼蜡矣。词序序作词缘起，以此意词中未备也。今人论院本，尚知曲白相生，不许复沓，而独津津于白石词序，一何可笑。”[②]他认为在姜夔的作品中，词和序是彼此重复的。按照他的观点，序只要

① 刘大杰著：《中国文学发展史》中册，上海：中华书局上海编辑所，1962 年，第 652 页。
② 黄苏、周济、谭献选评，尹志腾校点：《清人选评词集三种》，济南：齐鲁书社，1988 年，第 196–197 页。

交代创作源起即可，是为了补词中所未有。换句话说，他看出了姜夔词的序并没有局限于谈创作源起，因而在他看来是重复了。现代学者胡适从白话文学发展的角度也谈到姜夔的词序，他比较了《扬州慢》的词和序之后指出："那首词的本身远不如这几句小序能使我们想象当日扬州的荒凉景象。"[①] 这是混淆了两种文体的功能，自然不足深论。直到黄清士发表了《论姜夔词的小序》[②] 一文，认为姜夔笔下的词和序不仅没有任何重复之处，反而显示出十分完美的"相生"机能，这一问题才引发了新的思路。不过黄文太短，只是提出了问题，而未能展开。于是林顺夫循此思路，希望探讨以下这些问题："（词序）应被视为词意表达的有机组成部分，抑或仅是游离于词的本体之外的东西？写作这些词序是否姜夔创作意图的核心所在？如果将词序视为整篇作品不可分割的部分，那么每一篇序与词的正文这一对艺术体之间，有着何种关系？"[③]

姜夔的《扬州慢》是最早可以考查创作时期的作品，林顺夫亦对之给予了极大关注，并以此为例，探讨姜夔词中的美学范畴究竟有了怎样的拓展。词如下："淮左名都，竹西佳处，解鞍少驻初程。过春风十里，尽荠麦青青。自胡马窥江去后，废池乔木，犹厌言兵。渐黄昏，清角吹寒，都在空城。　　杜郎俊赏，算而今、重到须惊。纵豆蔻词工，青楼梦好，难赋深情。二十四桥仍在，波心荡、冷月无声。念桥边红药，年年知为谁生。"小序说："淳熙丙申至日，予过维扬。夜雪初霁，荠麦弥望。入其城则四顾萧条，寒水自碧。暮色渐起，戍角悲吟。予怀怆然，感慨今昔，因自度此曲。千岩老人以为有《黍离》之悲也。"可以看出，序中所表现出的感觉经验与词的上阕相似。然而序在进行表述时，并非仅仅运用了不同于词的散文体式，它还创造了一种完全不同的语境，尤

① 胡适选注：《词选》，北京：中华书局，2007 年，第 265 页。

②黄清士：《论姜夔词的小序》，《艺林丛录》第六编，香港：商务印书馆，1966 年。

③ 林顺夫著：《中国抒情传统的转变——姜夔与南宋词》，张宏生译，上海：上海古籍出版社，2005 年。下同。

为明显的是涉及词的背景。林顺夫认为，经验主体的“我”，明确的时空概念，这二者的存在使得序在某种程度上成为对现实情境的表述。而姜夔通过对其写作意图的阐述，就将读者从创作情境中引至他的创作行为中。《扬州慢》的主题是作者在荒凉的扬州城中的整体感受，而不是城池的萧条景象。这种整体感受是由创作情境和创作行为共同构成的。持有词、序重复的论者也不是毫无根据，因为词中的一些意象已经在序中出现过，诸如“荠麦”“暮色”“戍角”等。但这并不是简单的重复。由于添加了修饰性的形容词，词中的这些意象显得更富感伤色彩，而在序中就只是对创作背景的客观描述，因而它们是连接序与词的纽带。从另一个层面来看，由于序中的意象构成了背景参照，作者就可以在词中专注描写审美客体的那些既体现其特质而又具有普遍意义的特性。所以，分而读之，序和词有着各自的文学规范和审美范畴；合而读之，它们又构成一个更大、更完美的整体，既涵盖了抒情视角，又涵盖了诸如时间、他物等外在抒情因素。通过这样的分析，林顺夫指出，这样一个整体的出现，是姜夔对自己的，甚或对整个中国诗歌传统美学范畴的有意识拓展。

关于这个结论，人们当然可以进一步作见仁见智的讨论，但其中的某些思路值得重视。书中特别根据周济的论述，指出《扬州慢》的序和词两个部分之间的相互影响模式，很像中国戏曲中说部和唱部的互相作用过程：说部通常介绍引起唱部中感情变化的背景，而唱部表现的则是在表演环境中生成的“情感形态”。不同文学样式之间的互相影响和启发，不管是隐性的，还是显性的，都是值得重视，同时也是饶有兴味的问题。十几年前，我们曾经讨论过李清照的《如梦令》，这首小词写道：“昨夜雨疏风骤，浓睡不消残酒。试问卷帘人，却道海棠依旧。知否知否，应是绿肥红瘦。”其中小姐（或少妇）对春天消逝的敏感与侍婢的漠然形成了鲜明的对比，而后来的《牡丹亭》中杜丽娘和春香在游园以后，二人的思想感情与此几乎如出一辙①。对姜夔词序的探讨，无疑应该从

① 程千帆师、张宏生《李清照〈如梦令〉赏析》。陈祖美主编：《李清照作品赏析集》，成都：巴蜀书社，1992年，第1-6页。

更广泛的角度来思考。

当然，这个角度意味着多元。我们知道，序是诗歌传统中的一个重要方面，《诗经》的大、小《序》，尽管作者一直争论不休，但作为《诗经》学的一个重要组成部分，其存在已经确凿无疑，也开创了诗序的先河。后来诗人多写诗序，如陶潜《桃花源诗》的序，不仅长度上大大超过了诗，而且可以独立成篇，具有诗歌所不能代替的美学意义。《诗经》或许更多体现的是经学的意义，可以另作考虑，从诗史发展的角度来看，诗序的出现并且其形制不断扩大，无疑反映着文学自觉意识的进一步加强。这样来看姜夔的词，当有别解。我们知道，自苏轼开始，词的发展更多注入了诗的因素。苏轼的创作按他自己的说法，是“自是一家”①，按照同时代人的说法，是“曲子中缚不住者”②，都说明他在开拓词的境界的过程中，有意识地吸收了诗歌的某些创作要素。苏轼以后，以诗为词的现象越来越明显，尤其发展到南宋，词坛号召复雅，词社活动风行，把词作为抒情而非演唱的现象更加突出。词发展到辛弃疾，其内容上的广泛性以及形式上的某些探讨，如以赋为词等，已经使得这一趋势达到了相当的程度，而姜夔则以自己的独特体验参加了这一过程。从词序来说，姜夔的认识意义起码有两点，一是把苏轼开创的这一传统发扬光大，作了具有个性意义的拓展；二是从文本本身的角度，体现了词这一文学样式在创作发展中的更进一步的自觉意识。这样来考虑问题，也许对姜夔出现的文学史意义会理解得更深刻。

二、句式与感情

诗词的结构之法是一个非常微妙的问题。一般来说，文无定法，文成法立，而且，法也还有正体、变格之分。不过，基本的结构类型还是

① 苏轼《与鲜于子俊三首》（其二）。苏轼撰，茅维编，孔凡礼点校：《苏轼文集》卷五十三，北京：中华书局，1986年，第1560页。

②《能改斋漫录》引晁补之语。吴曾撰：《能改斋漫录》卷十六，上海：上海古籍出版社，1979年，第469页。

存在的，一个作家，不管具有怎样的创造力，仍然不可避免地要在基本类型中进行操作。这实际上也引发了另一个问题，即在漫长的中国诗歌史中，作家们运用相对稳固的形式进行创作，怎样认定新因素的出现？如果说历时性的把握存在很大困难的话，进行具体的文本分析也许是值得尝试的，至少可以启发进一步的比较。

词体产生于近体诗完全成熟之后，它必然受到后者结构规范的极大影响。但与诗相比，词多分为两阕，因而词的展开就分为两半来进行，在彼此互补而又相互独立的两阕中来表述总体感受。就此而言，大部分词基本上是二分的，正与律诗统一的形式相反。林顺夫举姜夔《鹧鸪天》为例，认为通过上、下两阕的组织安排，对作家的感受表现得甚为出色。特别是下阕，除了描述词人梦醒后的精神状态之外，还在经验结构上补充了上阕，而这种互补的形式对多数令词和慢词的结构而言都十分重要。他还统计了姜夔所作的慢词，认为没有一首词的上、下阕之间是完全对称的。姜夔本人在《长亭怨慢》的序中曾说："予颇喜自制曲，初率意为长短句，然后协以律，故前后阕多不同。"这说明相对于韵律来说，他对诗思的连续性甚至更为关注。特别是慢词中运用了许多虚词，这就和近体诗或令词区别更大了。一方面，这可以克服结构不够平衡统一，意象群琐碎之弊，创造出一种片段相缀、更为生动、抒情性更强的情境；另一方面，还使词人在处理作者与作品情境的关系时采取了更为"客观"的立场。这些都对增强慢词结构的"客观性"大有裨益。林顺夫指出，形式所体现的意义，并不是形式本身。正是慢词形式上所具备的独特特征，使得 13 世纪初的数位词人在其长调中展现出新的观念：对物的关注。即使不作理性的分析，人们也无疑知道，词的长短句节奏应该更为符合人类情感的自然状态。从北宋开始，词人们已开始用词来表达他们情感与感知中的敏感微妙之处了，但是，他们的探索仍然受到局限。因而林顺夫大胆认定，姜夔词的结构把词的这些基本特征发展到了一个新的层面。

林顺夫所举的例子，无论是小令还是长调，在姜夔的作品中都是有代表性的。我们现在无法确定的是，这样的结构模式或表现手法，是否在姜夔手中是初次出现，但这也许不是特别重要的事。关键在于，即使以前曾经出现，但并没有建构出一种符合13世纪审美理想的东西，因而，它在姜夔的词中仍然是自足的。这其实也可以引出一个饶有兴味的问题。一般来说，对于一个文学现象，可以进行历史的讨论，也可以进行美学的讨论。前者要把现象的来龙去脉弄清楚，后者要把其中的美学意义说清楚。人们往往认为后者可能流于虚，因为它可能更多涉及概念和理念。事实上，所谓美学，不可能完全脱离历史，即使没有历史的追踪，也一定是在特定历史的“当下”思考问题，解决的是当下的圆足。姜夔词中的结构运行，我们很难说是他的首创，但是置于那一特定的时代，和一定的审美精神相结合，就有了不同寻常的意义。这，或许可以视为文本分析和历史进程彼此互动的一个参考。

三、重人与重物

在中国词史上，咏物的作品虽然出现很早，但自觉的咏物意识却是在南宋才开始出现。其主要区别或者在于，早期的咏物词如苏轼的《水龙吟》咏杨花，花即是人，人即是花，创作主体的感情色彩非常强烈，而到了姜夔手里，物就取代了人，而成为中心了。但是，物成为中心，并不意味着魏晋南北朝以来追求形似传统的回归，而是把物作为作品结构的一个点，作为人物感情在作品中的一个坐标来看待。因此，对于姜夔的咏梅名篇《暗香》和《疏影》，宋末批评家张炎赞之为“清空”之作的极致[①]，而近代王国维则痛加批评，认为“无一语道着（梅花）”[②]，按他的标准，就是“隔”。其实，无论是张炎的赞扬或王国维的批评，

① 张炎《词源》。唐圭璋编：《词话丛编》第1册，北京：中华书局，1986年，第259页。

② 王国维著：《人间词话》，北京：中国人民大学出版社，2004年，第12页。

都是看到了姜夔此类作品的特色，林顺夫因此认为，这种似乎不紧扣所咏之物的写法，正是姜夔所创造的一种新的艺术形式。在这种形式中，物代替了人，成为抒情主体。

姜夔现存作品中大约有30首咏物词，其中不少都具有这种特色。例如《小重山令》一词咏潭州红梅云："人绕湘皋月坠时。斜横花树小，浸愁漪。一春幽事有谁知？东风冷，香远茜裙归。　　鸥去昔游非。遥怜花可可，梦依依。九疑云杳断魂啼。相思血，都沁绿筠枝。"林顺夫认为，这是最早体现13世纪初叶的这种新的美学思想的作品之一。理由在于，词中的意象派生出一组意义相近的感情特性，表现了人物感情的一个完整的系统，而感情的排列主要围绕着红梅，分成若干层次，以多重比喻的方式结合在一起，形成一个紧凑的复合体。但抒情主体却并不是抒情中心，相反，在每一个部分，红梅都占据着核心的位置，词中所表现的种种感情都寄托在物的上面，而与词人的主观感受无关。因此，林顺夫认为，这篇作品与以前的许多词都有了不同，这不同之处就在于，抒情主体与外部世界不再是统一的了。

和前面一样，这里所谈的，仍然是结构的问题，只是含义变了。如果说，前面两个方面的结构主要指作品的内外相生和作品内部的语义，那么，此处则主要是指作品中抒情主体的位置。事实上，这部书通篇几乎都是在讨论结构，而结构的所指随着语境的不同而有所变化。如果忽视这一点，可能无法理解其中一些说法。比如，为了说明辛弃疾对姜夔的影响，书中分析了辛氏的《贺新郎》（别茂嘉十二弟。鹈鴂、杜鹃实两种，见《离骚补注》）："绿树听鹈鴂，更那堪、鹧鸪声住，杜鹃声切。啼到春归无寻处，苦恨芳菲都歇。算未抵、人间离别。马上琵琶关塞黑，更长门翠辇辞金阙。看燕燕，送归妾。　　将军百战身名烈。向河梁、回头万里，故人长绝。易水萧萧西风冷，满座衣冠似雪。正壮士、悲歌未彻。啼鸟还知如许恨，料不啼清泪长啼血。谁共我，醉明月。"认为"虽然有着不少典故，但结构却是常见的"。如果对结构一词没有清楚的认识，那么也许会觉得不符合从文学史上得来的知识，因为辛弃疾的这篇作品，以典故作为主体，突破了上下阕的界限，也没有所谓上片写景，下片言情之类的老套，使得全词沿着一个统一的意脉向下发展，是辛氏“以赋为词”的典范作品，因而前人誉为“罗列古人许多离别，如读文通《别赋》，亦创格也”①。这些典故的作用一是作为比喻表达别情，一是通过历史事件的展示，把这种别情置于一个广泛的背景中。但是，抒情主体在作品中仍然是最重要的，就这一点来说，作品的结构并没有被改变。

咏物之作起源甚早，早在《诗经》中就有体现：“诗人感物，联类不穷。流连万象之际，沉吟视听之区。写气图貌，既随物以宛转；属采附声，亦与心而徘徊。故灼灼状桃花之鲜，依依尽杨柳之貌，杲杲为出日之容，瀌瀌拟雨雪之状，喈喈逐黄鸟之声，喓喓学草虫之韵。……并以少总多，情貌无遗矣。”②这些虽都还是局部体物，但已经为诗人们所重视，所以不断发展，到了建安、齐梁之际，就不仅习见于作品，而且形成了诗风，入之于评论了。刘勰《文心雕龙·物色》就总结道：“自近代以来，文贵形似……体物为妙，功在密附。故巧言切状，如印之印泥，不加雕削，而曲写毫芥。故能瞻言而见貌，印字而知时也。”③这种巧似咏物之作到了唐代有了更大发展，而到了精通八代文学并对其作了取精用宏之继承和发展的杜甫手里，则又将它发展到了一个新的高度。但杜甫的意义还并不仅仅表现在这里。在一篇文章中，我们曾经指出：“这位诗人（杜甫）在其咏物诗中力图巧似客观事物并已取得卓越的艺术效果之后，又进一步作了摆脱尚巧似的传统，即由体物进而走向禁体物的探索。接着韩愈也加入了这个探索者的行列。这种禁体物的表现方法，到了宋代欧阳修、

① 许昂霄《词综偶评》。唐圭璋编：《词话丛编》第2册，北京：中华书局，1986年，第1556页。

② 刘勰《文心雕龙·物色》。刘勰著，范文澜注：《文心雕龙注》，北京：人民文学出版社，1958年，第693-694页。

③ 刘勰著，范文澜注：《文心雕龙注》，北京：人民文学出版社，1958年，第694页。

苏轼的作品问世之后，才得到诗坛的普遍关注。”[①]体物和禁体物的交叉或分离，对于诗歌结构有着什么样的关系，又和后来的词的发展有着什么样的关系，还有很大的讨论空间。从姜夔的词反观咏物诗的发展，也许可以理出另外一条思路。

说到这里，我们或许应该特别提出，林顺夫的这部著作以“结构”作为中心，来探讨姜夔词在词史乃至整部中国诗歌史发展中的意义，其叙述过程也非常讲究“结构”。在作为主体的三个部分中，正是按照由外而内、由表及里的逻辑结构加以安排的。

林顺夫是外文系出身的学人，后来到美国念书，接受的是正统的西方学术传统的训练，这也是相当一批海外学人的知识背景。我们不难在这部著作中发现他对西方文学理论得心应手的运用，而且也的确有助于他展开分析。但我在这里却要特别强调他著作中比较传统的一面，即其中所表现出来的对社会历史批评的重视。指出这一点，或许使得希望寻找“新方法”“新思维”的读者失望，但如果说，方法主要是基于对背景的了解，或者说，方法主要是因对象而设置的话，那么，就会发现，林顺夫在进行结构分析的同时，把视野投向社会历史，借以在一个更大的范围内说明结构发生变化的原因，是一种符合实际的操作方式。

这部书有一篇很长的绪论，涉及的范围很广泛，类似创作背景的交代，其中有政治背景、经济背景、隐居方式、娱乐方式、生活时尚、美学思潮、哲学观念、诗坛风貌、诗歌意识等，如此庞杂，应该怎样来理解？对背景的揭示在传统的文学批评中是颇为看重的，特别是在文学史的撰写中，时代背景经常被放在一个重要的位置，因为，按照通常的理解，经济基础决定上层建筑，社会政治决定文学艺术。总的来说，这是不错的，但文学现象丰富多彩，文学思潮不断更替，需要的是在具

① 程千帆师、张宏生《火与雪：从体物到禁体物——论白战体及杜、韩对它的先导作用》。程千帆师、莫砺锋、张宏生著：《被开拓的诗世界》，上海：上海古籍出版社，1990 年，第 78 页。

体层面上的沟通。所以，社会政治、经济和文化作为文学的背景，应该是一种有机的生成，而不是任意可贴的标签，或到处可用的套路。南宋中后期，由于偏安政策的推行，整个社会的爱国热情逐渐消退，官僚集团扩大，冗吏冗员增多，而城市经济的发展，刺激了社会享乐意识，这些，都与隐逸阶层的大量出现，社会上对高雅生活方式的追求等，有着直接的关系。显然，这也和姜夔的生活形态、生活追求密切相关。这样，背景的描写和主体的叙说之间丝丝入扣，也起到了一种“生成”的作用。

不仅如此，在背景的叙述中，由于作者视野开阔，具有历史主义的眼光，因而他把有些现象放在特定的历史发展过程中，提出了富有启发性的问题。

隐逸的观念在中国源远流长，从儒家的“达则兼济天下，穷则独善其身”，到道家的“合则留，不合则去”，都体现了这一思想资源的开阔空间。东汉以来，隐逸现象越来越普遍，但隐士们远离社会人群，穷居山林之中的艰苦生活，也非一般人所能忍受，而且对于真正的隐士来说，心灵的自由远比形体的自由更为重要，精神的追求并不会因为外在物质条件的好坏而发生变化，因此人们更为追求的是既具有思想上的超脱，又能在社会中过着正常的生活，甚至是高官厚禄的生活，亦即陶渊明在诗中所写：“结庐在人境，而无车马喧。问君何能尔？心远地自偏。”①稍后的王康琚更给予了具有理论性的总结：“小隐隐陵薮，大隐隐朝市。”②从而为那些真正的或号称为市朝形迹、山林心肠的文人找到了最好的依托。林顺夫总结了历史上隐居方式的变化，指出南宋时期那种既富有社会责任感，同时又具有隐士心志的文化心理，已经成为普遍的现象。但是像姜夔这样的人，既不曾出仕，也没有枯守山林，而是以一

① 陶渊明《饮酒二十首》之五。袁行霈撰：《陶渊明集笺注》卷三，北京：中华书局，2003年，第247页。

② 王康琚《反招隐诗》。萧统编，李善注：《文选》，上海：上海古籍出版社，2019年，第1049页。

种类似隐士的形象漫游于江湖，就成为南宋所出现的非常独特的现象。这一观察是敏锐的。事实上，姜夔正是南宋江湖游士的一员，他的一生也基本上是依附别人而过，只是他没有像许多江湖谒客那样人格上的卑微。他的创作才华，以及他的“萧散如魏晋间人”的风度，使他成为江湖诗人中的上品。但姜夔也和其他江湖游士一样，代表着一个既非“大隐”，也非“小隐”的非官非隐的群体，进而使得中国的隐逸传统发生了一定程度的倾斜。尤其值得提出的是，不少江湖诗人一生都在漫游江湖，行谒贵门，追求物质享受是他们主要的甚至是全部的生活内容。这种情形，反映出日渐发达的商品经济对读书人的影响，如果与许多反映市民意识的话本小说中鼓吹发财致富，追逐物质享受的描写比观，真是若合符契。再者，江湖谒客以诗游谒江湖，靠投献诗作来换得达官贵人的资助，使得原来被孔子认为“可以兴，可以观，可以群，可以怨。迩之事父，远之事君”的诗变成了具体的谋生手段，这也是一个不小的变化。它意味着，诗歌由对政治的依附，转为兼对经济的依附；诗歌在客观上进入了市场，也就出现了诗人有作为一个职业而独立存在的可能。如果这一论述可以成立的话，则对姜夔生活形态的揭示当然有着更深一层的意义。

综上所述，林顺夫的这部著作，在姜夔研究中达到了一个相当的高度。当然，其中的一些问题，近二十年来已经被学界不同程度地涉及过。对此，我想，我们评价任何一种历史现象，主要应该看比起其前人多提供了什么，因而应该采取历史的态度，况且，从研究思路上来看，即使在今天，这部著作仍然可以给我们提供不少启示。

引用书目

一、专著

丁绍仪：《听秋声馆词话》，唐圭璋编：《词话丛编》第3册，北京：中华书局，1986年。

丁绍仪：《国朝词综补》，《续修四库全书》第1732册，上海：上海古籍出版社，2002年。

丁特起：《靖康纪闻》，《续修四库全书》第423册，上海：上海古籍出版社，2002年。

丁楹著：《南宋遗民词人研究》，南京：凤凰出版社，2011年。

万树编著：《词律》，上海：上海古籍出版社，1984年。

上彊村民重编，唐圭璋笺注：《宋词三百首笺注》，北京：中华书局，1958年。

王又华：《古今词论》，唐圭璋编：《词话丛编》第1册，北京：中华书局，1986年。

王士禛：《花草蒙拾》，唐圭璋编：《词话丛编》第1册，北京：中华书局，1986年。

王士禛撰，湛之点校：《香祖笔记》，上海：上海古籍出版社，1985年。

王士禛撰，靳斯仁点校：《池北偶谈》，北京：中华书局，1982年。

王文诰辑注，孔凡礼点校：《苏轼诗集》，北京：中华书局，1982年。

王令著，沈文倬校点：《王令集》，上海：上海古籍出版社，1980年。

王安石著，李壁注，高克勤点校：《王荆文公诗笺注》，上海：上海古籍出版社，2011年。

王国维著：《人间词话》，北京：中国人民大学出版社，2004年。

王国维：《文学小言》，谢维扬、房鑫亮主编，胡逢祥分卷主编：《王国维全集》第14卷，杭州：浙江教育出版社，2009年。

王禹偁：《小畜集》，《景印文渊四库全书》第1086册，台北：台湾商务印书馆，1986年。

王奕清等：《历代词话》，唐圭璋编：《词话丛编》第2册，北京：中华书局，1986年。

王闿运：《湘绮楼词选》，《王闿运手批唐诗选·附湘绮楼词选》，上海：上海古籍出版社，1989年。

王弼、韩康伯注，孔颖达等正义：《周易正义》，阮元校刻：《十三经注疏》，北京：中华书局，1980年。

王嘉福：《二波轩词选》，清嘉庆刻本。

王樵：《方麓集》，《景印文渊阁四库全书》第1285册，台北：台湾商务印书馆，1986年。

元好问著，狄宝心校注：《元好问诗编年校注》，北京：中华书局，2011年。

元稹撰，冀勤点校：《元稹集》，北京：中华书局，1982年。

毛珝：《吾竹小稿》，汲古阁景宋钞《南宋群贤六十家小集》本。

方东树著，汪绍楹校点：《昭昧詹言》，北京：人民文学出版社，1961年。

方回：《桐江集》，《续修四库全书》第1322册，上海：上海古籍出版社，2002年。

方回选评，李庆甲集评校点：《瀛奎律髓汇评》，上海：上海古籍出版社，2005 年。

方岳：《秋崖先生小稿诗集》，《宋集珍本丛刊》第 85 册，北京：线装书局，2004 年。

王建著，尹占华校注：《王建诗集校注》，成都：巴蜀书社，2006 年。

苏轼撰，茅维编，孔凡礼点校：《苏轼文集》，北京：中华书局，1986 年。

孔颖达：《毛诗注疏》，《四部备要》影中华书局据阮刻本校刊本。

邓廷桢：《双砚斋词话》，唐圭璋编：《词话丛编》第 3 册，北京：中华书局，1986 年。

邓林：《皇夸曲》，陈起：《江湖小集》卷十三，《景印文渊阁四库全书》第 1357 册，台北：台湾商务印书馆，1986 年。

厉鹗著，董兆熊注，陈九思标校：《樊榭山房集》，上海：上海古籍出版社，1992 年。

龙榆生著：《龙榆生词学论文集》，上海：上海古籍出版社，2009 年。

龙榆生著：《唐宋词格律》，上海：上海古籍出版社，2010 年。

龙榆生编选：《近三百年名家词选》，上海：上海古籍出版社，1979 年。

龙榆生编选：《唐宋名家词选》，上海：古典文学出版社，1956 年。

叶恭绰编：《全清词钞》，北京：中华书局，2019 年。

叶燮：《原诗》，王夫之等撰：《清诗话》，北京：中华书局，1963 年。

包恢：《敝帚稿略》，《景印文渊阁四库全书》第 1178 册，台北：台湾商务印书馆，1986 年。

冯贽：《南部烟花记》，陶宗仪编：《说郛》卷六十六，顺治三年刻本。

杜牧著，冯集梧注：《樊川诗集注》，上海：上海古籍出版社，1978 年。

司马光：《温公续诗话》，何文焕辑：《历代诗话》，北京：中华书局，1981 年。

司马迁撰，裴骃集解，司马贞索隐，张守节正义：《史记》，北京：中华书局，1959 年。

司徒秀英著：《清代词人厉鹗研究》，香港：莲峰书社，1994 年。

朱庭珍：《筱园诗话》，郭绍虞编选，富寿荪校点：《清诗话续编》，上海：上海古籍出版社，1983 年。

朱彝尊、汪森编，李庆甲校点：《词综》，上海：上海古籍出版社，2005 年。

朱彝尊：《曝书亭集》，商务印书馆《四部丛刊》本。

先著、程洪撰，胡念贻辑：《词洁辑评》，唐圭璋编：《词话丛编》第 2 册，北京：中华书局，1986 年。

华文轩编：《古典文学研究资料汇编・杜甫卷》，北京：中华书局，1964 年。

危稹：《巽斋小集》，陈起：《江湖小集》卷六十，《景印文渊阁四库全书》第 1357 册，台北：台湾商务印书馆，1986 年。

刘大杰著:《中国文学发展史》,上海:中华书局上海编辑所,1962 年。

刘公纯、王孝鱼、李哲夫点校:《叶适集》,北京:中华书局,1961 年。

刘永济著：《微睇室说词》，上海：上海古籍出版社，1987 年。

刘向集录：《战国策》，上海：上海古籍出版社，1985 年。

刘克庄著,辛更儒笺校:《刘克庄集笺校》,北京:中华书局,2011 年。

刘体仁：《七颂堂词绎》，唐圭璋编：《词话丛编》第 1 册，北京：中华书局，1986 年。

刘禹锡著，瞿蜕园笺证:《刘禹锡集笺证》,上海:上海古籍出版社，1989 年。

刘餗著：《隋唐嘉话》，上海：古典文学出版社，1957 年。

刘熙载:《词概》,唐圭璋编:《词话丛编》第 4 册,北京:中华书局，1986 年。

刘熙载撰：《艺概》，上海：上海古籍出版社，1978 年。

刘勰著,范文澜注:《文心雕龙注》,北京:人民文学出版社,1958 年。

江顺诒辑,宗山参订:《词学集成》,唐圭璋编:《词话丛编》第 4 册，北京：中华书局，1986 年。

江藩：《扁舟载酒词》，嘉庆二十年刻本。

许觊：《彦周诗话》，何文焕辑：《历代诗话》，北京：中华书局，1981 年。

许昂霄：《词综偶评》，唐圭璋编：《词话丛编》第 2 册，北京：中华书局，1986 年。

许清云著：《皎然诗式辑校新编》，台北：文史哲出版社，1984 年。

孙原湘：《天真阁集》，《续修四库全书》第 1488 册，上海：上海古籍出版社，2002 年。

孙原湘：《销寒词》，清刊本。

孙麟趾撰，陈凝远校：《词径》，唐圭璋编：《词话丛编》第 3 册，北京：中华书局，1986 年。

严羽著，郭绍虞校释：《沧浪诗话校释》，北京：人民文学出版社，1983 年。

严迪昌著：《清词史》，北京：人民文学出版社，2011 年。

苏轼：《东坡志林》，《景印文渊阁四库全书》第 863 册，台北：台湾商务印书馆，1986 年。

杜子庄选注：《姜白石诗词》，南昌：江西人民出版社，1981 年。

杜文澜：《平定粤匪纪略》，沈云龙编：《近代中国史料丛刊》第五辑第 41 册，台北：文海出版社，1967 年。

杜文澜：《词律校勘记》，咸丰十一年刊本。

杜甫著，杨伦笺注：《杜诗镜铨》，上海：上海古籍出版社，1980 年。

李之亮笺注：《欧阳修集编年笺注》，成都：巴蜀书社，2007 年。

李心传：《建炎以来系年要录》，《丛书集成初编》第 3872 册，北京：中华书局，1985 年。

李昉等编：《太平广记》，北京：中华书局，1961 年。

李佳：《左庵词话》卷上，唐圭璋编：《词话丛编》第 4 册，北京：

中华书局，1986 年。

李渔撰，艾荫范等注：《笠翁对韵新注》，北京：书目文献出版社，1985 年。

李慈铭撰，由云龙辑：《越缦堂读书记》，北京：中华书局，2006 年。

杨万里：《诚斋集》，商务印书馆《四部丛刊》本。

杨伯峻译注：《孟子译注》，北京：中华书局，1960 年。

杨慎：《词品》，唐圭璋编：《词话丛编》第 1 册，北京：中华书局，1986 年。

吴之振等辑：《宋诗钞·宋诗钞补》，上海：生活·读书·新知三联书店上海分店，1988 年。

吴文英撰，孙虹、谭学纯校笺：《梦窗词集校笺》，北京：中华书局，2014 年。

吴世昌：《词林新话（增订本）》，吴世昌著、吴令华辑注、施议对校：《吴世昌全集》第 6 册，石家庄：河北教育出版社，2003 年。

吴在庆校注：《杜牧集系年校注》，北京：中华书局，2008 年。

吴泳：《鹤林集》，《景印文渊阁四库全书》第 1176 册，台北：台湾商务印书馆，1986 年。

吴梅著：《词学通论》，上海：上海古籍出版社，2006 年。

吴曾撰：《能改斋漫录》，上海：上海古籍出版社，1979 年。

吴熊和主编：《唐宋词汇评（两宋卷）》，杭州：浙江教育出版社，2004 年。

吴衡照：《莲子居词话》，唐圭璋编：《词话丛编》第 3 册，北京：中华书局，1986 年。

何文焕：《历代诗话考索》，何文焕辑：《历代诗话》，北京：中华书局，1981 年。

余成教：《石园诗话》，郭绍虞编选，富寿荪校点：《清诗话续编》，上海：上海古籍出版社，1983 年。

余嘉锡撰，周祖谟、余淑宜整理：《世说新语笺疏》，北京：中华书局，1983年。

邹祗谟：《远志斋词衷》，唐圭璋编：《词话丛编》第1册，北京：中华书局，1986年。

况周颐：《蕙风词话》，唐圭璋编：《词话丛编》第5册，北京：中华书局，1986年。

辛弃疾撰，邓广铭笺注：《稼轩词编年笺注（增订本）》，上海：上海古籍出版社，1993年。

汪藻：《浮溪集》，《丛书集成初编》第1958册，北京：中华书局，1985年。

沈义父：《乐府指迷》，唐圭璋编：《词话丛编》第1册，北京：中华书局，1986年。

沈祖棻著：《宋词赏析》，上海：上海古籍出版社，1980年。

沈曾植：《菌阁琐谈》，唐圭璋编：《词话丛编》第4册，北京：中华书局，1986年。

沈德潜：《说诗晬语》，王夫之等撰：《清诗话》，北京：中华书局，1963年。

宋伯仁：《雪岩吟草补遗》，鲍廷博辑：《知不足斋辑录宋集补遗》，汲古阁景宋钞《南宋群贤六十家小集》本。

宋翔凤：《乐府余论》，唐圭璋编：《词话丛编》第3册，北京：中华书局，1986年。

张元幹撰：《芦川归来集》，上海：上海古籍出版社，1978年。

张世南撰，张茂鹏点校：《游宦纪闻》，北京：中华书局，1981年。

张戒著，陈应鸾笺注：《岁寒堂诗话笺注》，成都：四川大学出版社，1990年。

张宏生著：《江湖诗派研究》，北京：中华书局，1995年。

张宏生著：《清代词学的建构》，南京：江苏古籍出版社，1998年。

张宏生主编：《全清词·顺康卷补编》，南京：南京大学出版社，2008年。

张宏生主编：《全清词·雍乾卷》，南京：南京大学出版社，2012年。

张表臣：《珊瑚钩诗话》，何文焕辑：《历代诗话》，北京：中华书局，1981年。

张炎：《词源》，唐圭璋编：《词话丛编》第1册，北京：中华书局，1986年。

张炎撰，吴则虞校辑：《山中白云词》，北京：中华书局，1983年。

张惠言、董毅、郑善长辑：《词选二卷续词选二卷附录一卷》，清宣统二年（1910）上海扫叶山房刊本。

张惠言：《张惠言论词》，唐圭璋编：《词话丛编》第2册，北京：中华书局，1986年。

张綖：《诗余图谱》，《续修四库全书》第1735册，上海：上海古籍出版社，2002年。

陆友仁：《研北杂志》，《景印文渊阁四库全书》第866册，台北：台湾商务印书馆，1986年。

陈乃乾辑：《清名家词》，上海：上海书店，1982年。

陈子龙撰，孙启治校点：《安雅堂稿》，沈阳：辽宁教育出版社，2003年。

陈长方：《步里客谈》，《丛书集成初编》第2862册，北京：中华书局，1985年。

陈师道：《后山诗话》，何文焕辑：《历代诗话》，北京：中华书局，1981年。

陈师道撰：《后山居士文集》，上海：上海古籍出版社，1984年。

陈廷敬、王奕清等编：《康熙词谱》，长沙：岳麓书社，2000年。

陈廷焯：《白雨斋词话》，唐圭璋编：《词话丛编》第4册，北京：中华书局，1986年。

陈廷焯撰，孙克强主编，孙克强辑校：《白雨斋词话全编》，北京：中华书局，2013 年。

陈寿撰，裴松之注，陈乃乾校点：《三国志》，北京：中华书局，1959 年。

陈宏天、高秀芳点校：《苏辙集》，北京：中华书局，1990 年。

陈郁：《藏一话腴》，《景印文渊阁四库全书》第 865 册，台北：台湾商务印书馆，1986 年。

陈柱编：《白石道人词笺平》，上海：商务印书馆，1934 年。

陈思：《白石道人年谱》，北京图书馆编：《北京图书馆藏珍本年谱丛刊》第 33 册，北京：北京图书馆出版社，1999 年。

陈衍评选，曹旭校点：《宋诗精华录》，南昌：江西人民出版社，1984 年。

陈祖美主编：《李清照作品赏析集》，成都：巴蜀书社，1992 年。

陈振孙撰，徐小蛮、顾美华点校：《直斋书录解题》，上海：上海古籍出版社，1987 年。

陈维崧：《陈迦陵文集》，商务印书馆《四部丛刊》本。

陈景沂：《全芳备祖集》，《景印文渊阁四库全书》第 935 册，台北：台湾商务印书馆，1985 年。

武衍：《适安藏拙余稿》，汲古阁景宋钞《南宋群贤六十家小集》本。

范温：《范温诗话》，吴文治主编：《宋诗话全编》第 2 册，南京：江苏古籍出版社，1998 年。

林顺夫著：《中国抒情传统的转变——姜夔与南宋词》，张宏生译，上海：上海古籍出版社，2005 年。

欧阳修：《六一诗话》，何文焕辑：《历代诗话》，北京：中华书局，1981 年。

欧阳修著，姜夔著，王若虚著：《六一诗话·白石诗说·滹南诗话》，北京：人民文学出版社，1962 年。

卓人月汇选，徐士俊参评，谷辉之校点：《古今词统》，沈阳：辽宁教育出版社，2000 年。

易顺鼎：《楚颂亭词》，光绪甲申刊本。

罗大经撰：《鹤林玉露》，北京：中华书局，1983 年。

岳珂撰，吴企明点校：《桯史》卷二，北京：中华书局，1981 年。

金涛声点校：《陆机集》，北京：中华书局，1982 年。

周济：《宋四家词选目录序论》，唐圭璋编：《词话丛编》第 2 册，北京：中华书局，1986 年。

周密著：《武林旧事》，杭州：西湖书社，1981 年。

周密撰，张茂鹏点校：《齐东野语》，北京：中华书局，1983 年。

周紫芝：《太仓稊米集》，《景印文渊阁四库全书》第 1141 册，台北：台湾商务印书馆，1986 年。

房玄龄等撰：《晋书》，北京：中华书局，1974 年。

孟元老等著：《东京梦华录·都城纪胜·西湖老人繁胜录·梦粱录·武林旧事》，北京：中国商业出版社，1982 年。

孟浩然撰，李景白校注：《孟浩然诗集校注》，成都：巴蜀书社，1988 年。

项安世：《平庵悔稿》，《续修四库全书》第 1318 册，上海：上海古籍出版社，2002 年。

赵万年：《襄阳守城录》，《四库全书存目丛书》史部第 45 册，济南：齐鲁书社，1996 年。

赵彦卫撰，傅根清点校：《云麓漫钞》，北京：中华书局，1996 年。

赵尊岳：《填词丛话》，屈兴国编：《词话丛编二编》第 5 册，杭州：浙江古籍出版社，2013 年。

赵尊岳辑：《明词汇刊》，上海：上海古籍出版社，1992 年。

赵翼：《瓯北诗话》，郭绍虞编选，富寿荪校点：《清诗话续编》，上海：上海古籍出版社，1983 年。

胡之骥注，李长路、赵威点校：《江文通集汇注》，北京：中华书局，1984年。

胡仔纂集，廖德明校点：《苕溪渔隐丛话》前集，北京：人民文学出版社，1962年。

胡仔纂集，廖德明校点：《苕溪渔隐丛话》后集，北京：人民文学出版社，1962年。

胡适选注：《词选》，北京：中华书局，2007年。

南京大学中国语言文学系全清词编纂委员会编：《全清词·顺康卷》，北京：中华书局，2002年。

冒广生著，冒怀辛整理：《冒鹤亭词曲论文集》，上海：上海古籍出版社，1992年。

冒春荣：《葚原诗说》，郭绍虞编选，富寿荪校点：《清诗话续编》，上海：上海古籍出版社，1983年。

钟振振著：《词苑猎奇》，桂林：广西师范大学出版社，2007年。

钟嵘：《诗品》，何文焕辑：《历代诗话》，北京：中华书局，1981年。

俞陛云撰：《唐五代两宋词选释》，上海：上海古籍出版社，1985年。

施蛰存主编：《词籍序跋萃编》，北京：中国社会科学出版社，1994年。

姜夔著，夏承焘校辑：《白石诗词集》，北京：人民文学出版社，1959年。

姜夔撰，孙玄常笺注，李安纲参校：《姜白石诗集笺注》，太原：山西人民出版社，1986年。

洪迈著：《容斋随笔》，上海：上海古籍出版社，1978年。

秦观撰，徐培均笺注：《淮海集笺注》，上海：上海古籍出版社，1994年。

袁行霈撰：《陶渊明集笺注》，北京：中华书局，2003年。

袁枚著，顾学颉校点：《随园诗话》，北京：人民文学出版社，1982年。

袁学澜：《零锦集词稿》，同治苏州护龙街中文学山房刊本。

桂文耀：《席月山房词钞》，清钞本。

贾文昭编：《姜夔资料汇编》，北京：中华书局，2011 年。

夏承焘校，吴无闻注释：《姜白石词校注》，广州：广东人民出版社，1983 年。

夏承焘著：《天风阁学词日记》，《夏承焘集》第 5 册，杭州：浙江古籍出版社、浙江教育出版社，1998 年。

夏承焘著：《唐宋词人年谱》，上海：上海古籍出版社，1979 年。

夏承焘笺校：《姜白石词编年笺校》，上海：上海古籍出版社，1981 年。

顾澍：《金粟影庵词初稿》，乾隆刻本。

晁说之：《嵩山文集》，商务印书馆《四部丛刊》本。

钱钟书著：《宋诗选注》，北京：生活·读书·新知三联书店，2002 年。

钱钟书著：《谈艺录》，北京：生活·读书·新知三联书店，2001 年。

钱钟书著：《管锥编（补订重排本）》，北京：生活·读书·新知三联书店，2001 年。

钱裴仲：《雨华盦词话》，唐圭璋编：《词话丛编》第 4 册，北京：中华书局，1986 年。

徐坚等著：《初学记》，北京：中华书局，1962 年。

徐釚辑：《本事诗》，孟棨等著：《本事诗·本事词》，上海：古典文学出版社，1957 年。

徐釚撰：《词苑丛谈》，北京：中华书局，2008 年。

翁方纲：《石洲诗话》，郭绍虞编选，富寿荪校点：《清诗话续编》，上海：上海古籍出版社，1983 年。

郭庆藩撰：《庄子集释》，北京：中华书局，2012 年。

郭绍虞著：《宋诗话考》，北京：中华书局，1979 年。

郭麐：《灵芬馆杂著》，光绪九年花雨楼校本。

郭麐：《灵芬馆词话》，唐圭璋编：《词话丛编》第 2 册，北京：中华书局，1986 年。

唐圭璋，潘君昭，曹济平：《唐宋词选注》，北京：北京出版社，1982 年。

唐圭璋选释：《唐宋词简释》，上海：上海古籍出版社，1981 年。

唐圭璋编：《全宋词》，北京：中华书局，1965 年。

黄苏、周济、谭献选评，尹志腾校点：《清人选评词集三种》，济南：齐鲁书社，1988 年。

黄昇选编，蒋哲伦导读，云山整理辑评：《花庵词选》，上海：上海古籍出版社，2007 年。

黄庭坚：《豫章黄先生文集》，商务印书馆《四部丛刊》本。

黄庭坚撰，任渊、史容、史季温注，刘尚荣校点：《黄庭坚诗集注》，北京：中华书局，2003 年。

黄罃：《山谷年谱》，吴洪泽、尹波主编：《宋人年谱丛刊》第 5 册，成都：四川大学出版社，2003 年。

乾隆帝：《御选唐宋诗醇》，《景印文渊阁四库全书》第 1448 册，台北：台湾商务印书馆，1986 年。

萧纲著，肖占鹏、董志广校注：《梁简文帝集校注》，天津：南开大学出版社，2015 年。

萧统编，李善注：《文选》，上海：上海古籍出版社，2019 年。

梅尧臣：《宛陵先生集》，商务印书馆《四部丛刊》本。

曹尔堪：《南溪词》，康熙刊本。

龚明之、朱弁撰，孙菊园、王根林校点：《中吴纪闻·曲洧旧闻》，上海：上海古籍出版社，2012 年。

皎然：《诗式》，何文焕辑：《历代诗话》，北京：中华书局，1981 年。

脱脱等撰：《宋史》，北京：中华书局，1977 年。

阎若璩：《潜邱札记》，《景印文渊阁四库全书》第 859 册，台北：台湾商务印书馆，1986 年。

逯钦立辑校：《先秦汉魏晋南北朝诗》，北京：中华书局，1983 年。

彭开勋、周康立撰，马美著校点：《南楚诗纪·楚南史赘》，长沙：岳麓书社，2011 年。

葛立方：《韵语阳秋》，何文焕辑：《历代诗话》，北京：中华书局，1981 年。

葛景莱：《蕉梦词》，清刻本。

董俞：《玉凫词》，张宏生编：《清词珍本丛刊》第 5 册，南京：凤凰出版社，2007 年。

董诰等编：《全唐文》，北京：中华书局，1983 年。

蒋士铨：《忠雅堂文集》，嘉庆戊午扬州重刻本。

蒋平阶：《支机集》，《词学》编辑委员会主编：《词学》第 2 辑，上海：华东师范大学出版社，1983 年。

蒋春霖撰，刘勇刚笺注：《水云楼诗词笺注》，上海：上海古籍出版社，2011 年。

韩愈著，钱仲联集释：《韩昌黎诗系年集释》，上海：上海古籍出版社，1984 年。

惠洪等撰，陈新点校：《冷斋夜话·风月堂诗话·环溪诗话》，北京：中华书局，1988 年。

程千帆师、莫砺锋、张宏生著：《被开拓的诗世界》，上海：上海古籍出版社，1990 年。

程千帆师著：《古诗考索》，上海：上海古籍出版社，1984 年。

程千帆师撰：《闲堂诗文合抄》，《程千帆全集》第 14 卷，石家庄：河北教育出版社，2001 年。

程树德撰，程俊英、蒋见元点校：《论语集释》，北京：中华书局，1990 年。

鲁迅：《且介亭杂文二集》，《鲁迅全集》第 6 卷，北京：人民文学出版社，1973 年。

曾公亮，丁度：《武经总要》，《景印文渊阁四库全书》第 726 册，台北：台湾商务印书馆，1986年。

游国恩、王起、萧涤非、季镇淮、费振刚主编：《中国文学史》，北京：人民文学出版社，1964年。

谢章铤：《赌棋山庄词话》，唐圭璋编：《词话丛编》第4册，北京：中华书局，1986年。

汤擎民整理：《詹安泰词学论稿》，广州：广东人民出版社，1984年。

鲍照著，丁福林、丛玲玲校注：《鲍照集校注》，北京：中华书局，2012年。

蒋敦复：《芬陀利室词话》，唐圭璋编：《词话丛编》第4册，北京：中华书局，1986年。

谭献：《复堂词话》，唐圭璋编：《词话丛编》第4册，北京：中华书局，1986年。

谭献：《箧中词》，《续修四库全书》第1732册，上海：上海古籍出版社，2002年。

缪钺著：《诗词散论》，上海：上海古籍出版社，1982年。

黎靖德编，王星贤点校：《朱子语类》，北京：中华书局，1986年。

潘德舆：《养一斋诗话》，郭绍虞编选，富寿荪校点：《清诗话续编》，上海：上海古籍出版社，1983年。

戴表元：《剡源集》，《丛书集成初编》第2056册，北京：中华书局，1985年。

魏庆之编：《诗人玉屑》，上海：上海古籍出版社，1978年。

瞿佑：《归田诗话》，丁福保辑：《历代诗话续编》，北京：中华书局，1983年。

〔法〕丹纳著：《艺术哲学》，傅雷译，北京：人民文学出版社，1963年。

〔美〕傅汉思著：《梅花与宫闱佳丽：中国诗选译随谈》，王蓓译，北京：生活·读书·新知三联书店，2010年。

二、论文

王睿：《姜夔卒年新考》，《文学遗产》，2010 年第 3 期。

左汉林，韩成武：《论杜甫诗歌对宋诗的影响》，《三峡大学学报（人文社会科学版）》，2012 年第 6 期。

刘曙初：《杜甫秦蜀和湖南纪行诗比较论》，《安徽大学学报（哲学社会科学版）》，2010 年第 1 期。

孙维城：《“晋宋人物”与姜夔其人其词》，《文学遗产》，1999 年第 2 期。

束景南：《白石姜夔卒年确考》，《古籍整理研究学刊》，1992 年第 4 期。

汪洋：《论姜夔对严羽诗学思想的影响》，《苏州教育学院学报》，2008 年第 3 期。

张尔田：《与龙榆生论词书》，《同声月刊》，第 1 卷第 3 号，1941 年。

张宏生：《词学反思与强势选择——马洪的历史命运与朱彝尊的尊体策略》，《文学遗产》，2007 年第 4 期。

张宏生：《创作的厚度与时代的选择——王沂孙词的后世接受与评价思路》，《词学》第 23 辑，上海：华东师范大学出版社，2010 年。

陈尚君：《姜夔卒年考》，《复旦学报（社会科学版）》，1983 年第 2 期。

林佳蓉：《香冷西湖——论姜夔词中的杭州书写》，《国文学报》第 49 期，2011 年 6 月。

林顺夫：《〈儒林外史〉中的礼及其叙事结构》，《透过梦之窗口——中国古典文学与文艺理论论丛》，新竹：台湾“清华大学”出版社，2009 年。

林顺夫：《佳境奇应无何有：论六朝园林与乐园思想》，《透过梦之窗口——中国古典文学与文艺理论论丛》，新竹：台湾“清华大学”出版社，2009 年。

周世伟：《姜夔诗略论》，《宜宾师范高等专科学校学报》，2000 年第 3 期。

赵晓岚：《也谈“晋宋人物”、“文化人格”及姜夔——与孙维城先生商榷》，《文学遗产》，2000 年第 3 期。

夏承焘：《白石道人行实考》，《燕京学报》，1938 年第 24 期。

陶友珍，钱锡生：《从追和词看唐宋词在清代前中期的传播和接受》，《古籍整理研究学刊》，2017 年第 5 期。

黄清士：《论姜夔词的小序》，《艺林丛录》第六编，香港：商务印书馆，1966 年。

韩立平：《姜夔卒年考辨》，《文学遗产》，2008 年第 5 期。

薛冠愚：《太平天国运动对扬州衰落的影响》，《淮阴工学院学报》，2012 年第 4 期。

后 记

我自1980年代中后期研究南宋江湖诗派时，就对姜夔深感兴趣，因为在江湖诗人中，他太有与众不同的特色。后来研究清词，特别是21世纪初以来，我主持《全清词》的编纂，接触到大量清词文献，更强烈感受到姜夔在词史上是一个绕不过去的存在，因为在清代的各个时期，姜夔的身影都不断晃动其间，他是很多人的偶像。以前我在先师程千帆先生的指导下，曾对杜诗下过一些功夫，是为专家研究之始。1997年访美归来，《中国思想家评传》编辑部曾约我写一位南宋文学大家的评传，当时由于另有工作安排，无法兼顾，只能婉谢。但我实际上一直对研究一些有意思的文学家深感兴趣，希望换一种思路了解文学史。此次将历年来对姜夔诗词所做的一些探讨统合在一起，也算满足了长久以来的一点心愿，只是仍然由于各种杂事牵扯精力，仅能完成这么薄薄的一本小册子，颇有未尽于言的感觉。姜夔是一个复杂的人物，趋向较为多元，即使有时显得有点矛盾，但还原到当时的情境中，也能够得到合理的解释。他并不自我设限：所赞同的，不一定全无保留；所反对的，也不一定一概推倒。本书除了希望体现他身上的丰富性，也希望体现他身上的复杂性。

这本书中收录了我对姜夔诗词及其相关问题在十个方面的思考，附录一篇，则是评价林顺夫先生《中国抒情传统的转变——姜夔与南宋词》一书（该书的英文版1975年由普林斯顿大学出版社出版）。先师程千帆先生特别重视外文能力的培养，以便学生在研究中能够具有全球的视野。为了体现这一思路，师兄莫砺锋教授主编了一本英美学者中国古典诗歌论集，曾请宇文所安教授推荐相关篇目，其中就有该书的一章，当时确定由我负责翻译。为了方便我了解上下文，千帆师还多方设法，找来英文版的全书，并以之相赠。这件事也促进了我对姜夔进行专题研究。译文集出版后不久，1996年秋，我赴美国哈佛大学做访问学者，恰好顺夫先生来哈佛开会，一见如故，成为好友。2013年，他在密歇根大学主持南宋文学文化国际学术研讨会，来信盛情相邀，我提交的论文，就是与姜夔诗歌有关的内容，某些方面还深化了以往的思考。后来会议论文集在香港中文大学出版社出版，翻译成英文的过程中，和顺夫时相讨论，每每有意外的收获，也成为一段难忘的记忆。

姜夔行迹所至，我大都造访过，但也有一些地方，却一直在计划之中，尚未实施。比如湖州，这是姜夔寓居十多年的地方，而且离南京只有200公里左右，几乎抬脚就可以到。但就如人们常常碰到的情形，心中存着随时可去的念想，反而偏就会“明日复明日”，一拖再拖。本来确曾考虑过，整合书稿时抽空赴吴兴一游，但2020年初疫情突起，一波接着一波，延续两年，未曾消歇，也就延宕至今。2021年暑假期间，我曾在纽约住了两个多月，每逢周末，常和家人开车外出，徜徉于周边的山水之间。这天，来到布朗克斯（Bronx）的一个小公园（francis Lewis park），海水激荡中，凭栏望去，一座大桥矗立眼前，查询其名，竟叫白石桥（Whitestone Bridge）。姜夔寓居湖州的武康，其地与白石洞天为邻，所以自号白石道人，“白石”二字，几乎成为他的专有名号，想不到万里之遥，却在大洋彼岸看到了以“白石”命名的桥。虽然此白石非彼白石，此文字非彼文字，但在这个特定的时间点，倒也别有机趣，可以提供一点想象的空间，也算是整合书稿过程中的一个有趣插曲。

这部书能够在辽海出版社出版，要感谢于景祥先生的邀约。景祥和我是南京大学研究生的前后同学，毕业后在出版界工作，做得有声有色；与此同时，他也勤奋治学，著有专书多种，尤其对于骈文的研究，成就突出。此书的出版已商议有年，2019年10月，辽宁省博物馆举办“又见大唐”展览，承蒙景祥的美意，陪同观展，仍提及此事。书稿的责任编辑由何静君担任。她认真负责，严谨细致，常能提出很好的建议，而她正是景祥的学生，也就使这段从1980年代开始的交谊不断延续，令人欣慰。

本书中的各篇是在30多年的时间里陆续写成的，事先并没有通盘的考虑。因此，对于这位作家的论述，不可能面面俱到。同时，由于各篇探讨的问题不同，彼此相对独立，这样虽然各篇较为自足，却也使得篇与篇之间在内容和文字上难免有一些交叉或重叠，为了叙述的完整性，也就仍然保持原样。不过，全书毕竟是一个整体，出于体例上的考虑，就请我的学生宋学达博士帮助核对文献、统一格式，并编制引用书目，为此他花费了不少心力。由于条件的限制，有一些引文不易还原为最初的版本了，只能用其他版本代替，但意思上并未改变，也在此加以说明。

张宏生

2024年1月10日